LVIS DE CAMÕES

RIMAS

LVIS DE CAMÕES

RIMAS

REPRODUÇÃO FAC-SIMILADA
DA EDIÇÃO DE 1598

ESTUDO INTRODUTÓRIO
DE
VÍTOR MANUEL DE AGUIAR E SILVA

UNIVERSIDADE DO MINHO
BRAGA . 1980

A EDIÇÃO DE 1598 DAS *RIMAS* DE CAMÕES E A FIXAÇÃO DO CÂNONE DA LÍRICA CAMONIANA

A 1.ª edição (1595) das *Rhythmas* de Camões constituiu decerto um êxito comercial para Estêvão Lopes, o «mercador de libros» que custeou a sua publicação e que teve o cuidado de alcançar um privilégio real em conformidade com cujas disposições «nenhum imprimidor, nem liureyro algum, nem outra pessoa de qualquer qualidade que seja» poderiam imprimir ou vender, «em todos estes Reynos & Senhorios de Portugal» e durante um período de dez anos, as «varias Rimas poéticas de Luis de Camões» e «o liuro dos seus Luziadas», salvo se para tanto estivessem autorizados pelo referido Estêvão Lopes. Com efeito, estando aquele privilégio real datado de 30 de Dezembro de 1595, o livro deve ter sido posto à venda no início de 1596 e logo nos primeiros meses do ano seguinte já Estêvão Lopes tinha preparada uma nova edição, pois uma das licenças da impressão de 1598 das *Rimas* apresenta a data de 8 de Maio de 1597.

A nova edição, impressa por Pedro Crasbeeck e não por Manoel de Lyra, impressor da edição de 1595, ostenta no frontispício, logo a seguir ao título da obra e ao nome do autor, uma indicação que Estêvão Lopes reputava com certeza como muito importante para os seus potenciais leitores e compradores: *Accrescentadas nesta segunda impressão.* Como na 1.ª edição, figura também no frontispício a dedicatória a D. Gonçalo Coutinho, mas agora com uma fórmula mais sóbria: *Dirigidas a D. Gonçalo Coutinho* (na edição de 1595, a dedicatória é mais cerimoniosa: *Dirigidas ao muito Illustre Senhor D. Gonçalo Coutinho*). No rosto de ambas as edições, reproduz-se a mesma grande vinheta, no centro da qual aparece a *empresa* de D. Gonçalo Coutinho: uma oliveira, cujo tronco separa as duas palavras da *letra MIHI TAXVS.*

VII

Nenhuma das licenças da edição de 1598 tem a extensão e a minúcia analítica da licença subscrita por Fr. Manoel Coelho na edição de 1595, mas na licença assinada por Diogo de Sousa e Marcos Teixeira lê-se uma informação interessante: «Vista a informação podese imprimir este liuro, intitulado Rimas de Luis de Camões, & os Sonetos juntos a elle [...]». Parece depreender-se desta afirmação dos censores que Estêvão Lopes terá submetido a exame um exemplar das *Rhythmas* de 1595 e um conjunto de sonetos manuscritos que não estavam incluídos naquela edição. O maior número de textos inéditos integrados na 2.ª edição das *Rimas* é constituído efectivamente por sonetos, mas são também publicados pela primeira vez nesta edição, como veremos, outros géneros de textos. Terá havido descuido no exame dos censores ou terá Estêvão Lopes obtido posteriormente autorização para acrescentar outros textos, além dos mencionados sonetos?

O privilégio real estampado na edição de 1598 é o mesmo de 1595, mas com a supressão de várias linhas importantes da parte inicial do documento, pois nelas se identificava o beneficiário do privilégio, as obras sujeitas ao regime de privilégio e as razões de concessão do mesmo privilégio. As referências, na edição de 1598, ao «*dito* Esteuão Lopez» e aos «*ditos* liuros de Varias Rimas, & o das Luziadas de Luis de Camões»[1] carecem de correlação textual anterior, devido exactamente àquela supressão.

A carta-dedicatória de Estêvão Lopes a D. Gonçalo Coutinho, à parte ligeiras alterações de redacção impostas pelo facto de se tratar de uma nova edição, é idêntica à da edição de 1595, observando-se apenas que o tratamento dispensado ao mecenático fidalgo, tanto no início como no termo, é mais singelo e menos lisonjeador.

Das poesias laudatórias publicadas na 1.ª edição das *Rhythmas*, foi excluído na edição de 1598 o soneto de Luís Franco, em língua italiana, cujo *incipit* é o seguinte: *Sopra la polue, & l'ossa regnar morte.* Em contrapartida, foram acrescentados os seguintes sonetos: *Celeste ligno de i gran fatti egregi*, de D. Leonardo Turricano[2]; *Vasco, le cui felici, ardite antenne*, de Torquato Tasso[3]; *Aqui da grã Minerua se*

---

[1] Itálico nosso.

[2] O nome deste autor está adulterado, pois deverá ser Turriano ou, talvez, Torriani. Cf. Giacinto Manuppella, *Camoniana italica. Subsídios bibliográficos*, Coimbra, Instituto de Estudos Italianos da Faculdade de Letras da Universidade de Coimbra, 1972, p. 72.

[3] Sobre este soneto, cf. Giacinto Manuppella, *op. cit.*, p. 161.

VIII

descobre, do licenciado Gaspar Gomez Pontino. O soneto *Quem he este que na harpa Lusitana*, publicado nas *Rhythmas* de 1595 com o n.º LVIII (fl. 18 v.), dirigido por um autor anónimo a Camões e ao qual este respondeu com o soneto n.º LIX da mesma edição (fl. 19 r.), *De tão diuino accento & voz humana*, foi deslocado, na edição de 1598, para o fim dos poemas laudatórios de Camões e da sua obra.

O *Prólogo aos Leytores* da 1.ª edição [4] foi suprimido na edição de 1598, aparecendo em sua substituição um curto *Prologo ao Leitor*, decerto da autoria de Estêvão Lopes, sem a erudição ostensiva nem as subtilezas doutrinais daqueloutro *Prólogo*, mas com afirmações muito importantes para se ajuizar bem da complexidade e do melindre dos problemas de crítica textual suscitados pela lírica camoniana:

> «Depois de gastada a primeira impressão das Rimas deste excellente poeta, determinando dallo segunda vez à estampa, procurei que os erros, q̃ na outra por culpa dos originaes se cometerão, nesta se emmendassem de sorte, que ficasse merecendo conhecerse de todos por digno parto do grande engenho de seu autor. [...] porque certo em muitas fabulas que toca o Autor em diuersas partes, & textura dos versos, assi se entrodusirão os erros de quẽ os tresladaua, que ja quasi na opinião do vulgo se tinhão por proprios de Luis de Camões. & se ainda assi não ficarem na realidade de sua primeira composição, baste que em quanto pude o cõmuniquei com pessoas que o entendião, conferindo varios originaes, & escolhendo delles o que vinha mais proprio ao que o Poeta queria dizer, sem lhe violar a graça, & termo particular seu, que nestas cousas importa muto».

Como se vê, o próprio Estêvão Lopes confessa que, perante os erros que ocorriam na edição de 1595 e os erros disseminados nos manuscritos com poemas de Camões dos quais se serviu, consultou na medida do possível outras pessoas entendidas na matéria, comparou *varios originaes* — não se entenda por esta expressão manuscritos autógrafos — e escolheu «delles o que vinha mais proprio ao que o Poeta queria

---

[4] Em geral, atribui-se este *Prólogo aos Leytores* a Fernão Rodrigues Lobo Soropita. Todavia, o *Prólogo* é anónimo e em parte alguma da edição de 1595 se encontra qualquer referência a Soropita. Aquela atribuição de autoria funda-se no testemunho de Domingos Fernandes, o mercador de livros que publicou a edição de 1616 das *Rimas* de Camões. Se Soropita é o autor daquele *Prólogo*, cabe-lhe a responsabilidade dos critérios em conformidade com os quais foi organizada a edição das *Rhythmas* em 1595.

dizer, sem lhe violar a graça, & termo particular seu, que nestas cousas importa muto». Por conseguinte, Estêvão Lopes entendeu dever expurgar a lírica camoniana de erros e corrupções textuais e assim corrigiu, alterou as lições dos poemas camonianos que fez imprimir em 1598, embora procurando respeitar a intenção do poeta e certas características temáticas e estilísticas da sua obra. O estudioso e o leitor actuais das *Rimas* de Camões não podem deixar, ante semelhantes asserções, de formular algumas perguntas: com que critérios introduziu Estêvão Lopes as suas correcções? qual a fiabilidade dos conselheiros que consultou? que crédito merece a sua afirmação de que foi fiel à intenção do poeta? qual a sua competência, tanto linguística como literária, para alterar ou refundir os textos camonianos?

O princípio da legitimidade e da indispensabilidade da correcção textual aceite por Estêvão Lopes contende frontalmente com os critérios de estrita fidelidade aos manuscritos proclamados no *Prólogo aos Leytores* da edição de 1595:

> «E com isto não resta mais que lembrar, que os erros que ouuer nesta impressão, não passaráo por alto a quem aiudou a compilar este liuro, mas achouse que era menos incoueniente irem assi como se acharão per cõferencia de algũs liuros de mão, onde estas obras andauão espedaçadas, que não violar as composições alheas, sem certeza euidente de ser a emẽda verdadeira, porque sempre aos bõos entendimentos fiqua reseruado julgarem que não são erros do author, senão vicio do tempo, & inaduertencia de quẽ as trasladou».

O *Prologo ao Leitor* da edição de 1598 tem como finalidade exclusiva contraditar os critérios editoriais defendidos no *Prólogo aos Leytores* da edição de 1595 e anunciar a outra grande novidade oferecida pela 2.ª edição das *Rimas*: o acrescento de «quasi outros tantos Sonetos, cinco Odes, algũs Tercetos, & tres cartas em prosa, que bem mostrão não desmerecerem o titulo de seu dono» [5]. Estêvão Lopes, embora afectando nas últimas palavras do seu escrito proloquial uma desinteressada modéstia, queria obviamente chamar a atenção do público leitor para as diferenças — para as melhorias, segundo o seu juízo — da *sua* edição da lírica camoniana e para o «benificio (se assi he licito dizello)» que a memória do Poeta recebera do seu labor editorial.

---

[5] Curiosamente, Estêvão Lopes não faz referência aos poemas em redondilha acrescentados na sua edição.

Na edição de 1595, a obra lírica de Camões aparece dividida em cinco partes — logo no frontispício se anuncia esta partição: *RHYTHMAS / DE LVIS DE CAMOES, / Diuididas em cinco partes.* — ,pertencendo a responsabilidade de tal distribuição ao anónimo autor do *Prólogo aos Leytores* (e, portanto, a Rodrigues Lobo Soropita, se se aceitar como exacta a já referida informação de Domingos Fernandes). Fundando-se em considerações de natureza numerológica, de raízes platónicas, e aduzindo as competentes autoridades, o autor do *Prólogo* correlaciona especificamente o número cinco com as artes da poesia e da eloquência e assim estabelece a seguinte divisão das *Rhythmas*: primeira parte, constituída pelos sonetos; segunda parte, formada pelas canções e odes; terceira parte, composta pelas elegias e oitavas; quarta parte, representada pelas églogas; quinta parte, finalmente, na qual se coligem «as grosas & voltas, & outras composições de verso pequeno, que são proprias da nossa Hespanha». A esta organização em cinco partes das *Rhythmas* encontra-se subjacente um critério valorativo em conformidade com o qual o soneto é reputado como a «composição de mais merecimento» e as formas poéticas tradicionais, em redondilha, são julgadas como as composições de menor dificuldade artística e de menor valia estética.

Estêvão Lopes, em consonância com o propósito enunciado no *Prologo ao Leitor* de organizar uma edição bem diferente da edição de 1595, começa por grafar de modo diverso, sem purismos de grafia etimológica, o próprio título da obra — *Rimas* em vez de *Rhythmas* [6] — e parece não fazer caso da divisão explícita da lírica camoniana em cinco partes, pois que a ela não se encontra referência nem no frontispício, nem no prólogo, nem no corpo do livro. Todavia, na edição de 1598 os textos encontram-se distribuídos exactamente segundo o plano estabelecido pela edição de 1595: primeiro, os sonetos (fl. 1 r. até fl. 27 r.); depois, sucessivamente, as canções (fl. 27 v. até fl. 50 v.), as odes (fl. 50 v. até fl. 68 r.), as elegias, um terceto, um capítulo e as oitavas (fl. 69 v. até fl. 92 r.), as églogas (fl. 92 v. até fl. 153 v.) e as redondilhas (fl. 154 r.

---

[6] Sobre a grafia deste vocábulo, a edição de 1595 revela uma grande confusão. Se no frontispício se lê *Rhythmas*, num decalque grafemático do étimo grego, na licença de Fr. Manoel Coelho e no privilégio real aparece *Rimas*, no *Prólogo aos Letyores* ocorrem as grafias *Rhythimas* e *Rhythmas*, no fl. 1 r., no qual se inicia a impressão dos sonetos camonianos, surge *Rithmas*. No citado *Prólogo*, regista-se que os italianos e os franceses pronunciam o vocábulo sem aspirações e que Pietro Bembo escreve *Rimas* —ou, como é óbvio, *Rime*— e não *Rhythmas*.

até fl. 190 v.). Existe até um pormenor curioso que parece revelar o escrupuloso cuidado de Estêvão Lopes em expurgar de anomalias a divisão estabelecida pela edição de 1595: com efeito, enquanto nesta edição, entre a última canção e a primeira ode — as canções e as odes, relembremos, constituíam a segunda parte das *Rhythmas* —, se interpunham as sextinas *Fogeme pouquo a pouquo a curta vida* (fl. 42 r.-fl. 43 r.) [7], este poema, na edição de 1598, encontra-se intercalado entre a última ode e a primeira elegia (fl. 68 v.-fl. 69 r.), não interrompendo portanto a sequência de uma «parte» propriamente dita. Por outro lado, paradoxalmente, na edição de 1595 os títulos das cabeças são idênticos no retro e no verso de cada fólio — *Obras de Luis de Camões* —, ao passo que, na edição de 1598, os títulos das cabeças do verso dos fólios vão marcando a sucessão das várias partes das *Rimas*: *Sonetos*, *Canções*, *Odes*, etc. [8].

Estêvão Lopes, no *Prologo ao Leitor*, encarece orgulhosamente a sua descoberta de textos camonianos até então inéditos e com os quais valorizava a nova edição das *Rimas*: «[...] porque mutas poesias que o tempo gastara, cauei a pesar do esquecimento em que ja estauão sepultadas, acrescentando a esta segunda impressão quasi outros tantos Sonetos, cinco Odes, algũs Tercetos, & tres cartas em prosa, que bem mostrão não desmerecerem o titulo de seu dono». Todavia, a edição de 1595 não aumenta apenas o número de textos atribuídos a Camões, já que, por outro lado, exclui do *corpus* lírico de Camões alguns poemas integrados na 1.ª edição das *Rhythmas*. Antes de examinarmos a contribuição da edição de 1598 para o alargamento do cânone da lírica camoniana, vejamos quais os poemas publicados na edição de 1595 que foram suprimidos em 1598.

---

[7] Ocorre nesta zona da edição de 1595 um lapso de foliação: ao fl. 41, segue-se o fl. 43, em vez de 42, e depois do fl. 43, com numeração correcta, aparece um fl. 42, em vez de fl. 44. Na *Tavoada*, não está indicado o fólio em que se inicia a publicação da sextina (observe-se que, na *Tavoada*, figura a forma singular *Sextina*, mas no fi. 42 r. lê-se a forma plural *Sextinas*).

[8] Manifestam-se alguns enganos na colocação dos títulos das cabeças: por exemplo, nos fls. 93 v. e 94 v., aparece *Outauas* em vez de *Eglogas* ou *Eclogas* (ocorrem ambas as formas). A origem deste engano reside decerto no facto de a égloga I de Camões ser composta em oitavas.

1) *Espanta crescer tanto o Crocodilo* (soneto XIX, fl. 6 r.).

No *Prólogo aos Leytores*, reconhece-se que este soneto fora indevidamente impresso como obra de Camões: «[...] & outros à volta disso que o não são, como aqui acontesceo no Sonetto 19. que despois do impresso se soube que não era seu». Efectivamente, este soneto foi publicado na obra de Vasco Mousinho de Castelbranco, *Discvrso sobre a vida, e morte, de Santa Isabel Rainha de Portugal, & outras varias rimas* (Lisboa, por Manoel de Lyra, 1597), fl. 61 r. Perante a evidência de que não era um soneto de Camões, foi correctamente excluído da edição das *Rimas* de 1598 [9]. Faria e Sousa, conhecendo embora a já citada asserção do *Prólogo aos Leytores* e sabendo que o soneto figurava naquele livro de Vasco Mousinho de Castelbranco, incluiu este poema, sem qualquer razão atendível, na sua edição das *Rimas várias* de Camões (soneto LXXXVIII da centúria II). Composição excluída do cânone da lírica camoniana pelas edições de Rodrigues-Lopes Vieira, Costa Pimpão e Hernâni Cidade [10].

2) *Eu me aparto de vos Nymphas do Tejo* (soneto LXII, fl. 20 v.).

Com ligeiras modificações textuais, é o soneto XXVI das *Rimas Varias Flores do Lima* de Diogo Bernardes, obra publicada em Lisboa em 1597, impressa por Manoel de Lyra e «A custa de Esteuão Lopez mercador de liuros» [11]. Estêvão Lopes, dadas as suas responsabilidades

---

[9] Continua a figurar, todavia, no respectivo índice.

[10] Como teremos de nos referir com frequência a estas edições, passamos a identificá-las: *Lírica* de Camões. Edição crítica pelo Dr. José Maria Rodrigues e Afonso Lopes Vieira. Coimbra, Imprensa da Universidade de Coimbra, 1932; Luís de Camões, *Rimas*. Texto estabelecido, revisto e prefaciado por Álvaro J. da Costa Pimpão. Coimbra, Atlântida Editora, 1973 (edições anteriores: *Rimas, autos e cartas*. Edição organizada por Álvaro J. da Costa Pimpão. Barcelos, Companhia Editora do Minho, 1944; *Rimas*. Texto estabelecido e prefaciado por Álvaro J. da Costa Pimpão. Coimbra, Acta Universitatis Conimbrigensis, 1953); Luís de Camões, *Obras completas*. Com prefácio e notas do Prof. Hernâni Cidade. Vol. I — *Redondilhas e sonetos*, Lisboa, Livraria Sá da Costa, ²1954 (1. ed., 1946); vol. II — *Géneros líricos maiores*, Lisboa, Livraria Sá da Costa, ²1955 (1.ª ed., 1946).

[11] Têm persistido algumas dúvidas quanto à data da publicação das *Rimas Varias Flores do Lima*: 1596 ou 1597? O Prof. Costa Pimpão, baseando-se no conhecimento do exemplar conservado no Museu Britânico, esclareceu as dúvidas existentes, em estudo publicado há longos anos: a edição é de 1597, estando uma das licenças datada de 30 de Janeiro de 1597 (cf. Álvaro Júlio da Costa Pimpão,

nas duas primeiras edições das *Rimas* de Camões e na edição desta obra de Bernardes, deve ter excluído este soneto da edição de 1598 fundado em boas razões [12]. O *Cancioneiro de Fernandes Tomás* (fl. 25 r.) confirma a autoria de Bernardes. Reintroduzido na lírica camoniana por Faria e Sousa (soneto LVIII da centúria II) — e, por influência deste, aceite também por Álvares da Cunha —, foi eliminado de todas as edições atrás mencionadas (Rodrigues-Lopes Vieira, Pimpão, Cidade).

3) *Caterina bem promete* (redondilha, fl. 156 r.).

Estas voltas a um mote alheio foram suprimidas na edição de 1598 talvez pela censura, devido certamente à ambiguidade erótica, e até pornográfica, de alguns dos seus versos. Readmitida no *corpus* dos poemas camonianos por Álvares da Cunha — é a terceira redondilha da sua edição —, figura em todas as edições da lírica de Camões acima citadas.

4) *Esses alfinetes vam* (redondilha, fl. 165 r.).

Estas «Trouas que mandou cõ hum papel dalfenetes a hũa dama», diferentemente do que acontece com a redondilha anterior, estão registadas na *Taboada* da edição de 1598, mas o seu texto não se encontra no livro. Esta composição terá sido suprimida por motivos idênticos aos que impuseram a exclusão da redondilha precedente. Foi este poema

---

«A lírica camoniana no século XVII. Faria e Sousa e Álvares da Cunha», *Escritos diversos*, Coimbra, Acta Universitatis Conimbrigensis, 1972, p. 217, nota 11. Estudo originariamente publicado na revista *Brotéria*, vol. XXXV, 1942). Quaisquer dúvidas ainda porventura subsistentes foram eliminadas por Adrien Roig, «Quelques précisions sur l'édition princeps de *Rimas Varias Flores do Lima* de Diogo Bernardes et une mise au point dans la controverse sur la Tragédie *Castro* d'António Ferreira», in *Arquivos do Centro Cultural Português*, Paris, Fundação Calouste Gulbenkian, XIV (1979), pp. 457-464.

[12] Por isso mesmo, torna-se obscura a razão por que Estêvão Lopes manteve na edição de 1598 o soneto *Depois de tantos dias mal gastados*, também publicado, com poucas variantes, nas *Rimas Varias Flores do Lima* (soneto LXXVIII). As razões por que Estêvão Lopes manteve na edição de 1598 o soneto *Se quando vos perdi minha esperança* são decerto diferentes. Ao contrário do que afirma Jorge de Sena (cf. *Os sonetos de Camões e o soneto quinhentista peninsular*, Lisboa, Portugália Editora, 1969, pp. 25 e 29), Estêvão Lopes não retirou este último soneto do índice da edição de 1598: na *Taboada*, ele figura exactamente como o primeiro soneto da letra S, com a indicação correcta de que se encontra no fl. 7.

reintegrado na lírica camoniana por José Maria Rodrigues e Afonso Lopes Vieira e depois também incluído nas edições de Costa Pimpão e Hernâni Cidade.

5) *Vay o bem fugindo* (redondilha, fl. 166 r., em vez de fl. 170 r.).

Estas «Semtenças do autor por fim do liuro» figuram também na *Taboada* da edição de 1598, mas o seu texto foi suprimido no corpo da obra. O visconde de Juromenha readmitiu esta composição na lírica camoniana, mas tanto José Maria Rodrigues-Lopes Vieira como Hernâni Cidade mantiveram a exclusão registada na 2.ª edição das *Rimas*. Costa Pimpão publica o poema em apêndice na sua mais recente edição da lírica camoniana [13], fazendo-o preceder, tal como Juromenha, do título *Endechas*, que não se encontra na edição de 1595. Roger Bismut, firmando-se na análise semântica e estilística destas «Semtenças», considera que se trata de um texto camoniano de autenticidade segura [14].

Pensamos que a hipótese da atribuição deste poema a Diogo Bernardes carece de qualquer fundamento, pois não foi publicado em nenhuma das suas obras, não se conhece nenhum manuscrito que mencione Bernardes como seu autor e entre estas «Semtenças» e as endechas bernardinianas *Nesta vida escaça*, estampadas nas *Várias Rimas ao bom Jesus*, não existe mais do que uma genérica afinidade temática e a adopção do mesmo esquema versificatório. Por outro lado, existem nestas redondilhas características sémicas e estilísticas que parecem marcadamente camonianas (*e.g., bem sem fundamento / tem certa mudança; nesta idade cega / nada permanece; qualquer esperança / foge como o vento: / tudo faz mudança, / salvo meu tormento; Amor cego e triste, / quem o tem, padece*).

Indicamos seguidamente os textos inéditos publicados na edição de 1598 e em relação aos quais — com as excepções que registaremos — esta representa a *editio princeps*. Considerando os problemas que têm sido suscitados acerca da autenticidade e da apocrifia de numerosos

---

[13] Como o próprio Prof. Costa Pimpão informa em nota de rodapé, na sua citada edição das *Rimas*, «Estas ENDECHAS ocuparam o lugar n.º 81 na edição anterior destas *Rimas* (1953)» (p. 393, nota 1). Costa Pimpão, por conseguinte, ao publicar esta composição em apêndice, na edição das *Rimas* de 1973, teve dúvidas acerca da sua autenticidade camoniana.

[14] Cf. Roger Bismut, *La lyrique de Camões*, Paris, P.U.F., 1970, pp. 375-376.

XV

sonetos incluídos no cânone da lírica camoniana pela edição de 1598, enumeramos e analisamos particularizadamente os novos sonetos estampados nesta edição.

1) *Com grandes esperanças ja cantei* (soneto 3, fl. 1 v.).

Figura nas edições da lírica camoniana de Rodrigues-Lopes Vieira (n.º 5), de Costa Pimpão (n.º 97) e de Hernâni Cidade (n.º 97).

Encontra-se atribuído a Diogo Bernardes no «Índice» do *Cancioneiro do P.ᵉ Pedro Ribeiro*[15], mas não aparece incluído em nenhum dos volumes das obras daquele poeta, todos eles publicados antes de 1598.

Jorge de Sena, embora com laivos de dúvida, admite a sua autenticidade camoniana[16]. Roger Bismut, firmando-se em semelhanças temáticas com a glosa bernardiniana à cantiga alheia *Já não posso ser contente*, impressa nas *Flores do Lima* — e na qual o lexema *pensamentos* rima com o lexema *contentamentos*, como no soneto atribuído a Camões[17] —, e também porque este soneto não contribui para o seu «Index des passages des *Lusiades* présentant des analogies avec la *Lyrique* de Camões», retira este poema do cânone da lírica camoniana, formulando o juízo de que se trata de «un Sonnet qui n'ajoute rien à sa gloire»[18].

As razões invocadas por Bismut contra a autoria camoniana do soneto parecem-nos frágeis: as afinidades temáticas são genéricas e atinentes, em primeiro lugar, à *cantiga alheia* que Bernardes glosou; alguns dos elementos semântico-estilísticos mais relevantes da cantiga e da glosa, condensados nos dois últimos versos da cantiga, não têm a mínima representação no soneto; a rima entre *contentamento* e *pensamento*, que ocorre neste soneto, ocorre noutros sonetos camonianos (*e.g.*, nos sonetos n.ᵒˢ 1, 42, 97 e 140 da edição das *Rimas* organizada pelo Prof. Costa Pimpão). A atribuição de autoria registada no «Índice»

---

[15] Cf. Carolina Michaëlis de Vasconcelos, *Estudos camonianos. II. O cancioneiro do Padre Pedro Ribeiro*, Coimbra, Imprensa da Universidade, 1924, pp. 66, 85 e 98. É a composição n.º 44 do índice bernardiniano. Sobre o «Índice» do *Cancioneiro do P.ᵉ Pedro Ribeiro*, *vide* o estudo citado de Carolina Michaëlis e o nosso estudo «Notas sobre o cânone da lírica camoniana (II)», in *Revista de História Literária de Portugal*, IV (1975), pp. 100-101.

[16] Cf. Jorge de Sena, *op. cit.*, pp. 47, 62 e 183.

[17] Em rigor, no soneto atribuído a Camões, rimam *contentamento* e *pensamento*.

[18] Cf. Roger Bismut, *La lyrique de Camões*, p. 257.

XVI

do *Cancioneiro do P.ᵉ Pedro Ribeiro,* neste como nos restantes casos, está ferida de um coeficiente elevado de precariedade que resulta da autoria anónima do «Índice» e do modo como terá sido elaborado [19]. Por conseguinte, julgamos não haver razões consistentes para excluir este soneto das *Rimas* de Camões.

2) *Despois que quis Amor qu'eu so passasse* (soneto 4, fl. 2 r.).

Soneto incluído nas edições de Rodrigues-Lopes Vieira (n.º 8), Costa Pimpão (n.º 94) e Hernâni Cidade (n.º 98).

Com um *incipit* modificado — *Depois q o fero amor quiz q passasse* —, este soneto encontra-se atribuído a Diogo Bernardes no «Índice» do *Cancioneiro do P.ᵉ Pedro Ribeiro* — é a composição n.º 45 do índice bernardiniano —, embora também não tenha sido coligido em nenhum dos volumes das obras poéticas daquele autor.

Roger Bismut reconhece que o tema do soneto é camoniano, mas qualifica o seu ritmo e o seu estilo como «déroutants», acabando por mantê-lo, com reservas, no cânone da lírica de Camões [20]. Jorge de Sena, com o argumento de que o esquema rimático dos tercetos é *cde/ced* — um esquema não petrarquiano, embora praticado por Ariosto, Sá de Miranda e Garcilaso, que Camões, a ser ele o seu autor, só teria utilizado neste soneto e no soneto *Quem fosse acompanhando juntamente* (n.º 76 da edição de 1598), também atribuído a Bernardes pelo «Índice» do *Cancioneiro do P.ᵉ Pedro Ribeiro* —, declara, não sem ambiguidade: «Somos forçados a concluir, por esta análise da forma externa, que os sonetos n.ᵒˢ 4 e 76 são, portanto, mais de Bernardes que de Camões» [21].

---

[19] Partilhamos, com efeito, das dúvidas já manifestadas por outros investigadores quanto à fiabilidade das atribuições de autoria constantes deste «Índice» — um «Índice», sublinhamos, cuja responsabilidade não pode ser imputada, contrariamente ao que pensam alguns estudiosos (*e.g.,* Roger Bismut, *op. cit.,* pp. 459, 466 e 467), ao coleccionador do cancioneiro, P.ᵉ Pedro Ribeiro. Sobre a confiança precária que merece o «Índice», *vide:* Jorge de Sena, *op. cit.,* pp. 45-46; Emmanuel Pereira Filho, *As Rimas de Camões,* Rio de Janeiro, Aguilar Editora, 1974, pp. 296-297; Arthur Lee-Francis Askins, «Introduction», *The Cancioneiro de Cristóvão Borges,* Braga, Barbosa & Xavier, Editores, 1979, p. 19; *id.,* «Diogo Bernardes and ms. 2209 of the Torre do Tombo», in *Arquivos do Centro Cultural Português,* XIII (1978), pp. 134-135.

[20] Cf. Roger Bismut, *op. cit.,* p. 258.

[21] Cf. Jorge de Sena, *op. cit.,* p. 48. Todavia, na página 182 desta sua obra, Jorge de Sena atribui a autoria do soneto, sem ambiguidade, a Diogo Bernardes.

As razões de ordem métrica assim aduzidas por Sena, para além das reservas e objecções de natureza geral que nos merecem [22], revelam-se no caso vertente de uma precariedade especial. Efectivamente, como o próprio Sena regista (cf. *op. cit.*, pp. 48 e 111), o esquema rimático *cde/ced* aparece apenas duas vezes na obra de Bernardes, mas ocorre em sonetos de resposta a um soneto de António Ferreira e a um soneto de Andrade Caminha que apresentam precisamente aquele esquema, tendo-se cingido Bernardes, como era de regra, a responder pelos mesmos consoantes [23]. Considerando que não há provas de ordem documental de irrefragável valor probatório e atendendo ao indiscutível teor camoniano do tema do soneto, entendemos que esta composição deve manter-se no cânone da lírica de Camões.

3) *Em prisões baixas fuy hum tempo atado* (soneto 5, fl. 2 r.).

Figura nas edições de Rodrigues-Lopes Vieira (n.º 122), Costa Pimpão (n.º 85) e Hernâni Cidade (n.º 60). Aparece como anónimo no *Cancioneiro de Luís Franco Correia* (fl. 69 v.) e no *Cancioneiro de Cristóvão Borges* (fls. 70 r-70 v.). No chamado *Cancioneiro Juromenha* (fl. 75 v.), encontra-se também anónimo e acompanhado da seguinte epígrafe: «Trovas que fez um preso, dizendo o mal que fizera e lamentando fortuna e tempo». Carolina Michaëlis, em nota a *Vida e obras de Luís de Camões*, de Wilhelm Storck, observa que este título «parece feito por copistas ignorantes, e *a posteriori*. Baseia-se unicamente na palavra «prisões». Este plural e o epitheto «baixas», em sentido figurado, deve-

---

[22] Como escrevemos no nosso livro *Maneirismo e barroco na poesia lírica portuguesa* (Coimbra, Centro de Estudos Românicos, 1971), «o método estatístico utilizado por Jorge de Sena, com base nos esquemas rimáticos dos poemas, não permite provar legitimamente que um poema pertença ou não a um determinado poeta, pois que, como o próprio Sena reconhece, «Nada obsta a que tanto ele [Bernardes] como Camões tenham usado cada qual apenas uma vez este esquema». Pois basta esta possibilidade, que nada autoriza a derrogar, para destituir de confiança quaisquer conclusões alcançadas com fundamento naquele método estatístico» (p. 73). Esta objecção genérica que nos suscita o método estatístico utilizado por Jorge de Sena não significa, hoje como ontem, menor admiração pela obra do camonista insigne que, peregrinando por terras alheias, escreveu algumas das mais belas e profundas páginas que, em qualquer tempo, foram consagradas à poesia e à personalidade poética de Camões.
[23] Cf. Diogo Bernardes, *Obras completas*. Com prefácio e notas do Prof. Marques Braga. Vol. I. *Rimas várias — Flores do Lima*, Lisboa, Livraria Sá da Costa. 1945, pp. 72-75.

riam ter elucidado todos os leitores cuidadosos»[24], mas não levanta quaisquer dúvidas sobre a autenticidade camoniana do soneto.

Bismut, fundando-se em elementos temáticos e estilísticos, é peremptório no seu juízo: «*Authenticité* incontestable»[25]. Jorge de Sena, considerando que a inserção topográfica do soneto no *Cancioneiro de Luís Franco Correia* levanta dúvidas — aparece «numa parte da compilação em que a densidade camoniana é mais difusa» — e que a sua localização e o seu título no *Cancioneiro Juromenha* são de igual modo suspeitos, escreve que o poema «é duvidosamente camoniano. [...] Poderá ficar no cânone, mas uma espessa sombra paira sobre ele»[26]. Arthur Askins, atendendo à secção do *Cancioneiro de Cristóvão Borges* em que o soneto está copiado, conclui assim o seu comentário: «We consider the sonnet to be the work of Camões»[27].

As razões aduzidas por Jorge de Sena parecem-nos frágeis, pois que da inserção topográfica de um poema anónimo numa série de poemas anónimos de um cancioneiro manuscrito de natureza miscelânica não é lícito extrair quaisquer conclusões consistentes em matéria de atribuição autoral e porque os conceitos de 'zona' ou de 'bloco' dum cancioneiro manuscrito podem apresentar uma fluidez e uma imprecisão tais que prejudiquem gravemente qualquer raciocínio ou argumento construídos com fundamento neles. No *Cancioneiro de Luís Franco Correia*, por exemplo, o soneto em causa está imediatamente precedido do soneto *Ah minha Dinamene, asy deixaste* e logo seguido dos sonetos *O como se me aionga danno em anno* e *Que me quereis perpetuas saudades*, todos eles com sólidos títulos camonianos — os dois últimos estão incluídos, respectivamente, nas edições de 1595 e de 1598 —, o que autoriza a que se possa falar, a respeito dos quatro sonetos, de uma 'zona' ou de um 'bloco' — mesmo que seja só um 'minibloco' — de textos camonianos. A epígrafe que acompanha o soneto no *Cancioneiro Juromenha* constitui também um argumento irrelevante para a negação da autoria camoniana, visto que ela é com certeza da responsabilidade

---

[24] Cf. Wilhelm Storck, *Vida e obras de Luís de Camões*. Primeira parte. Versão do original alemão anotada por Carolina Michaëlis de Vasconcellos. Lisboa, Imprensa Nacional — Casa da Moeda, 1980 (reprodução fac-similada da edição de 1897), p. 623.

[25] Cf. Roger Bismut, *La lyrique de Camões*, p. 258.

[26] Cf. Jorge de Sena, *Os sonetos de Camões e o soneto quinhentista peninsular*, pp. 46 e 47.

[27] Cf. Arthur Lee-Francis Askins, *op. cit.*, p. 287.

XIX

do copista do cancioneiro ou de qualquer outro copista por aquele aproveitado.

Em suma, julgamos que não existem razões atendíveis para excluir este soneto das *Rimas* de Camões.

4) *Illustre, & dino ramo dos Meneses* (soneto 6, fl. 2 v.).

Incluído nas edições de Rodrigues-Lopes Vieira (n.º 194), Costa Pimpão (n.º 162) e Hernâni Cidade (n.º 89).

Este soneto não figura na *Taboada*, aparecendo em contrapartida registado nesta, com a indicação de que se encontra no fl. 2, um soneto cujo *incipit* é *Rezão he ja que minha confiança*, variante — atestada por outras fontes — do primeiro verso do soneto *Tempo he ja que minha confiança*, incluído na edição de 1595 (n.º XXXXIIII) e na edição de 1598 (n.º 49). Emmanuel Pereira Filho explica, com muita lógica e agudeza, estes lapsos: Estêvão Lopes, quando descobriu que estes dois últimos sonetos eram efectivamente o mesmo soneto, substituiu no fl. 2 v. o texto de *Rezão he ja que minha confiança* pelo texto do soneto *Illustre, & dino ramo dos Meneses* — poema inserto, com lição muito defeituosa, no manuscrito apenso ao exemplar de 1595 das *Rhythmas* pertencente à Biblioteca Nacional de Lisboa (cota: CAM-10-P), cancioneiro de que Estêvão Lopes decerto se serviu —, mas não introduziu a necessária correcção no índice [28]. Se assim foi, parece que Estêvão Lopes não teria pensado inicialmente em incluir na sua edição este soneto, o qual, como observa Jorge de Sena, terá ganho «a sua inclusão em circunstâncias algo precárias». Não é crível, porém, que Estêvão

---

[28] Este facto pode ter resultado de um mero lapso do editor ou de alguns dos seus colaboradores, sobretudo se se admitir que Estêvão Lopes verificou, antes da impressão, que os sonetos *Rezão he ja que minha confiança* e *Tempo he ja que minha confiança* são apenas variantes do mesmo texto. Se se admitir, porém, que só teve conhecimento do descuido após a impressão, então tem de ser considerada a relevância de um factor financeiro: tornava-se indispensável, a fim de salvaguardar o prestígio da edição, eliminar o texto do soneto *Rezão he ja que minha confiança*, embora isso custasse o refazimento da folha A das *Rimas*, mas deve ter sido julgado desnecessariamente dispendioso corrigir a indicação do índice, já que tal emenda implicaria uma nova impressão da folha c do livro (e, além do mais, seria apenas mais um erro do índice ...). A hipótese formulada por Jorge de Sena — «o índice já podia estar feito, à base do cálculo da paginação, antes de todas as folhas estarem compostas» (cf. *Os sonetos de Camões e o soneto quinhentista peninsular*, p. 44) — parece-nos inconsistente e ambígua na sua formulação.

Lopes tivesse planeado excluí-lo por causa das deturpações textuais com que se encontra trasladado no referido manuscrito, porque tal decisão não se coadunaria com os critérios editoriais expostos no *Prologo ao Leitor* e com o seu orgulho de descobridor de inéditos de Camões. Este é apenas um dos problemas que nos levantam dúvidas —a que não sabemos responder e para as quais não vale a pena arquitectar respostas imaginosas— sobre os critérios com que Estêvão Lopes utilizou na edição de 1598 o pecúlio de sonetos coligidos no manuscrito que Emmanuel Pereira Filho designou por *Appendix Rhythmarum* e também, cremos que um tanto aventurosamente, por *Cancioneiro ISM* [29].

Bismut considera este soneto como inequivocamente camoniano e Jorge de Sena não o arrola sequer entre os sonetos «duvidosos mas camonianos» e os «de autor incerto» [30]. Entendemos também que é esta a conclusão mais segura e mais prudente.

5) *No tempo que d'Amor viuer soya* (soneto 7, fl. 2 v.).

Texto aceite pelas edições de Rodrigues-Lopes Vieira (n.º 9), Costa Pimpão (n.º 99) e Hernâni Cidade (n.º 86).

No «Índice» do *Cancioneiro do P.e Pedro Ribeiro,* aparece atribuído a Diogo Bernardes —é o n.º 89 do índice bernardiniano—, mas não se encontra publicado nas obras deste poeta.

Bismut reconhece este soneto como autenticamente camoniano e Jorge de Sena admite que é da autoria de Camões, embora «com uma sombra de dúvida» [31]. Perfilhamos o ponto de vista de Jorge de Sena.

6) *Amor qu'o gesto humano n'alma escreue* (soneto 8, fl. 3 r.).

Poema integrado nas edições de Rodrigues-Lopes Vieira (n.º 42), Costa Pimpão (n.º 42) e Hernâni Cidade (n.º 67).

Não existe qualquer outra fonte para o conhecimento deste soneto, exceptuando o manuscrito apenso ao exemplar das *Rhythmas* que se conserva na Biblioteca Nacional de Lisboa e de cuja relação genética com a edição de 1598 trataremos adiante.

Não foram suscitadas quaisquer dúvidas sobre a sua autenticidade camoniana.

---

[29] Veja-se a recensão crítica à referida obra de E. Pereira Filho que Roger Bismut publicou nos *Arquivos do Centro Cultural Português,* X (1976), p. 746.

[30] Cf. Roger Bismut, *op. cit.,* p. 256; Jorge de Sena, *op. cit.,* pp. 62 e 183.

[31] *Id., ibid.,* p. 256; *id., ibid.,* p. 47.

7) *Ferido sem ter cura perecia* (soneto 69, fl. 18 r.).

Soneto publicado nas edições de Rodrigues-Lopes Vieira (n.º 142), Costa Pimpão (n.º 65) e Hernâni Cidade (n.º 64).

Atribuído a Camões no «Índice» do *Cancioneiro do P.ᵉ Pedro Ribeiro* — constitui o n.º 46 do índice camoniano (no citado estudo de Carolina Michaëlis, p. 120, existe um lapso nesta numeração) — e no *Cancioneiro Juromenha*, fl. 101 v. Encontra-se anónimo no *Cancioneiro de Cristóvão Borges*, fl. 16 v., no *Cancioneiro de Luís Franco Correia*, fl. 124 v. e no *Cancioneiro de D. Cecília de Portugal*, fl. 23 v.

Não existem dúvidas sobre a sua autoria.

8) *Na metade do Ceo subido ardia* (soneto 70, fl. 18 v.).

Soneto aceite nas edições de Rodrigues-Lopes Vieira (n.º 15), Costa Pimpão (n.º 77) e Hernâni Cidade (n.º 66).

Atribuído a Camões pelo ms. 2209, fl. 150 v., do Arquivo Nacional da Torre do Tombo. Aparece anónimo no *Cancioneiro de Cristóvão Borges*, fls. 10 r-10 v., e no *Cancioneiro de Luís Franco Correia*, fl. 42 r.

Autoria camoniana indisputada.

9) *Ia a saudosa Aurora destoucaua* (soneto 71, fl. 18 v.).

Esta composição está incluída nas edições de Rodrigues-Lopes Vieira (n.º 159), Costa Pimpão (n.º 78) e Hernâni Cidade (n.º 69).

No «Índice» do *Cancioneiro do P.ᵉ Pedro Ribeiro*, está atribuído a Bernardes — n.º 50 do índice bernardiniano — e a Camões — n.º 2 do índice camoniano. O soneto figura nos dois índices exactamente com a mesma redacção do *incipit* (*Ja a saudosa aurora destoucaua*), como pudemos verificar pelo exame directo do «Índice», de modo que a lição *Ja a roxa e branca aurora destoucava*, indicada por Carolina Michaëlis (cf. *O cancioneiro do Padre Pedro Ribeiro*, p. 96) como sendo a do *incipit* do soneto atribuído a Camões, resulta apenas de uma confusão ou de um descuido [32]. Aparece anónimo no *Cancioneiro de Cristóvão Borges*, fl. 10 v. — ocorre ainda repetido no fl. 18 v. — e no *Cancioneiro*

---

[32] Teófilo Braga, tão impreciso e descuidado nas suas informações, indica correctamente que o soneto está atribuído a Bernardes e a Camões com idêntico *incipit*: *Já a saudosa aurora destoucava* (cf. Teófilo Braga, *Camões. A obra lyrica e épica*, Porto, Livraria Chardron, de Lello & Irmão, 1911, p. 143).

de Luís Franco Correia, fl. 125 v. No ms. 2209, fl. 151 v., do Arquivo Nacional da Torre do Tombo, está encimado por uma epígrafe que, conjugada com a epígrafe do soneto anterior, atribui implicitamente a sua autoria a Camões.

Bismut, sopesando os elementos fornecidos pela transmissão manuscrita do soneto, as afinidades temáticas e estilísticas deste com *Os Lusíadas*, mas também algumas características dos tercetos que lhe parecem menos «convincentes», acaba por admitir a sua autenticidade, embora sob forma restritiva: «Cependant on peut admettre l'*authenticité* du Sonnet»[33]. Jorge de Sena, no seu livro *Os sonetos de Camões e o soneto quinhentista peninsular*, atendendo à dupla atribuição de autoria registada no «Índice» do *Cancioneiro do P.ᵉ Pedro Ribeiro* e à localização do soneto no *Cancioneiro de Luís Franco Correia* — «entre o suspeito 8 de 1595 e o n.º 45 que Ribeiro dá a Camões»—, formula primeiramente este juízo: «Parece-nos que este soneto, a menos que estejamos em face de um lapso de Ribeiro, deverá permanecer incerto entre Camões e Bernardes» (p. 51)[34]. Em capítulo subsequente da mesma obra, porém, atribui inequivocamente o soneto a Bernardes (p. 182). Arthur Askins, tendo em conta a localização do soneto no *Cancioneiro de Cristóvão Borges* e no manuscrito 2209 do Arquivo Nacional da Torre do Tombo, entende que a atribuição do texto a Camões se encontra convalidada[35].

Os argumentos de Jorge de Sena contra a autenticidade camoniana deste soneto são frágeis e infundamentados. Como já afirmámos, e o próprio Sena reconhece em vários dos seus estudos, o «Índice» do *Cancioneiro do P.ᵉ Pedro Ribeiro* é credor de uma confiança muito relativa e, apesar de justificadas dúvidas sobre a responsabilidade integral de Diogo Bernardes na edição das *Rimas Varias Flores do Lima*, não se pode deixar de atribuir relevância ao facto de não estarem incluídas nas suas obras algumas composições cuja autoria lhe é atribuída por aquele «Índice». Por outro lado, a localização do soneto no *Cancioneiro de Luís Franco Correia* corrobora fortemente, em conformidade com os critérios aceites e utilizados por Jorge de Sena, a hipótese da sua autoria camoniana. Com efeito, ele é o número 19 de uma

---

[33] Cf. Roger Bismut, *La lyrique de Camões*, p. 264.

[34] Na página 62 do referido livro, o soneto é arrolado entre os que pertencerão a autor incerto.

[35] Cf. Arthur Lee-Francis Askins, «Bibliographical notes and commentary» a *The Cancioneiro de Cristóvão Borges*, p. 205.

XXIII

sequência de vinte e nove sonetos, todos numerados pelo organizador do cancioneiro, que começa no fl. 121 r. e termina no fl. 128 r. e cuja autenticidade camoniana, tanto em termos quantitativos como qualitativos, é impressionante: exceptuando o soneto em discussão, dezanove foram publicados na edição de 1595, quatro na edição de 1598 e dois na edição de Álvares da Cunha, figurando todos eles nas edições de Costa Pimpão e Hernâni Cidade; três (os n.ᵒˢ 6, 8 e 29 da sequência) foram integrados na lírica camoniana por Juromenha, excluindo Costa Pimpão os três, mas aceitando Cidade um deles (*Trasunto sou sñra neste engano*). Finalmente, as suspeitas de apocrifia lançadas sobre o soneto VIII da edição de 1595, *Todo o animal da calma repousaua*, carecem de fundamento firme, uma vez que no ms. 12-26-8/D-199, fl. 169 v., da Real Academia de la Historia, de Madrid, ele se encontra atribuído a Camões, como Jorge de Sena reconheceu em estudo posterior àquele que acima citámos[36].

10) *Quando de minhas magoas, a comprida* (soneto 72, fl. 19 r.).

Soneto incluído nas edições de Rodrigues-Lopes Vieira (n.º 118), Costa Pimpão (n.º 100) e Hernâni Cidade (n.º 85).

O «Índice» do *Cancioneiro do P.ᵉ Pedro Ribeiro* atribui a sua autoria a Diogo Bernardes — é o soneto n.º 42 do índice bernardiniano —, mas o poema não figura em nenhuma das obras deste poeta. Outro erro, ou engano, do «Índice».

Bismut reconhece-lhe «*Authenticité* indiscutable» e Jorge de Sena, após minuciosa análise, conclui que este «esplêndido soneto [...] pode

---

[36] Cf. Jorge de Sena, *A estrutura de «Os Lusíadas» e outros estudos camonianos e de poesia peninsular do século XVI*, Lisboa, Portugália Editora, 1970, pp. 241-245. As suspeitas quanto à autenticidade camoniana do soneto *Todo o animal da calma repousaua* resultaram de um lapso cometido por Justo García Soriano no seu estudo «Una antología hispanolusitana del siglo XVI», in *Boletín de la Real Academia Española*, XII (1925), p. 532, onde regista a informação de que, no referido manuscrito, aquele poema estaria atribuído a Martim de Castro do Rio. Este lapso, repetido por José Gonçalo Chorão de Carvalho no seu trabalho «Sobre o texto da lírica camoniana», in *Revista da Faculdade de Letras*, XV, 2.ª série, 1-2 (1949), pp. 63-64, foi corrigido no mesmo ano (1970) por Jorge de Sena e por Maria Isabel S. Ferreira da Cruz, na sua dissertação de licenciatura intitulada *Novos subsídios para uma edição crítica da lírica de Camões* (apresentada dactilografada em 1970 e publicada, no ano imediato, pelo Centro de Estudos Humanísticos da Faculdade de Letras da Universidade do Porto).

XXIV

perfeitamente continuar a ser uma das glória de Camões»[37]. Não existe, na verdade, nenhuma razão para duvidar da autenticidade camoniana do soneto.

11) *Sospiros inflamados, que cantais* (soneto 73, fl. 19 r.).

Composição aceite nas edições de Rodrigues-Lopes Vieira (n.º 2), Costa Pimpão (n.º 59) e Hernâni Cidade (n.º 70).

Atribuído a Camões pelo «Índice» do *Cancioneiro do P.ᵉ Pedro Ribeiro* — é o n.º 26 do índice camoniano — e pelo *Cancioneiro de Cristóvão Borges*, fl. 17 v. Aparece anónimo no *Cancioneiro de Luís Franco Correia*, fl. 127 v. — é o soneto n.º 27 da sequência de sonetos referida a propósito do soneto *Ia a saudosa Aurora destoucaua* — e fl. 130 r. (mera repetição).

Não existem quaisquer dúvidas sobre a sua autenticidade camoniana.

12) *Aquella fera humana, qu'enriquece* (soneto 74, fl. 19 v.).

Este soneto figura nas edições de Rodrigues-Lopes Vieira (n.º 61), Costa Pimpão (n.º 41) e Hernâni Cidade (n.º 71).

Não foram até hoje levantadas suspeitas sobre a sua autoria camoniana.

13) *Ditoso seja aquelle que somente* (soneto 75, fl. 19 v.).

Poema integrado nas edições de Rodrigues-Lopes Vieira (n.º 98), Costa Pimpão (n.º 44) e Hernâni Cidade (n.º 72).

Aparece anónimo no *Cancioneiro de Cristóvão Borges*, fls. 65 r.- -65 v. e no *Cancioneiro de Luís Franco Correia*, fl. 131 v.

É inquestionável a sua autenticidade camoniana.

14) *Quem fosse acompanhando juntamente* (soneto 76, fl. 20 r.).

Soneto incluído nas edições de Rodrigues-Lopes Vieira (n.º 168), Costa Pimpão (n.º 102) e Hernâni Cidade (n.º 100).

Atribuído a Diogo Bernardes pelo «Índice» do *Cancioneiro do P.ᵉ Pedro Ribeiro* — é o n.º 83 do índice bernardiniano —, não figura

---

[37] Cf. Roger Bismut, *op. cit.*, p. 264; Jorge de Sena, *Os sonetos de Camões e o soneto quinhentista peninsular*, p. 58.

XXV

em nenhuma das obras impressas daquele autor. Encontra-se anónimo no *Cancioneiro de Cristóvão Borges*, fls. 67 v.-68 r. e no *Cancioneiro de Luís Franco Correia*, fl. 60 v.

Bismut, depois de observar que «dans ce Sonnet le rythme, la structure et le mouvement sont peu camoniens», conclui: «Sans décider de son attribution à Diogo Bernardes, nous croyons pouvoir retirer ce Sonnet à Camões» [38]. Jorge de Sena, atendendo à atribuição de autoria constante do «Índice» acima citado e ao esquema rimático dos tercetos, formulou em relação a este soneto exactamente os mesmos juízos que formulou em relação ao soneto *Despois que quis Amor qu'eu so passasse*, já por nós analisado (veja-se, *supra*, pp. XVII-XVIII). Askins entende que os argumentos contra a autoria camoniana não são suficientemente probatórios e que a atribuição do soneto a Bernardes se deve considerar extremamente duvidosa, visto que a secção do «Índice» do *Cancioneiro do P.ᵉ Pedro Ribeiro* em que ela está registada se revela particularmente suspeita, devido aos erros e lapsos que contém [39].

As razões por que contraditámos os argumentos de Jorge de Sena aquando da análise do soneto *Despois que quis Amor qu'eu so passasse* têm aqui inteiro cabimento. Queremos apenas sublinhar, tendo em mente os comentários produzidos por Bismut, que os dois últimos versos do soneto apresentam características semânticas e formais inequivocamente camonianas, como decerto reconhecerá qualquer leitor da canção X. Assim, tal como Askins, julgamos que o soneto não deve ser retirado do cânone da lírica camoniana.

15) *O culto diuinal se celebraua* (soneto 77, fl. 20 r.).

Texto publicado nas edições de Rodrigues-Lopes Vieira (n.º 31), Costa Pimpão (n.º 39) e Hernâni Cidade (n.º 65).

Atribuído a Camões no ms. 2209, fl. 151 v., do Arquivo Nacional da Torre do Tombo. Figura anónimo no *Cancioneiro de Cristóvão Borges*, fl. 60 v. e no *Cancioneiro de Luís Franco Correia*, fl. 121 v.

Autenticidade camoniana incontestada.

---

[38] Cf. Roger Bismut, *op. cit.*, p. 265.
[39] Cf. Arthur Lee-Francis Askins, *op. cit.*, p. 278.

16) *Leda serenidade deleitosa* (soneto 78, fl. 20 v.).

Soneto inserto nas edições de Rodrigues-Lopes Vieira (n.º 37), Costa Pimpão (n.º 45) e Hernâni Cidade (n.º 62).

Não conhecemos quaisquer dúvidas sobre a autoria camoniana deste poema.

17) *Bem sei Amor qu'he certo o que receo* (soneto 79, fl. 20 v.).

Composição incluída nas edições de Rodrigues-Lopes Vieira (n.º 62), Costa Pimpão (n.º 96) e Hernâni Cidade (n.º 99).

Atribuído a Bernardes pelo «Índice» do *Cancioneiro do P.ᵉ Pedro Ribeiro* — é o n.º 82 do índice bernardiniano —, este soneto não se encontra publicado em nenhuma obra daquele poeta. Ocorre anónimo no *Cancioneiro de Cristóvão Borges*, fl. 66 v. e no *Cancioneiro de Luís Franco Correia*, fl. 59 v.

Bismut, baseando-se em características temáticas e formais do poema, declara: «Nous optons donc pour l'*authenticité*» [40]. Jorge de Sena, após analisar a localização do soneto no *Cancioneiro de Luís Franco Correia* — «ele está numa zona de relativa camonidade» —, conclui: «devemos considerar *camoniano* este soneto n.º 79» [41].

Pensamos que a atribuição do soneto a Bernardes constitui outro erro do «Índice» do *Cancioneiro do P.ᵉ Pedro Ribeiro* e que não há razões válidas para excluir este texto das *Rimas* de Camões.

18) *Como quando do mar tempestuoso* (soneto 80, fl. 21 r.).

Soneto integrado nas edições de Rodrigues-Lopes Vieira (n.º 101), Costa Pimpão (n.º 43) e Hernâni Cidade (n.º 73).

Autoria camoniana indiscutida.

19) *Amor he hum fogo qu'arde sem se ver* (soneto 81, fl. 21 r.).

Figura nas edições de Rodrigues-Lopes Vieira (n.º 40), Costa Pimpão (n.º 5) e Hernâni Cidade (n.º 79).

Autoria camoniana indubitável.

---

[40] Cf. Roger Bismut, *op. cit.*, p. 265.
[41] Cf. Jorge de Sena, *op. cit.*, pp. 55-56.

20) *Se pena por amaruos se merece* (soneto 82, fl. 21 v.).

Poema aceite pelas edições de Rodrigues-Lopes Vieira (n.º 49), Costa Pimpão (n.º 34) e Hernâni Cidade (n.º 74).
Autenticidade camoniana indisputada.

21) *Que leuas cruel morte? Hum claro dia* (soneto 83, fl. 21 v.).

Este soneto está publicado nas edições de Rodrigues-Lopes Vieira (n.º 186), Costa Pimpão (n.º 158) e Hernâni Cidade (n.º 90). Costa Pimpão, em nota, observa: «o Soneto é bem pouco digno da Musa de Camões» (p. 408).

No «Índice» do *Cancioneiro do P.ᵉ Pedro Ribeiro*, está atribuído ao Duque de Aveiro. No ms. 348, fl. 30 v., da Biblioteca Geral da Universidade de Coimbra, encontra-se dubitativamente atribuído a um «s.ʳ D. Ant.º». Aparece anónimo no *Cancioneiro de Cristóvão Borges*, fl. 71 v., no *Cancioneiro de Luís Franco Correia*, fl. 140 r., no ms. 2209, fl. 167 v., do Arquivo Nacional da Torre do Tombo, no *Cancioneiro de D. Cecília de Portugal*, fl. 19 r. e no ms. Ç-III-22, fl. 8 r., da Biblioteca del Real Monasterio del Escorial.

Bismut admite a existência de «un faisceau de présomptions en faveur de l'*authenticité* du présent Sonnet» [42]. Jorge de Sena, após uma análise minuciosa dos diversos problemas suscitados pela autoria do soneto, acaba por considerá-lo de autor incerto [43].

Tendo em conta os elementos fornecidos pela tradição manuscrita do soneto e também a estrutura formal do poema, manifestamos fortes dúvidas quanto à sua autoria camoniana, propendendo para a sua exclusão das *Rimas* de Camões [44].

22) *Ondados fios d'ouro reluzente* (soneto 84, fl. 22 r.).

Soneto incluído nas edições de Rodrigues-Lopes Vieira (n.º 57), Costa Pimpão (n.º 95) e Hernâni Cidade (n.º 63).
Não há dúvidas sobre a sua autenticidade camoniana.

---

[42] Cf. Roger Bismut, *op. cit.*, p. 266.
[43] Cf. Jorge de Sena, *op. cit.*, pp. 52-54.
[44] Ao contrário do que sugere J. G. Chorão de Carvalho, *loc. cit.*, p. 88, não existe qualquer fundamento para se atribuir a autoria deste soneto a Diogo Bernardes.

23) *Foy ja num tempo doce cousa amar* (soneto 85, fl. 22 r.).

Poema acolhido nas edições de Rodrigues-Lopes Vieira (n.º 92), Costa Pimpão (n.º 87) e Hernâni Cidade (n.º 75).
Autenticidade camoniana incontroversa.

24) *Dos illustres antigos que deixaram* (soneto 86, fl. 22 v.).

Texto inserto nas edições de Rodrigues-Lopes Vieira (n.º 195), Costa Pimpão (n.º 154) e Hernâni Cidade (n.º 92).
Não se conhecem dúvidas sobre a sua autoria camoniana.

25) *Conuersação domestica affeiçoa* (soneto 87, fl. 22 v.).

Soneto admitido nas edições de Rodrigues-Lopes Vieira (n.º 19), Costa Pimpão (n.º 93) e Hernâni Cidade (n.º 61).
Atribuído a Camões no ms. 12-26-8/D-199, fl. 170 v., da Real Academia de la Historia, de Madrid. No *Cancioneiro Fernandes Tomás*, fl. 27 v., está indicado como seu autor Fernão Rodrigues Lobo Soropita. Figura anónimo no *Cancioneiro de Cristóvão Borges*, fls. 66 v.-67 r. e no *Cancioneiro de Luís Franco Correia*, fl. 60 r.[45].
Carolina Michaëlis, que não conheceu aquele cancioneiro madrileno, reputa como errónea a atribuição de autoria registada no *Cancioneiro Fernandes Tomás*[46]. Chorão de Carvalho, Bismut e Jorge de Sena concordam quanto à validade das razões que corroboram a autoria camoniana do soneto[47].
Em matéria de fiabilidade de atribuições autorais, parece-nos inquestionável que se deve atribuir maior relevância ao ms. 12-26-8/D-199 da Real Academia de la Historia, de Madrid, do que ao *Cancioneiro Fer-*

---

[45] É inexacta a informação de Carolina Michaëlis de que o soneto se encontra atribuído a Camões neste último cancioneiro (cf. Carolina Michaëlis de Vasconcelos, *Estudos camonianos. I. O Cancioneiro Fernandes Tomás*, Coimbra, Imprensa da Universidade, 1922, p. 84).

[46] Cf. *id., ibid.*, p. 84.

[47] *Vide*: José Gonçalo Chorão de Carvalho, *loc. cit.*, p. 63; Roger Bismut, *op. cit.*, p. 256; Jorge de Sena, *op. cit.*, pp. 50-51. Deve ser corrigida a afirmação de Chorão de Carvalho segundo a qual este soneto foi dado a conhecer pela edição das *Rimas* de 1616 (e o mesmo se diga dos outros dois sonetos mencionados conjuntamente).

nandes Tomás, devido à data relativamente tardia em que este florilégio foi organizado. No plano da análise interna, são muito importantes as afinidades semânticas, lexicais e retórico-estilísticas entre os tercetos de *Conuersação domestica affeiçoa* e o soneto proemial das *Rimas, Emquanto quis fortuna que tiuesse,* e o *commiato* da canção X. Por outra parte, como Faria e Sousa sublinha nos seus comentários ao soneto em análise, o tema apuleiano da afeição gerada pela conversação familiar reaparece em diversos textos de Camões. Por todas as razões apontadas, o soneto deve ser mantido no cânone da lírica camoniana.

26) *Esforço grande igoal ao pensamento* (soneto 88, fl. 23 r.).

Este soneto encontra-se nas edições de Rodrigues-Lopes Vieira (n.º 189), Costa Pimpão (n.º 155) e Hernâni Cidade (n.º 93) [48].
Ocorre anónimo no *Cancioneiro de Cristóvão Borges,* fls. 69 v.-70 r. e no *Cancioneiro de Luís Franco Correia,* fl. 202 r.
Autenticidade camoniana assegurada.

27) *No mundo quis hum tempo que s'achasse* (soneto 89, fl. 23 r.).

Poema publicado nas edições de Rodrigues-Lopes Vieira (n.º 3), Costa Pimpão (n.º 46) e Hernâni Cidade (n.º 76).
Não existem dúvidas sobre a sua autoria camoniana.

28) *A perfeição, a graça, o doce geito* (soneto 90, fl. 23 v.).

Soneto excluído de todas as edições citadas.
No «Índice» do *Cancioneiro do P.ᵉ Pedro Ribeiro,* aparece atribuído a Diogo Bernardes — é o n.º 52 do índice bernardiniano —, mas não

---

[48] Hernâni Cidade, todavia, exprime algumas dúvidas sobre a autoria do soneto e sobre a exactidão da sua epígrafe, «Epytaphio a sepultura de Dom Henrique de Meneses Gouernador da India» — epígrafe inexistente na edição de 1598 —, uma vez que esta personagem faleceu em 1526 (cf. *Luís de Camões, Obras completas,* vol. I, p. 240, nota 2). Parecem-nos infundadas as dúvidas expressas por Hernâni Cidade: ao peregrinar pelo Oriente, rememorando personagens e feitos ilustres graças ao seu próprio contacto com homens, terras, monumentos, tradições históricas e lendárias, o poeta épico cantou naturalmente os heróis de um passado recente, muitos deles já exaltados por cronistas e historiadores. D. Henrique de Meneses foi também evocado e glorificado por Camões em *Os Lusíadas,* X, 54.

figura nas obras impressas daquele autor. No *Cancioneiro de Luís Franco Correia*, fl. 240 r., ao contrário do que afirmam Carolina Michaëlis e Askins [49], ocorre anónimo, embora inserto numa sequência de sonetos atribuíveis a D. Manuel de Portugal. No ms. CXIV/2-2, fl. 122 v., da Biblioteca Pública e Arquivo Distrital de Évora, encontra-se atribuído a D. Manuel de Portugal. No ms. Ç-III-22, fl. 21 r., da Biblioteca do Escorial, surge anónimo e no *Cancioneiro Fernandes Tomás*, fl. 160 v., está atribuído a Estêvão de Castro. Faria e Sousa, nos comentários que dedica a este soneto — centúria I, soneto LXXXX —, informa que, num certo manuscrito, o tinha visto atribuído a D. Manuel de Portugal.

Bismut, embora admita a hipótese, quanto a nós apenas imaginosa, de que Camões teria podido rever e retocar o soneto, acaba por excluí-lo do cânone camoniano, já que «la gloire de Camões ne perdra rien à en être frustrée» [50]. Jorge de Sena integra-o no rol dos sonetos com autor incerto [51].

Perante as atribuições divergentes de autoria documentadas nos manuscritos referidos e na edição das *Rimas* de 1598, parece-nos que o soneto deve efectivamente ser considerado de autor incerto, embora a hipótese da autoria de D. Manuel de Portugal mereça um crédito particular.

29) *Vos que d'olhos suaues, & serenos* (soneto 91, fl. 23 v.).

Soneto incluído nas edições de Rodrigues-Lopes Vieira (n.º 146), Costa Pimpão (n.º 32) e Hernâni Cidade (n.º 77).

Aparece anónimo no *Cancioneiro de Cristóvão Borges*, fls. 66 r.--66 v., no *Cancioneiro de Luís Franco Correia*, fl. 59 v. e no ms. 845, fl. 58 v., do Arquivo Nacional da Torre do Tombo.

Autoria camoniana incontestada.

---

[49] Cf. Carolina Michaëlis de Vasconcelos, *Estudos camonianos. II. O Cancioneiro do P.e Pedro Ribeiro*, p. 83; Arthur Lee-Francis Askins, «Notas crítico-bibliográficas», *Cancioneiro de corte e de magnates. Ms. CXIV/2-2 da Biblioteca Pública e Arquivo Distrital de Évora. Edição e notas por Arthur Lee-Francis Askins. Berkeley — Los Angeles, University of California Press, 1968, p. 560.

[50] Cf. Roger Bismut, *op. cit.*, p. 282.

[51] Cf. Jorge de Sena, *op. cit.*, pp. 49-50 e 182.

30) *Que poderei do mundo ja querer?* (soneto 92, fl. 24 r.).

Esta composição figura nas edições de Rodrigues-Lopes Vieira (n.º 113), Costa Pimpão (n.º 88) e Hernâni Cidade (n.º 87).

O «Índice» do *Cancioneiro do P.ᵉ Pedro Ribeiro* atribui a sua autoria a Camões — é o n.º 56 do índice camoniano. Como anónimo, figura no *Cancioneiro de Cristóvão Borges*, fl. 67 v., no *Cancioneiro de Luís Franco Correia*, fl. 60 v. e fl. 200 v. (repetido) e ainda no chamado ms. Cunha e Freitas[52].

Não há dúvidas sobre a sua autenticidade camoniana.

31) *Pensamentos qu'agora nouamente* (soneto 93, fl. 24 r.).

Soneto integrado nas edições de Rodrigues-Lopes Vieira (n.º 109), Costa Pimpão (n.º 31) e Hernâni Cidade (n.º 82).

Atribuído a Camões pelo «Índice» do *Cancioneiro do P.ᵉ Pedro Ribeiro* — é o n.º 29 do índice camoniano. Ocorre anónimo no *Cancioneiro de Cristóvão Borges*, fl. 64 v., no *Cancioneiro de Luís Franco Correia*, fl. 130 v., e no ms. Cunha e Freitas (cf. *loc. cit.*, p. 224).

Autoria camoniana incontroversa.

32) *Se tomar minha pena em penitencia* (soneto 94, fl. 24 v.).

Soneto incluído nas edições de Rodrigues-Lopes Vieira (n.º 74), Costa Pimpão (n.º 33) e Hernâni Cidade (n.º 81).

Aparece anónimo no *Cancioneiro de Luís Franco Correia*, fl. 8 r. Não há razões para duvidar da sua autenticidade camoniana.

33) *Aquella que de pura castidade* (soneto 95, fl. 24 v.).

Soneto aceite pelas edições de Rodrigues-Lopes Vieira (n.º 181), Costa Pimpão (n.º 98) e Hernâni Cidade (n.º 94).

Atribuído pelo «Índice» do *Cancioneiro do P.ᵉ Pedro Ribeiro* a Bernardes — é o n.º 47 do índice bernardiniano —, não figura em nenhuma das obras impressas daquele poeta. Como anónimo, encontra-se no *Cancioneiro de Luís Franco Correia*, fl. 230 v.

---

[52] Cf. Eugénio Andrea da Cunha e Freitas, «Um poeta quinhentista, amigo de Camões, inéditos camonianos?», in *Anais da Academia Portuguesa da História*, série 2, XV (1965), pp. 226-227.

Bismut não levanta qualquer dúvida sobre a autoria camoniana do soneto [53], mas Jorge de Sena, tendo em conta a atribuição de autoria consignada no referido «Índice», algumas suspeitas sobre Estêvão Lopes como possível defraudador do património poético de Bernardes, a localização do poema no *Cancioneiro de Luís Franco Correia* e o esquema rimático dos tercetos, *cde/dec*, inexistente nos sonetos das edições de 1595 e 1598, conclui que este soneto deve ser considerado «como *incerto* entre Camões e Bernardes, se outros nomes não puderem também reclamá-lo» [54].

As atribuições de autoria constantes do «Índice» do *Cancioneiro do P.ᵉ Pedro Ribeiro*, como afirmámos e tivemos ensejo de confirmar a propósito de diversos sonetos e como o próprio Jorge de Sena frequentemente sublinha, não merecem senão uma confiança muito relativa. As suspeitas sobre a honestidade editorial de Estêvão Lopes não passam de vagas suspeitas. Sobre o valor probatório da posição topográfica de um poema anónimo entre poemas atribuídos a determinados autores, num cancioneiro miscelânico organizado ao longo de muitos anos e carecente de directrizes globais homogéneas, pensamos que se tem de ser muito cauteloso e até céptico (no caso em discussão, aliás, figuram a seguir no *Cancioneiro de Luís Franco Correia* dois sonetos também contíguos na edição de 1598, embora com a ordem de sucessão invertida — no manuscrito, o soneto n.º 96 precede o soneto n.º 95 —, e se é certo que as dúvidas lançadas sobre o soneto n.º 95 se projectam, como pretende Sena, sobre o soneto n.º 96, não é menos certo, dentro da mesma lógica, que a certeza da autenticidade camoniana do soneto n.º 96 também se retrojecta sobre o n.º 95 ...). Acerca da singularidade do esquema rimático dos tercetos, além dos argumentos de natureza geral que expendemos nos comentários ao soneto *Despois que quis Amor qu'eu so passasse*, observamos o seguinte: o esquema *cde/dec*, se bem que não petrarquiano, integra-se na tradição petrarquista (aparece em Bembo, Garcilaso, Bernardo Tasso, etc.); nas obras impressas de Bernardes, ocorre apenas uma vez, no soneto XC das *Rimas Varias Flores do Lima*; encontra-se, pelo menos, noutro soneto atribuído a Camões por todas as edições contemporâneas que temos mencionado — *A fermosura desta fresca serra* — e noutro admitido pelas edições Rodrigues-Lopes Vieira e Hernâni Cidade e também aceite como autên-

---

[53] Cf. Roger Bismut, *op. cit.*, p. 256.
[54] Cf. Jorge de Sena, *op. cit.*, p. 55.

XXXIII

tico por Bismut — *Ũa admirável erva se conhece* (não ignoramos, todavia, que existem razões contra a autenticidade camoniana destes dois sonetos). Em suma, não nos parece que se possa fundadamente excluir o soneto n.º 95 do cânone da lírica de Camões.

34) *Os vestidos Elisa reuoluia* (soneto 96, fl. 25 r.).

Soneto inserto nas edições de Rodrigues-Lopes Vieira (n.º 173), Costa Pimpão (n.º 64) e Hernâni Cidade (n.º 95).
Encontra-se anónimo nos seguintes manuscritos: *Cancioneiro de Cristóvão Borges*, fls. 19 r.-19 v.; *Cancioneiro de Luís Franco Correia*, fl. 230 r.; *Cancioneiro Juromenha*, fl. 101 r.
Autenticidade camoniana inquestionada.

35) *O quam caro me custa o entenderte* (soneto 97, fl. 25 r.).

Soneto incluído nas edições de Rodrigues-Lopes Vieira (n.º 10), Costa Pimpão (n.º 47) e Hernâni Cidade (n.º 59).
Aparece anónimo no *Cancioneiro de Cristóvão Borges*, fl. 66 r., no *Cancioneiro de Luís Franco Correia*, fl. 132 r. e no chamado ms. Cunha e Freitas (cf. *loc. cit.*, pp. 222-223).
Autoria camoniana incontroversa.

36) *Se despois d'esperança tão perdida* (soneto 98, fl. 25 v.).

Composição integrada nas edições de Rodrigues-Lopes Vieira (n.º 108 e n.º 170), Costa Pimpão (n.º 49) e Hernâni Cidade (n.º 83).
Está atribuída a Camões no «Índice» do *Cancioneiro do P.ᵉ Pedro Ribeiro* — é o n.º 28 do índice camoniano. Figura anónima no *Cancioneiro de Cristóvão Borges*, fls. 63 v.-64 r., no *Cancioneiro de Luís Franco Correia*, fl. 127 v. e fl. 130 v. (repetida) e no ms. 2209, fl. 136 v., do Arquivo Nacional da Torre do Tombo.
A sua inclusão no cânone da lírica camoniana não levanta dúvidas.

37) *O rayo cristalino s'estendia* (soneto 99, fl. 25 v.).

Soneto publicado nas edições de Rodrigues-Lopes Vieira (n.º 133), Costa Pimpão (n.º 67) e Hernâni Cidade (n.º 68).
O «Índice» do *Cancioneiro do P.ᵉ Pedro Ribeiro* atribui-o a Camões — é o n.º 24 do índice camoniano. Encontra-se anónimo nos seguintes manuscritos: *Cancioneiro de Cristóvão Borges*, fls. 25 r.-25 v.; *Can-*

cioneiro de Luís Franco Correia, fl. 201 r.; Cancioneiro Juromenha, fl. 91 v.; ms. Cunha e Freitas (cf. loc. cit., pp. 223-224). Com muitas variantes, foi republicado como inédito na edição das Rimas de 1616 (soneto n.º 30).

Autenticidade camoniana indisputada.

38) *No mundo poucos annos & cansados* (soneto 100, fl. 26 r.).

Soneto incluído nas edições de Rodrigues-Lopes Vieira (n.º 190), Costa Pimpão (n.º 157) e Hernâni Cidade (n.º 88).

Autoria camoniana indubitável.

39) *Que me quereis perpetuas saudades?* (soneto 101, fl. 26 r.).

Soneto aceite pelas edições de Rodrigues-Lopes Vieira (n.º 110), Costa Pimpão (n.º 107) e Hernâni Cidade (n.º 84).

Atribuído a Camões pelo «Índice» do Cancioneiro do P.ᵉ Pedro Ribeiro — é o soneto n.º 59 do índice camoniano — e pelo ms. 12-26-8/D-199, fl. 22 r., da Real Academia de la Historia, de Madrid. Ocorre anónimo no Cancioneiro de Cristóvão Borges, fls. 70 v.-71 r. e no Cancioneiro de Luís Franco Correia, fl. 70 r.

40) *Verdade, amor, rezão, merecimento* (soneto 102, fl. 26 v.).

Soneto aceite pelas edições de Costa Pimpão (n.º 166) e Hernâni Cidade (n.º 96).

Encontra-se anónimo no Cancioneiro de Luís Franco Correia, fl. 200 v.

Este soneto foi excluído, sem quaisquer razões justificativas, da edição de Rodrigues-Lopes Vieira. Roger Bismut, em virtude das afinidades temáticas do poema com Os Lusíadas e com outros textos líricos de Camões, afirma: «Tous ces motifs nous semblent commander le maintien dans la Lyrique d'un Sonnet que nous considérons comme authentique»[55]. Jorge de Sena, com o argumento de que este soneto foi inserto por Faria e Sousa, na centúria III, entre sonetos que o polígrafo seiscentista declara ter visto, em determinado manuscrito, atribuídos ao infante D. Luís — e que, por outras fontes, podem na verdade ser atribuídos a este príncipe — e com os quais revela uma funda afini-

---

[55] Cf. Roger Bismut, *op. cit.*, p. 257.

XXXV

dade de espírito, admite a hipótese de ele pertencer a D. Luís e não a Camões: «a ficar nela [na lírica camoniana], ficará maculado (se é o termo para um belo soneto) por uma dúvida»[56].

A argumentação de Jorge de Sena sofre de algumas confusões, mas é o próprio Faria e Sousa quem provoca, em grande medida, tais confusões. Com efeito, no termo da centúria I, Faria e Sousa explica que deslocou os últimos cinco sonetos da edição de 1598 para a centúria III, mas observa que só tomou esta decisão depois de ter encontrado os sessenta e quatro sonetos que perfazem esta centúria (imperfeita, como se vê). Ora, os sonetos da centúria III ascendem a sessenta e quatro exactamente porque entre eles figuram os cinco últimos da edição de 1598, o que equivale a dizer que Faria e Sousa só terá encontrado, em rigor, cinquenta e nove sonetos ... De qualquer modo, Faria e Sousa é bem claro quanto aos sonetos atribuídos, ou atribuíveis, ao infante D. Luís, não se contando entre eles o soneto que analisamos e que Faria e Sousa sabia bem proceder da edição de 1598.

41)   *Fiouse o coração de muito isento* (soneto 103, fl. 26 v.).

Soneto incluído nas edições de Costa Pimpão (n.º 66) e Hernâni Cidade (n.º 80).

Atribuído a Camões pelo «Índice» do *Cancioneiro do P.ᵉ Pedro Ribeiro* — é o n.º 18 do índice camoniano — e pelo *Cancioneiro de Cristóvão Borges*, fls. 17 r.-17 v.

Excluído sem razão do cânone da lírica camoniana por Rodrigues-Lopes Vieira, pois que a sua autenticidade é incontroversa.

42)   *Quem quiser ver d'Amor hũa excellencia* (soneto 104, fl. 27 r.).

Soneto integrado nas edições de Rodrigues-Lopes Vieira (n.º 105), Costa Pimpão (n.º 48) e Hernâni Cidade (n.º 78).

No «Índice» do *Cancioneiro do P.ᵉ Pedro Ribeiro*, encontra-se atribuído a Camões — é o n.º 48 do índice camoniano. Ocorre anónimo no *Cancioneiro de Cristóvão Borges*, fls. 24 r.-24 v. e no *Cancioneiro de Luís Franco Correia*, fl. 139 v.

Autoria camoniana indiscutida.

---

[56] Cf. Jorge de Sena, *op. cit.*, p. 60. Na página 62, o soneto é arrolado entre os «duvidosos mas camonianos»; na página 183, entre os «sonetos duvidosos, mas admitidos».

43) *Vos Nymphas da Gangetica espessura* (soneto 105, fl. 27 r.).

Poema incluído nas edições de Rodrigues-Lopes Vieira (n.º 196), Costa Pimpão (n.º 163) e Hernâni Cidade (n.º 91).

Este soneto já tinha sido publicado na *Historia da prouincia sãcta Cruz a que vulgarmēte chamamos Brasil* [...] de Pero de Magalhães de Gândavo, obra impressa em Lisboa, em 1576. O soneto é endereçado a D. Leonis Pereira e encontra-se no fl. 4 r., após os tercetos *Despois que Magalhães teue tecida*, poema de Camões também estampado pela primeira vez naquela obra de Gândavo e igualmente dedicado «Ao muito illustre senhor Dom Lionis Pereira». Figura ainda esta composição no ms. b-IV-28, fl. 4 r., da Biblioteca do Mosteiro do Escorial, que contém a mencionada *Historia* de Pero de Magalhães de Gândavo e que é anterior a 1576 [57].

Autenticidade camoniana incontroversa.

Além dos quarenta e três sonetos atrás enumerados, que representam a parte mais relevante, tanto quantitativa como qualitativamente, dos textos camonianos inéditos — ou considerados como tal — descobertos por Estêvão Lopes, a edição de 1598 das *Rimas* integra no *corpus* da lírica camoniana, entre os chamados 'géneros líricos maiores', os já citados tercetos *Despois que Magalhães teue tecida* (fl. 78 v.), pospostos às elegias, e um conjunto de cinco odes: *Pode hum desejo immenso* (ode seista, fl. 59 v.); *A quem darão de Pindo as moradoras* (ode settima, fl. 61 v.); *Aquelle unico exemplo* (ode outaua, fl. 63 r.); *Fogem as neues frias* (ode nona, fl. 64 v.); *Aquelle moço fero* (ode decima, fl. 66 r.). Dentre estes cinco poemas, um não era inédito: a ode VIII fora já impressa, com numerosas variantes, nos *Coloquios dos simples, e drogas he cousas medicinais da India* [...] de Garcia d'Orta, dedicada a D. Francisco Coutinho, Conde de Redondo e Vice-rei da Índia. A autoria camoniana destas cinco odes não foi até hoje posta em dúvida por ninguém.

---

[57] Cf. Emmanuel Pereira Filho, *As Rimas de Camões*, p. 274.

Em relação às redondilhas, a edição de 1598 dispôs segundo uma ordem diferente os poemas já publicados em 1595 [58] e introduziu dezassete novas composições, assim repartidas por três grupos:

1) *Se n'alma, & no pensamento* (fl. 166 r.).
2) *Sem olhos vi o mal claro* (fl. 166 v.).

3) *Venceome Amor, não o nego* (fl. 183 r.).
4) *Os bons vi sempre passar* (fl. 183 r.).
5) *Perguntaisme quẽ me mata?* (fl. 183 r.).
6) *Esconjurote Domingas* (fl. 183 v.).
7) *Se alma ver se não pôde* (fl. 183 v.).
8) *Vosso bem querer senhora* (fl. 184 r.).
9) *Se me desta terra for* (fl. 184 r.).
10) *Pequenos contentamentos* (fl. 184 r.).
11) *Perdigão perdeo a pena* (fl. 184 v.).
12) *Pois a tantas perdições* (fl. 184 v.).

13) *Se Helena apartar* (fl. 189 r.).
14) *Verdes são os campos* (fl. 189 r.).
15) *Verdes são as hortas* (fl. 189 v.).
16) *Menina fermosa* (fl. 190 r.).
17) *Tendeme mão nelle* (fl. 190 r.).

Todas estas composições em redondilha figuram nas edições de Rodrigues-Lopes Vieira, Costa Pimpão e Hernâni Cidade, não recaindo sobre nenhuma delas dúvidas acerca da sua autenticidade camoniana.

---

[58] Sobre os critérios de redistribuição das redondilhas de 1595 na edição de 1598, cf. Jorge de Sena, *Os sonetos de Camões e o soneto quinhentista peninsular*, pp. 240 ss. Como ficou dito, houve três redondilhas da edição de 1595 que foram excluídas na edição de 1598. Em contrapartida, a edição de 1598 manteve as redondilhas *Pois he mais vosso que meu* e *Senhora pois minha vida*, já publicadas no *Cancioneiro geral* de Garcia de Resende e aí atribuídas a este mesmo autor, e as glosas e voltas aos motes *Ia não posso ser contente, Sem vos & com meu cudado* (glosa: *Vendo amor que com vos ver*) e *A dor que minha alma sente*, incluídas nas *Rimas Varias Flores do Lima* de Diogo Bernardes. A integração da glosa *Vendo amor que com vos ver* na edição de Hernâni Cidade (vol. I, pp. 155-156) carece de fundamento.

Finalmente, assinalemos que a edição de 1598 acrescentou à canção X duas estâncias inéditas: a 3.ª e a 6.ª, segundo a ordem estabelecida por aquela mesma edição [59].

Todos os textos publicados como inéditos na edição de 1598 — quarenta e três sonetos, cinco odes e dezassete redondilhas — se encontram trasladados no já referido manuscrito apenso ao exemplar da edição de 1595 das *Rhythmas* existente na Biblioteca Nacional de Lisboa. Como Emmanuel Pereira Filho demonstrou, com rigor e inteligência, este manuscrito não procede da edição de 1598, tornando-se necessário considerar uma relação estemática inversa, ou seja, aceitar que o manuscrito foi conhecido e utilizado pelo organizador da edição de 1598 das *Rimas*, embora este tivesse adoptado, em grande número de casos, lições diferentes das propiciadas pelo apógrafo. Com muita verosimilhança, Emmanuel Pereira Filho conclui que o *Appendix Rhythmarum* terá sido «elaborado como trabalho preparatório» da edição de 1598, representando «o valiosíssimo testemunho de uma pesquisa de autoria levada a cabo menos de vinte anos após a morte do poeta, por pessoa julgada à altura do encargo» [60]. O cuidado posto em tal pesquisa avalia-se bem pelo reduzido número de textos apócrifos que figuram entre os novos poemas estampados na edição de 1598: segundo julgamos, apenas não pertence a Camões o soneto *A perfeição, a graça, o doce geito* e, muito provavelmente, também não será da sua autoria o soneto *Que leuas cruel morte? Hum claro dia.*

A presente edição *fac-simile* reproduz o exemplar da edição de 1598 das *Rimas* de Camões que existe na Biblioteca Geral da Universidade de Coimbra (cota: R-2-12). Agradecemos ao nosso fraterno Amigo, Doutor Aníbal Pinto de Castro, o auxílio que nos prestou na obtenção do microfilme daquela preciosa espécie bibliográfica. A mancha tipográfica original foi alterada, por motivos de natureza estética e de conveniência tipográfica, de 152/79 mm para 190/125 mm. Mantêm-se

---

[59] Alguns editores contemporâneos propõem uma ordem diversa para a sucessão de algumas estâncias (cf. António José Saraiva, *Luís de Camões*, Lisboa, Publicações Europa-América, ²1972, p. 312; *A Lírica de Luís de Camões (textos escolhidos)*. Apresentação crítica [...] de Maria Vitalina Leal de Matos. Lisboa, Seara Nova/Editorial Comunicação, 1979, pp. 146-147).

[60] Cf. Emmanuel Pereira Filho, *As Rimas de Camões*, p. 239.

na edição fac-similada os erros de foliação do exemplar reproduzido: fl. 155 em vez de fl. 161; fl. 160 em vez de fl. 166; fl. 165 em vez de fl. 167; fl. 198 em vez de fl. 186; fl. 102 em vez me fl. 202.

Como instituições que conservam, transmitem e criam cultura e ciência, as Universidades, sem nunca se alhearem da problemática global das comunidades nacionais e regionais a que pertencem e a cujo serviço estão, devem transcender as querelas, as dissensões e os afrontamentos de natureza ideológico-partidária que, conjunturalmente, podem agitar aquelas mesmas comunidades. Foi dentro de tal espírito, e com a intenção de bem servir a cultura portuguesa, que a Universidade do Minho decidiu realizar esta edição *fac-simile* da 2.ª edição das *Rimas* de Luís de Camões, assinalando assim a passagem do IV centenário da morte do Poeta — um Poeta que, sendo o mais português e o mais universal dos portugueses de todos os tempos, não pode, nem deve ser utilizado como bandeira de divisão entre os Portugueses, segundo os cálculos, as conveniências e até as frustrações de quaisquer grupos, seitas ou partidos. Ler e amar Camões, estudar a sua obra, honrar a sua memória, de diversos, desencontrados e até opostos modos, tem de ser, deve ser 'privilégio' de todos os Portugueses e de quantos, por esse mundo além, falam a língua portuguesa. Ao Reitor da Universidade do Minho, Prof. Doutor Carlos Lloyd Braga, que à realização desta edição dedicou um interesse particular, é devida aqui uma palavra de justo reconhecimento.

Braga, Junho de 1980

VÍTOR MANUEL DE AGUIAR E SILVA
(Universidade de Coimbra e Universidade do Minho)

RIMAS
DE LVIS DE CAMÕES

REPRODUÇÃO FAC-SIMILADA
DA EDIÇÃO DE 1598

RIMAS
DE LVIS DE CAMÕES

Accrescentadas nesta segunda impressão.
Dirigidas a D. Gonçalo Coutinho.

Impressas com licença da sancta Inquisição.
EM LISBOA.
Por Pedro Crasbeeck, Anno de M. D. XCVIII.
A custa de Esteuão Lopez mercador de libros.
Com Priuilegio.

NEste liuro não ha cousa algũa contra a fé ou bós costumes.

Fr. *Antonio Tarrique*.

VIsta a informação podese imprimir este liuro, intitulado Rimas de Luis de Ca-móes, & os Sonetos juntos a elle, & depois de impressos tornem a este conselho, pera se conferirem com o proprio, & se dar licença pera correrem. Em Lisboa 8. de Mayo de 1597.

Diogo de Sousa.   Marcos Texeira.

EV EL REY Faço faber aos que efte meu aluará
virẽ,ey por bem,& mo praz q̃ por tempo de dez an
nos,nenhũ imprimídor,nem liureiro algú, nẽ outra
peſſoa de qualquer qualidade q̃ ſeja,não poſſa imprimir,
nẽ vẽder em todos eſtes Reynos & Senhorios de Portu
gal,nem trazer de fora delles os ditos liuros,ſenaõ aquel
les liureiros, & peſſoas que pera iſſo tiuerem licença do
dito Eſteuão Lopez.E qualquer imprimidor,liureiro,ou
peſſoa que durando os ditos dez annos,imprimir,ou ven
der os ditos liuros de Varias Rimas, & o das Luziadas
de Luis de Camões,nos ditos Reynos,& Senhorios, ou
os trouxer de fora delles ſem licẽça do dito Eſteuão Lo
pez, perderâ para ella todos os volumes que aſsi imprimir,vender,ou de fora trouxer: & alem diſſo encorrerâ
em pena de vinte cruzados, a metade pera mínha Ca-
mara,& a outra a metade para quem o açuſar. E mando
a todas minhas juſtiças, officiaes, a que o conhecimento diſto pertencer,que lhe cumprão,guardem, & façam
inteiramente comprir, & guardar eſte aluara, como ſe
nelle contem: o qual me praz que valha,& tenha força
& vigor, poſto que o effeito delle aja de durar maís de
hum anno,ſem embargo da Ordenação do ſegundo li
uro,titulo vinte,que o contrario diſpoem.Belchior Pin
to o fez em Lisboa a trinta do Dezembro , de mil &
quinhentos & nouenta & cinco. Ioáo da Coſta o fez
eſcreuer.

REY.

A D. Gonçalo Coutinho.

DVAS razões, Senhor, me mouerão a tirar de nouo a luz esta parte das obras do admirauel Luis de Camões Principe dos Poetas. A primeira sere ellas taes, q̃ merece o autor este nome. A segũda ter eu a v. m. por meu senhor, para me valer do seu emparo nos casos a que se arrisca quem sae a publico, & ambas me obrigam a offerecellas a v. m. nesta segunda impressaõ como o fiz na primeira, porque taõbem não quiz defraudar ao poeta do fauor que em v. m. tinha recebido, estando desenganado que com nenhũa outra pessoa lhe podia melhorar seu partido, & pedirlhe que sofra arrimallas a seu nome. Porque se me render louuor de bom juyzo a escolha que fiz de tão alta poesia para a imprimir, quero ficar de todo acreditado, na eleiçaõ do padroeyro que tomo para a defender. Quam alta, & quam excellente obra seja esta, bẽ posso escusar de o encarecer, pois a ponho no theatro do mundo, na mais pura, & emendada impressam que pude auer. Nella está retratado, antes viuo aquelle admirauel engenho, de quem affirmo q̃ se viuera pudera fazer immortal o nome Portuguez, & ainda das feridas de nossas calamidades, em que tantos falsos escrittores tão pesadamẽte nos magoarão, soubera tirar louuores, & tropheos. Não posso declarar como espanta a agudeza de seus cõceitos, como obriga propriedade das palauras, como enleua o encarecimento das razões. Que alteza tem de sentẽças, que metaphoras, que hiperboles, que figuras tã Poëticas? Admirauel he a grauidade dos Sonetos, a graça das Odes, &

Can-

Canções, a malencolia tam musica das Elegias, a brandura tam namorada das Eclogas. Que direi da policia
& facilidade do verso? da elegancia dos termos? da rique
za da lingoa? Por hũa parte me parece q̃ tira a todo ho
mẽ a esperança de ser Poeta: por outra toda a disculpa
aos que vão mendigando lingoajes estrangeiras para cõ
por nellas, & tachão a nossa de esteril: defeito seu, mais
q̃ culpa della. Apontei estas cousas, que v.m. não ignora,
porque quero que entẽda q̃ sei conhecer o preço do que
dou. Por onde me hei por muy obrigado a minha ventura, por me apresentar occasião, em que desejando mui
to seruir a v.m., quasi igualei a vontade com a obra. Mas
tambem confesso q̃ lhe não deuerei nunca poderme dar
cousa que iguale ao merecimẽto de v.m. Em cujos lou
uores não quero entrar, porq̃ vejo diante o mar Oceano
muito mais largo, & estendido do que na verdade he. Ba
ste que se fiz algum seruiço a v.m. com as poesias de Ca
mões, muito mayor o fiz a elle, em as entregar a v.m. de
que se sabe que em dotes de animo, he mayor que todos
seus iguaes, & nas do corpo igual a todos os mayores do
mundo. Porque quanto à isto que menos importa a casa
dos Coutinhos he hũa das muy poucas, que começarão
com o Reyno em Portugal, & com ella permanecerão.
Mas que digo começarão? No mesmo tempo do primei
ro Rey Afonso consta per escritturas antiguas, que auia
Coutinhos, que erão conquistadores per si. Para o que
era necessario teré o sangue illustre pera obrigar o pouo,
& riqueza para o pagar: que saõ os dous esteos que con-
seruão a nobreza. De como se continuou por estes qua-
trocentos annos por virtude propria, mais q̃ fauor alheo,
não testemunho todos os lugares, em que Portugueses

q̃ 3 fize-

fizerão feitos de valor, femeados de offos de Coutinhos. E como a virtude per fi mefmo fem outra valia fe fuftẽ ta, deu a efte Reyno doze & mais cafas, que oje cõ efplẽ dor illuftre fe continua liberaes de valerofos peitos para a guerra, & não a varas de profundos juyzios para a ad- miniftração da paz. Entre eftas deu dous Côdados, dos quaes, & do mais antigo, & verdadeiro defta familia (in da que oje extincto por fe juntar com a cafa Real, pelo cafamento do Iffante dom Fernando, yrmão delRey dom Ioão o terceyro, com a fenhora dona Guimar, vlti- ma poffuydora delle) he v. m. defcendente per linha ligi tima mafculina. Quáto as partes do animo de que Deos dotou, o bom indicio nos deu v. m. dellas na fua em- prefa da olyueyra, que tanto tempo ha que vfa em fuas armas. Porque efta he aquella ǫ engeitou o Reinado das outras aruores, que dignamente lhe offereciaõ. E efta he aquella que he Symbolo da paz, & brádura cortefáa de que v. m. he dotado. Efta he a aruore de Pallas, que me- ftura cõ as armas todas as boas fciécias, & difciplinas, cõ ral côcerto, ǫ reciprocamete fe cómunicaõ admirauellu ftre, como as vemos em v.m. na letra, MIHI TAXVS. Eftou contemplando o queixume geral dos grandes en tendimentos, que fentenciofamentefe defcobre nella: os quaes hũa vez por naõ feré conhecidos daquelles a qué elles faltão, & outra por feré dos mefmos enuejados, nun ca alcanção o que merecé. De maneira, que o faber pel la olyueira, fignificado, que lhes ouuera de fer occafiaõ de fobirem a grandes eftados, lhes caufa effeitos de con tradição & odio, entendidos no veneno do texo. Outras muitas aplicações fe podé defcubrir nefta emprefa, affi ao fentido moral, como ao namorado, que todos me dão

certos

certos penhores do profundo juyzo de v.m.das quaes nã
trato,pollas nio danar cõ a pobreza de meu estillo,&por
deixar q especular aos bõs engenhos. E bẽ mostra v.m.
nellas as partes excellentes de seu animo,de q não direy
mais,porq sey que não bastão liuros inteiros, quáto mais
prologo curto. Mas como não ey de exalçar atê o ceo a
magnifica,&mui heroica obra q v.m.fez em dar sepultu
ra hõrada aos ossos deste admirauel varão,q pobre &ple
beiamente jazião no mosteiro deS.Anna? Tomou v.m.a
sua côta a obrigação cõmua,não deste Reino só,mas de
toda Espanha!&assi recolheo pera si toda a gloria q a to
da esta prouincia viera,se para tão deuida obra se ajunta
ra. Bastante razão era esta para suas poesias serẽ dedica-
das ao nome de v.m.&não conhecerẽ outro. Aceiteas v.
m.defendaas,hõreas,q se v.m.o fizer entre os estrangei-
ros,elle lhe pagara cõ honrar seu nome entre os estrãgei
ros & naturaes. Porq a verdadeira patria dos altos enge
nhos,não he o lugar q conhecẽ por nascimento, he só o
entendimento claro & perfeito,q sabe estimar as cousas
grandes,& leuantadas. E assi o emparo q v.m.lhe der en
tre juizos pobres q o perseguẽ,como estrangeiro,pagarâ
cõ fazer enuejado o nome de v.m.entre os ricos & excel
lentes que o estimão como natural. E bẽ he razão,q pois
elle por meyo de v. m. começa oje a viuernoua vida per
gloria de seus escritos,fique a memoria de v.m.pello seu
liure das leis da morte,&do ésquecimento cõforme â an
tiga,& bẽ prouada profecia Poetica.Por maneira,que se
v.m.lhe for Achilles entre aquelles, seja elle para v.m.
Homero entre hũs & outros. Nosso Senhor guarde a
v. m. De Lisboa a 16. de Ianeiro de 1598.

Esteuão Lopez.

IN LAVDEM LVDOVICI CA-
monij Principis Poetarum.

Emanuelis Sousæ Coutigni Epigramma.

Qvod Maro sublimi, quod suaui Pindarus, alto
Quod Sophocles, tristi Naso quod ore canit.
Mœstitiam, casus, horrentia prælia, amores,
Iuncta simul, cantu sed grauiore damus.
Quis nam author? Camonius. Vnde hic? Protulit illum
Lysia in Eoas imperiosa plagas.
Vnus tanta dedit? Dedit, & maiora daturus,
Ni celeri fato corriperetur, erat.
Vltimus hic choreis Musarum præfuit, illo
Plenior Aonidùm est, nobiliórq. chorus.
Flos veteris, virtúsq. nouæ fuit ille Camœnæ,
Debita iure sibi sceptra poësis habet.
In Lusitanos Heliconis culmina tractus
Transtulit, antra, Lyras, serta, fluenta, Deas.
Currere Castalios nostra de rupe liquores,
Iussit ab inuito prata virere solo.
Cerne per incultos Tempe meliora recessus,
Cerne sotas sterili cespite veris opes.
Omnibus Occidui tibi rident floribus horti:
Non ego iam Lysios credo, sed Elysios.

Orpheus

Orpheus attonitas dulci modulamine cautes,
  Traxit & ab Stygio squallida monstra foro.
Thessalicos, Lodoice, sacro cum flumine montes,
  Pieridûmq̃. trahis, cælituûmq̃. choros.
Sunt maiora tuæ Orphæis miracula vocis.
  Attica, quid faceres, si tibi lingua foret?

ALIVD EIVSDEM.
Ad Dominum Gondisaluum Coutignum.

Nominibus gentis, donis, Coutigne, Mineruæ,
  Nobilitatis honos, Pieridûmq̃. decus.
Victa situ in tenebris Camonij Musa iacebat,
  Quo nihil in toto grãdius orbe sonat.
Per te squallentem cultum deponit, & audet
  Obsita Lysiacæ plectra ferire Lyræ.
Ac velut Orphæo reuocasti munere amicum,
  Orphæus existet nominis ille tui.
Sic vos alterno viuetis munere, & Orphæus
  Alter erit Musæ, nominis alter erit.

D. LEONARDO TVRRICA-
no a Luis de Camóes.

SONETO.

CEleste ligno de i gran fatti egregi
   Del popol Lusitano ardito e forte,
   Che in alto canto, ad onta della morte
   Et del tempo gli auiui, & anco infregi;
Se in gli alti Elisij, di stellati fregi,
   L'heroico Vasco orna le tempie accorte,
   Per te dal basso Occaso à l'alte porte
   Del Oriente ha i più lodati pregi.
A lui la palma, à te il lauro si deue
   Luigi degno Apollo, & degno Homero,
   E degne sol della tua penna istessa:
Viui per lei fra mille lingue, & in breue
   Riuolge questo & quello altro Emisphero
   In viue carte la tua fama impressa.

Sonetto di'l Torquato Tasso,in lode de Luigi
di Camois. Parte 6. fol. 47.

Vasco, le cui felici, ardite antenne
Incontro al Sol, che ne riporta il giorno
Spiegar le vele, e fer colà ritorno,
Ne egli par, che di cadere accenne;
Non piu di te per aspro mar sostenne
Quel, che fece al Ciclope oltraggio,& scorno:
Nè chi turbò l'Arpie nel suo soggiorno,
Nè diè piu bel subietto à colte penne.
Et hor quella del colto, e buon Luigi
Tant'oltre stende il glorioso volo,
Che i tuoi spalmati legni andarmen lunge.
Ond'à quelli, a cui s'alza il nostro polo,
E a chi ferma incontra i suoi vestigi,
Per lui del corso tuo la fama aggiunge.

Soneto do Licenciado Gaspar
Gomez Pontino.

Aqui da grã Minerua se descobre
O thesouro qu'os homês mais sublima,
Que quantos Phebo mostra là de cima,
E a máy d'Anthéo no seo auaro encobre.
Aqui pode tirar ouro do cobre
Quem de Pallas prouar a sotil lima,
E no saber que Apollo mais estima
Por arte virà a ser rico, de pobre.
Aqui da illustre Musa, & heroyca vea
Do inclyto Poeta Lusitano
Que de louuor eterno a patria arrea,
Se pode ver bem claro hum desengano,
Qu'em quanto o Sol abraça, & o mar rodea
Nunqua subio mais alto engenho humano.

Diogo Bernardes, em louuor de Luís de Camões.
SONETO.
Qvem louuará Camões qu elle não seja?
  Quê não vé q̃ cansa em vão engenho, & arte?
  Elle se louua a si so, em toda parte,
  E toda parte, elle só enche d'enueja.
Quem juntos n'hum sprito ver deseja
  Quantos dões, entre mil Phebo reparte
  (Quer elle d'amor cante, quer de Marte,)
  Por mais não desejar, elle só veja.
Honrou a patria em tudo: imiga sorte
  A fez com elle só, ser encolhida,
  Em premio d'estender della a memoria.
Mas se lhe foy fortuna escassa em vida
  Não lhe pode tirar despois da morte
  Hum rico emparo de sua fama & gloria.

De Francisco Lopez, a Luis de Camões.
SONETO.
EStá o pintor famoso atento & mudo,
  Pintando, & recebendo mil louuores,
  Pello que retratou de varias cores,
  Com engenho sutil, viuo, & agudo.
Quem he este que fala, & pinta tudo,
  O ceo, a terra, o mar, o campo, as flores,
  Aues, & animais, Nymphas, pastores,
  Co diuino pincel do grande estudo?
O Principe será do gran Parnasso,
  Ou o Grego excellente, & soberano,
  Ou Torcato tambem qu'em verso canta,
E se não he Virgilio, Homero, ou Tasso.
  E he como paarece Lusitano,
  He Luis de Camões, qu'o mundo espanta.

AO AVTOR,
De Diogo Taborda Leitão.

SONETO

SPirito, que ao Empyreo ceo voaste,
Das Musas cà na terra tão chorado,
Quanto milhor terâs ja la cantado,
Do muito que tão bem câ nos cantaste?
Partiste de nôs, sôs nos deixaste,
A ser la doutro lauro laureado,
Differente daquelle que te hão dado
Os que câ com teus versos tanto honraste.
Lâ Hymnos, Odes, cantos mais suaues
Podes cantar na Angelica Hierarchia,
Onde essa voz de cisne mais se apura.
Nem te podem faltar materias graues,
Em que occupes melhor a fantasia,
Qu'em fim o de câ passa, o de lâ dura.

Ao Autor por hum seu amigo.
Ao qual respondeo com o Soneto 62.que co
meça.

De tão diuino attento, & voz humana.

SONETO.

QVem he este que na harpa Lusitana
Abate as Musas Gregas & Latinas?
E faz que ao mundo esqueção as plautinas
Graças,com graça,& alegre,lira vsana?
Luis de Camões he,que a soberana
Potencia lhe influio partes diuinas,
Por quem espiram as flores & boninas,
Da Homerica Musa & Mantuana.
Se tu(triumphante Roma)este alcançaras
No teu theatro, & Scena luminosa,
Nunca do gran Terentio te admiraras,
Mas antes sem contraste, curiosa
Estatua d'ouro alli lhe leuantaras,
Contente de ventura tam ditosa.

Prologo ao Leitor.

DEPOIS de gastada a primeira impres
são das Rimas deste excellente poeta, de
terminando dailo segunda vez a estam-
pa, procurei que os erros, q̃ na outra por
culpa dos originaes se cometerão, nesta
se emmendassem de sorte, que ficasse me
recendo conhecerse de todos por digno parto do grande engenho de seu autor. Verdade he, que o immenso
trabalho que levei nisto, se paga somente com o amor
da patria que me moueo, & eu tiue por principal causa,
para perdoar âs difficuldades, que se me offerecião, por
que vendo as estrangeiras nações, em obras tão fermosas algũas nodoas que as afeauão, que a condição do té-
po lhe imprimira, & não a suficiencia do poeta, julgarão
com razaõ por indignos de o terem entre si, homẽs que
não sabião com sua diligencia, restituirlhe o preço que
elles com seu discudo lhe roubarão: porque certo em
muitas fabulas que toca o Autor em diuersas partes, &
textura dos versos, assi se entrodusirão os erros de qué
os tresladaua, que ja quasi na opinião do vulgo se tinhão
por proprios de Luís de Camões. & se ainda assi não fi-
carem na realidade de sua primeira composição, baste
que em quanto pude o cõmuniquei com pessoas que o
entendião, conferindo varios originaes, & escolhendo del
les o que vinha mais proprio ao que o Poeta queria dizer, sem lhe violar a graça, & termo particular seu, que
nestas cousas importa muto. Nem foi sô esto o benificio

cio(se assi he licito, dizello)que recebio de mim a memo
ria de Luis de Camões,porque mutas poesias que o tem
po gastara,cauei a pesar do esquecimento em que ja esta
uão sepultadas,acrescentando a esta segunda impressaõ
quasi outros tantos Sonetos,cinco Odes,àlgũs Tercetos,
& tres cartas em prosa,que bem mostrão não desmerecerem o titulo de seu dono. Na vontade com q̃ se aceite só quero que tirando os olhos de mim se ponha no
que dou,& acharão merecer o agardecimento,com que
este meu trabalho espero ser recebido.   Vale.

Fol. 1.

RIMAS
DE LVIS DE
CAMÕES.

SONETO 1.

EM quanto quis fortuna que tiueſſe
Eſperança d'algum contentamento,
O goſto de hum ſuaue penſamento
Me fez que ſeus effeitos eſcreueſſe.
Porem temendo amor que auiſo deſſe
Minha eſcriptura a algum juyzo iſento,
Eſcureccome o engenho co tormento,
Para que ſeus enganos não diſſeſſe.
ô vos qu'Amor obriga a ſer ſogeitos
A diuerſas vontades, quando lerdes
Num breue liuro caſos tão diuerſos,
Verdades puras ſaõ, & não defeitos:
E ſabey que ſegund'o amor tiuerdes,
Tereis o entendimento de meus verſos.

A   Soneto

Sonetos
SONETO 2.

EV cantarei d'amor táo docemente,
Por hús términos em si táo concertados,
Que dous mil accidentes namorados
Faça sentir ao peito que náo sente.
Farei qu'amor a todos auiuente,
Pintando mil segredos delicados,
Brandas iras, sospiros magoados,
Temerosa ousadia, & pena ausente.
Tambem senhora do desprezo honesto
De vossa vista branda & rigurosa,
Contentarm'hei dizendo a menos parte.
porem pera cantar de vosso gesto
A composiçam alta & milagrosa,
Aqui falta saber, engenho, & arte.

SONETO 3.

COm grandes esperanças ja cantei
Com qu'os Deoses no Olimpo conquistara;
Despois vim a chorar porque cantara,
E agora choro ja porque chorei.
Se cuido nas passadas que ja dei,
Custame esta lembrança só táo cara,
Qu'a dor de ver as magoas que passara,
Tenho pola mor magoa que passei.
Pois logo s'está claro que hum tormento
Dá causa qu'outro n'alma s'acrescente,
Ia nunqua posso ter contentamento.
Mas esta fantesia se me mente?
O ocioso & cego pensamento!
Ainda eu imagino em ser contente?

Soneto

De Luis de Camões. 2

SONETO 4.

DEspois que quìs Amor qu'eu so passasse
Quanto mal ja por muitos repartio,
Entregeume â fortuna,porque e vio
Que nã tinha mais mal qu'em mim mostrasse.
Ella, porque do Amor se auentejasse
No tormento que o Ceo me permitio,
O que para ninguem se consentio,
Para mim so mandou que s inuentasse.
Eism'aqui vou com vario som gritando
Copioso exemplario para a gente
Que destes dous tyrannos he sogeita
Desuarios em versos concertando.
Triste quem seu descanso tanto estreita,
Que deste taõ pequeno estâ contento.

SONETO 5

EM prisões baixas suy hum tempo atado
Vergonhoso castigo de meus erros:
Ind·agora arrojando leuo os ferros
Qu'a morte a meu pesar tem jâ quebrado.
Sacrifiquei a vida a meu cuidado,
Qu'Amor não quer cordeiros,nem bezerros:
Vi magoas, vi miserias,vi desterros
Parecome qu'estaua assi ordenado.
Contenteime com pouco, conhecendo
Qu'era o contentamento vergonhoso,
So por ver que cousa era viuer ledo.
Mas minha estrella qu'eu j'agora entendo,
A morte cega, & o caso duuidoso,
Me fizerão de gostos auer medo.

A 2 Sone

Sonetos

SONETO 6.

ILlustre,& dino ramo dos Meneses
  Aos quaes o prudente, & largo ceo
  (Qu'errar não sabe)em dote concedeo
  Rompesse os Maometicos arneses:
Desprezando a fortuna,& seus reueses,
  Ide paraonde o fado vos moueo
  Erguei flammas no mar alto Erithreo,
  E sereis noua luz aos Portugueses.
Opprimi com tão firme & forte peito
  O Pirata insolente,que s'espante,
  E trema Trapobana,& Gadrosia.
Day noua causa â cordo Arabo estreito
  Assi qu o roxo mar daqui em diante
  O seja sô co sangue de Turquia.

SONETO 7.

NO tempo que d'Amor viuer soya
  Nem sempre andaua ao remo ferrolhado,
  Antes agora liure, agora atado
  Em varias flammas variamente ardia.
Qu'ardesse n'hum sô fogo, não queria
  O ceo,porque tiuesse experimentado,
  Que nem mudar as causas ao cuidado,
  Mudança na ventura me faria.
E se algum pouco tempo andaua isento,
  Fuy como quem co peso descansou
  Por tornar a cansar com mais alento.
Louuado seja Amor em meu tormento,
  Pois para passatempo seu tomou
  Este meu tão cansado soffrimento.

Sone

De Luis de Camões.

SONETO 8.

Amor qu'o gesto humano n'alma escreue,
Viuas faiscas me mostrou hum dia,
Donde hum puro cristal se derretia
Por entre viuas rosas,& alua neue.
A vista qu'em si mesma não s'atreue,
Por se certificar do qu'ali via,
Foy conuertida em fonte,que fazia
A dor ao suffrimento doce,& leue.
Iura Amor, que brandura de vontade
Causa o primeiro effeito: o pensamento
Endoudece, se cuida qu'he verdade.
Olhay como Amor gera num momento,
De lagrimas de honesta piedade,
Lagrimas d'immortal contentamento.

SONETO 9.

Tanto de meu estado m'acho incerto,
Qu'em viuo ardor tremendo estou de frio,
Sem causa juntamente choro,& rio,
O mundo todo abarco,& nada aperto.
He tudo quanto sinto, hum desconcerto:
D'alma hum fogo me sae,da vista hum rio,
Agora espero, agora desconfio,
Agora desuario, agora acerto.
Estando em terra,chego ao ceo voando,
Num'hora acho mil annos,& he de geito
Qu'em mil annos não posso achar hum'hora,
Se me pregunta alguem porque assi ando,
Respondo que não sey: porem sospeito
Que sò porque vos vi,minha senhora.

A 3   Soneto

Sonetos
SONETO 10.

TRansformase o amador na cousa amada,
Por virtude do muito imaginar,
Não tenho logo mais que desejar,
Pois em mim tenho a parte desejada.
Se nella está minh'alma transformada,
Que mais deseja o corpo de alcançar?
Em si sómente pode descansar,
Pois consigo tal alma está liada.
Mas esta linda & pura semidea
Que como o accidente em seu sogeito,
Assi coa alma minha se conforma;
Está no pensamento como idea
O viuo & puro amor de que sou feito,
Como a materia simplez busca a forma.

SONETO 11.

PAsso por meus trabalhos tão isento
De sentimento,grande nem pequeno,
Que só polla vontade com que peno
Me fica amor deuendo mais tormento.
Mas vayme amor matando tanto a tento,
Temperando a triaga co veneno,
Que do penar a ordem desordeno,
Porque não mo consente o soffrimento.
Porem se esta fineza o amor sente,
E pagarme meu mal com mal pretende,
Torname com prazer como ao sol neue.
Mas se me vè cos males tão contente,
Faz se auaro da pena,porque entende
Que quanto mais me paga,mais me deue.
Soneto

De Luis de Camões. 4
SONETO 12.

EM flor vos arrancou de então crescida
(Ah senhor dom Antonio) a dura sorte,
Donde fazendo andaua o braço forte
A fama dos antigos esquecida,
Húa so razão tenho conhecida,
Com que tamanha magoa se conforte,
Que pois no mundo auia honrada morte,
Que não podieis ter mais larga a vida.
Se meus humildes versos podem tanto,
Que co desejo meu se iguale a arte,
Especial materia me sereis.
E celebrado em triste,& longo canto
Se morrestes nas mãos do fero Marte,
Na memoria das gentes viuireis.

SONETO 13.

NVm jardim adornado de verdura,
A que esmaltão por cima varias flores,
Entrou hum dia a Deesa dos amores,
Com a Deosa da caça, & da espessura:
Diana tomou logo húa rosa pura,
Venus hum roxo lirio dos melhores,
Mas excedião muito âs outras flores
As violas, na graça,& fermosura.
Preguntão a Cupido qu'alli estaua
Qual daquellas tres flores tomaria.
Por mais suaue,pura, & mais fermosa?
Sonrindose o menino lhe tornaua,
Todas fermosas saõ, mas eu queria,
Viol'antes que lirio, nem que rosa.

A 4   Sone

Sonetos
SONETO 14.

TOdo o animal da calma repousaua,
   So Liso o ardor della não sentia,
   Qu'o repouso do fogo em que ardia
   Consistia na Nympha que buscaua.
Os montes parecia que abalaua
   O triste som das magoas que dezia,
   Mas nada o duro peito commouia,
   Que na vontade d'outrem posto estaua.
Cansado ja de andar pola espessura,
   No tronco d'hua faya por lembrança
   Escreueu estas palauras de tristeza;
Nunca ponha ninguem sua esperança
   Em peito feminil,que de natura
   Somente em ser mudauel tem firmeza.

SONETO 15.

BVsque amor nouas artes,nouo engenho
   Para mattarme & nouas esquiuanças,
   Que não pode tirarme as esperanças,
   Que mal me tirarâ o qu'eu não tenho.
Olhai de que esperanças me mantenho,
   Vede que perigosas seguranças,
   Que não temo contrastes,nem mudanças
   Andando em brauo mar perdido o lenho.
Mas com quanto não pode auer desgosto
   Onde esperança falta, la m'esconde
   Amor hum mal,que matra,& não se vê:
Que dias ha que n'alma me tem posto
   Hum não sey que,que nasce não sey onde,
   Vem não sei como,& doe não sey porque.
                                    Soneto

De Luis de Camões. 5
SONETO 16.

Quem vê senhora claro & manifesto
O lindo ser de vossos olhos bellos,
Se não perder a vista só em vellos,
Ia não paga o que deue a vosso gesto.
Este me parecia preço honesto,
Mas eu por de ventagem merecellos
Dei mais a vida & alma por querellos
Donde ja me não fica mais de resto.
Assi qu'a vida, & alma, & esperança
E tudo quanto tenho, tudo he vosso,
E o proueito disso eu só o leuo:
Porqu'he tamanha bemauenturança
O daruos quanto tenho, & quanto posso,
Que quanto mais vos pago, mais vos deuo.

SONETO 51.

Quando da bella vista, & doce riso,
Tomando estão meus olhos mantimento;
Tão enleuado sinto o pensamento
Que me faz ver na terra o parayso.
Tanto do bem humano estou diuiso,
Que qualquer outro bem, julgo por vento
Assi qu'em caso tal, segundo sento
Assaz de pouco faz quem perde o siso.
Em vos louuar senhora não me fundo,
Porque quem vossas cousas claro sente
Sentirà, que não pode conhecellas
Que de tanta estranheza sois ao mundo,
Que não he d'estranhar dama excellente
Que quem vos fez, fizesse ceo & estrellas.

Soneto

Sonetos
SONETO 18.

DOces lembranças da paſſada gloria,
Que me tirou fortuna roubadora,
Deixaime repouſar em paz hum'ora,
Que comigo ganhais pouca vittoria.
Impreſſa tenho n'alma larga hiſtoria
Deſte paſſado bem que nunca fora,
Ou fora,& não paſſara, mas ja agora
Em mim não pode auer mais qu'a memoria.
Viuo em lembranças, mouro d'eſquecido
De quem ſempre deuera ſer lembrado,
Se lhe lembrara eſtado tão contente:
ô quem tornar podera a ſer naſcido,
Souberame lograr do bem paſſado,
Se conhecer ſoubera o mal preſente.

SONETO 19.

ALma minha gentil, que te partiſte
Tão cedo deſta vida deſcontente,
Repouſa lâ no ceo eternamente,
E viua eu ca na terra ſempre triſte.
Se la no aſſento Ethereo, onde ſubiſte
Memoria deſta vida ſe conſente,
Não t'eſqueças daquelle amor ardente
Que ia nos olhos meus tão puro viſte.
E ſe vires que pode merecerte
Algũa couſa a dor que me ficou
Da magoa ſem remedio de perderte,
Roga a Deos que teus annos encurtou,
Que tão cedo de câ me leue a verte,
Quam cedo de meus olhos te leuou.

Soneto

De Luis de Camões. 6

SONETO 20.

NVm bosquo que das Nymphas se habitaua
Sybila Nympha linda andaua hum dia,
E Subida nũa aruore sombría,
As amarellas flores apanhaua.
Cupido que alli sempre costumaua
Á vir passar a sesta â sombra fria.
N'hum ramo o arco & settas que trazia,
Antes que adormecesse penduraua.
A Nympha como idoneo tempo vira
Para tamanha impresa, não dilata,
Mas com as armas soge ao moço esquiuo.
As settas traz nos olhos, com que tira:
ô pastores sugi,que a todos matta,
Senão a mim,que de matar me viuo.

SONETO 21.

OS Reinos,& os imperios poderosos
Que em grãdeza no mundo mais crescerão
Ou por valor de esforço florecerão,
Ou por varões nas letras espantosos.
Teue Grecia Themistocles, famosos
Os Scipiões a Roma engrandescerão,
Doze Pares a França gloria derão,
Cides a Espanha,& Laras bellicosos.
Ao nosso Portugal (que agora vemos
Tão differente de seu ser primeiro)
Os vossos derão honra & liberdade.
E em vos grão successor,& nouo herdeiro
Do Bragançáo estado, ha mil estremos
Iguaes ao sangue, & mores que a idade.

Sone

Sonetos
SONETO 30.

DE vos m'aparto(ô vida)em tal mudança,
Sinto viuo da morte o sentimento,
Não sei pera qu he ter contentamento,
Se mais ha de perder quem mais alcança?
Mas douuos esta firme segurança,
Que posto que me matte meu tormento
Poilas agoas do eterno esquecimento
Segura passarà minha lembrança
Antes sem vos meus olhos se entristeção,
Que com qualquer cous'outra se contentem
Antes os esqueçaes,que vos esqueção.
Antes nesta lembrança se atormentem,
Que com esquecimento desmereção
A gloria que em soffrer tal pena sentem.

SONETO 23.

CHara minha enemiga,em cuja mão
Pos meus contentamentos a ventura,
Faltoute ati na terra sepultura,
Porque me falte a mim consolação.
Eternamente as agoas lograrão
A tua peregrina fermosura,
Mas em quanto me a mim a vida dura,
Sempre viua em minh'alma t'acharão.
E se meus rudos versos podem tanto,
Que possaõ prometerte longa historia
Daquelle amor tão puro & verdadeiro;
Celebrada seras sempre em meu canto,
Porque em quanto no mundo ouuer memoria,
Serâ minha escrittura teu letreiro.

Sono

De Luis de Camões. 7

SONETO 24.

AQuella triste & leda madrugada,
Chea toda de magoa,& de piedade,
Em quanto ouuer no mundo saudade
Quero que seja sempre celebrada.
Ella so, quando amena & marchetada
Saia,dando ao mundo claridade,
Vio apartarse d'hũa outra vontade,
Que nunca poderâ verse apartada.
Ella so vio as lagrimas em fio,
Que d'hũs & d'outros olhos diriuadas
S'accrescentarão em grande &largo rio.
Ella vio as palauras magoadas,
Que poderão tornar o fogo frio,
E dar descanso âs almas condenadas.

SONETO 25.

SE quando vos perdi minha esperança
A memoria perdera juntamente,
Do doce bem passado,& mal presente,
Ponco sentira a dor de tal mudança.
Mas amor em quem tinha confiança,
Me representa mui miudamente
Quantas vezes me vi ledo & contente,
Por me tirar a vida esta lembrança.
De cousas de que não auia sinal,
Por as ter postas ja em esquecimento,
Destas me vejo agora perseguido;
Ah dura estrella minha! ah gran tormento!
Que mal pode ser môr,que no meu mal
Ter lembrança do bem qu'he ja perdido?

Soneto

Sonetos
SONETO 25.

EM fermofa Lethea fe confia,
  Por onde a vaydade tanta alcança,
  Que tornada em foberba a confiança
  Com os Deofes celeftes competia.
Porque não foffe auante efta oufadia,
  (Que nafcem muitos erros da tardança)
  Em effeito puferão a vingança,
  Que tamanha doudice merecia.
Mas Oleno perdido por Lethea,
  Não lhe foffrendo amor que fopportaffe
  Caftigo duro tanta fermofura,
Quis padecer em fi a pena alhea,
  Mas porque a morte amor não apartaffe,
  Ambos tornados faõ em pedra dura.

SONETO 27.

MAles que contra mím vos conjuraftes,
  Quanto ha de durar tão duro intento?
  Se dura porque dura meu tormento,
  Bafteuos quanto ja me atormentaftes.
Mas fe afsi perfiaes, porque cuidaftes
  Derrubar meu tão alto penfamento?
  Mais pode a caufa delle, em qu'o foftento
  Que vos, que della mefma o fer tomaftes.
E pois voffa tençao com minha morte
  Ha de acabar o mal deftes amores,
  Dai ja fim a tormento tão comprido.
Porque d'ambos contente feja a forte,
  Vos porque me acabaftes, vencedores,
  E eu porque açabei, de vos vencido.

Soneto

De Luis de Camões. 8
SONETO 24.

EStase a Primauera trasladando
Em vossa vista deleitosa,& honesta,
Nas lindas faces,olhos, boca,& testa,
Boninas, lyrios, rosas debuxando.
De sorte vosso gesto matizando
Natura quanto pode manifesta,
Qu'o monte,o campo,o rio,& a floresta,
Se estão de vos senhora namorando.
Se agora não quereis que quem vos ama
Possa colher o fruito destas flores,
Perderão toda a graça vossos olhos.
Porque pouco aproueita linda dama,
Que semeasse amor em vos amores,
Se vossa condição produze abrolhos.

SONETO 29.

SEte annos de pastor Iacob seruia
Labão,pay de Rachel,serrana bella:
Mas não seruia ao pai, seruia a ella,
Qu'ella só por premio pretendia.
Os dias na esperança de hum só dia
Passaua, contentandose com vella:
Porem o pay vsando de cautella,
Em lugar de Rachel, lhe daua Lya.
Vendo o triste pastor que com enganos
Lhe fora assi negada a sua pastora,
Como se a não tiuera merecida:
Começa de seruir outros set'annos,
Dizendo: Mais seruira,se não fora
Pera tão longo amor tão curta a vida.

Sone

Sonetos
SONETO 30.

EStà o lasciuo & doce passarinho
Com o biquinho as penas ordenando,
O verso sem medida alegre,& brando,
Espedindo no rustico raminho.
O cruel caçador(que do caminho
Se vem calado & manso,desuiando)
Na pronta vista a seta endereitando,
Em morte lhe conuerte o charo ninho.
Dest'arte o coração,que liure andaua,
(Posto que ja de longe destinado)
Onde menos temia foi ferido.
Porque o frecheiro cego m'esperaua,
Pera que me tomasse descuidado,
Em vossos claros olhos escondido.

SONETO 31.

PEde o desejo(dama)que vos veja,
Não entende o que pede,està enganado,
He este amor tão fino,& tão delgado,
Que quem o tem não sabe o que deseja;
Não ha cousa a qual natural seja,
Que não queira perpetuo seu estado,
Não quer logo o desejo o desejado,
Porque não falte nunca onde sobeja.
Mas este puro affeito em mim se danna,
Que como a graue pedra tem por arte
O centro desejar da natureza.
Afsi o pensamento (polla parte
Que vay tomar de mim terreste humana)
Foy senhora pedir esta baixeza.

Soneto

De Luis de Camões.

SONETO 32.

POrque quereis senhora que offereça
A vida a tanto mal como padeço?
Se vos nasce do pouco que mereço,
Bem por nascer está quem vos mereça.
Sabey que em fim por muito que vos peça,
Que posso merecer quanto vos peço,
Que não consent'amor qu'em baixo preço
Tão alto pensamento se conheça.
Assi que a paga igual de minhas dores,
Com nada se restaura, mas deveisma,
Por ser capaz de tantos disfauores.
E se o valor de vossos seruidores
Ouuer de ser igual conuosco mesma,
Vos so conuosco mesma andai d'amores:

SONETO 33.

SE tanta pena tenho merecida
Em pago de soffrer tantas durezas,
Prouay senhora em mim vossas cruezas,
Que aqui tendes hũa alma offerecida.
Nella experimentay se sois seruida,
Desprezos, disfauores, & asperezas,
Que mores soffrimentos, & firmezas
Sustentarei na guerra desta vida.
Mas contra vossos olhos quaes serão?
Forçado he que tudo se lhe renda,
Mas porei por escudo o coração.
Porque em tão dura & aspera contenda,
He bem que pois não acho defensão,
Com me meter nas lanças me defenda.

B   Soneto

Sonetos

SONETO 34.

QVando o Sol encuberto vai moſtrando
Ao mundo a luz quieta & duuidoſa,
Ao longo d'hũa praya deleitoſa,
Vou na minha inimiga imaginando.
Aqui a vi os cabellos concertando,
Ali co a mão na face,tam fermoſa,
Aqui ſalando alegre,ali cuidoſa,
Agora eſtando queda,agora andando.
Aqui eſteue ſentada,ali me vio,
Erguendo aquelles olhos tam iſentos,
Aqui mouida hum pouco,ali ſegura;
Aqui ſe entriſtecce,ali ſe rio,
Em fim neſtes canſados penſamentos
Paſſo eſta vida vam,que ſempre dura.

SONETO 35.

HVm mouer d'olhos brando & piadoſo,
Sem ver de que,hũ riſo brando, & honeſto,
Quaſi forçado,hum doce,& humilde geſto;
De qualquer alegria duuidoſo!
Hum deſpejo quieto,& vergonhoſo,
Hum repouſo grauiſſimo,& modeſto,
Hũa pura bondade, manifeſto
Indicio da alma,limpo,& graçioſo:
Hum encolhido ouſar, hũa brandura,
Hum medo ſem ter culpa,hum ar ſereno,
Hum longo,& obediente ſoffrimento,
Eſta foi a celeſte fermoſura
Da minha Circe,& o magico veneno
Que pode transformar meu penſamento.

Soneto

De Luis de Camões. 10

SONETO 36.

TOmoume vossa vista soberana
  Adonde tinha as armas mais à mão,
  Por mostrar que quem busca defensaõ
  Contra esses bellos olhos,que s'engana.
Por ficar da vittoria mais vfana,
  Deixoume armar primeiro da razão:
  Cuidei de me saluar, mas foi em vão,
  Que contra o ceo não val defensa humana.
Mas porem se vos tinha prometido
  O vosso alto destino esta vittoria,
  Seruos tudo bem pouco,está sabido.
Que posto que estiuesse apercebido,
  Nao leuais de vencerme grande gloria,
  Mayor a leuo eu de ser vencido.

SONETO 37.

NAõ passes caminhante: Quem me chama?
  Hũa memoria noua,& nunca ouuida,
  D'hum que trocou finita & humana vida,
  Por diuina, infinita,& clara fama.
Quem he que tão gentil louuor derrama?
  Quem derramar seu sangue não duuida
  Por seguir a bandeira esclarecida
  D'hum capitão de Christo,que mais ama.
Ditoso fim, ditoso sacrificio,
  Que a Deos se fez,& ao mundo juntamente,
  Apregoando direi tão alta sorte.
Mais poderâs contar a toda a gente,
  Que sempre deu sua vida claro indicio
  De vir a merecer tão santa morte.

B 2   Sone

Sonetos

SONETO 38.

FErmofos olhos,que na idade noſſa
  Moſtrais do ceo certiſsimos finais,
  Se quereis conhecer quanto poſſais,
  Olhaime a mim,que ſou feitura voſſa,
Vereis que de viuer me deſapoſſa
  Aquelle riſo com que a vida dais,
  Vereis como de amor náo quero mais,
  Por mais que o tempo corra,& o dãno poſſa
E ſe dentro neſt'alma ver quiſerdes
  Como n'hum claro eſpelho,allí vereis
  Tambem a voſſa angelica & ſerena:
Mas eu cuido que ſò por náo mo verdes
  Veruos em mim ſenhora náo quereis:
  Tanto goſto leuais de minha pena.

SONETO 39.

O Fogo que na branda cera ardia,
  Vendo o roſto gentil qu'eu n'alma vejo,
  Se acendeo d'outrro fogo do deſejo,
  Por alcançar a luz que vence o dia.
Como de dous ardores ſe encendia,
  Da grande impaciencia fez deſpejo,
  E remetendo com furor ſobejo
  Vos foi beijar na parte onde ſe via.
Ditoſa aquella flamma que ſe atreue
  Apagar ſeus ardores & tormentos,
  Na viſta de que o mundo tremer deue.
Namoraõſe ſenhora os Elementos,
  De vos,& queima o fogo aquella neue,
  Que queima corações & penſamentos.

Soneto

De Luis de Camões.

SONETO 40.

ALegres cãpos,verdes aruoredos,
Claras & frescas agoas de cristal,
Qu'em vos os debuxais ao natural,
Descorrendo da altura dos rochedos:
Siluestres montes,asperos penedos,
Compostos em concerto desigual,
Sabei que sem licença de meu mal
Ia não podeis fazer meus olhos lêdos.
E pois me ja não vedes como vistes,
Não me alegrem verduras deleitosas,
Nem agoas que correndo alegres vem,
Semearei em vos lembranças tristes,
Regando vos com lagrimas saudosas,
E nascerão saudades de meu bem.

SONETO 41.

QVantas vezes do fuso s'esquecia
Daliana,banhando o lindo seo,
Tantas vezes d hum aspero receo
Salteado Laurenio, a cor perdia.
Ella que a Syluio mais qu'a si queria,
Pera podello ver não tinha meo:
Ora como curàra o mal alheo
Quem o seu mal tão mal curar sabia?
Elle que vio tão clara esta verdade,
Com solluços dezia (qu'a espessura
Commouia de magoa, a piedade)
Como pode a desordem da Natura,
Fazer tão differentes na vontade
A quem fez tão conformes na ventura?

B 3   Soneto

Sonetos

SONETO 42.

Lindo & futil trançado, que ficaste
Em penhor do remedio que mereço,
Se fó contigo vendote endoudeço,
Que fora cos cabellos qu'apertaste?
Aquellas tranças d'ouro que ligaste
Qu'os rayos do fol tem em pouco preço,
Não fei fe para engano do que peço
Se para me atar, os defataste?
Lindo trançado, em minhas mãos te vejo,
E por fatisfação de minhas dores
Como quem não tem outra, ey de tomarte,
E fe não for contente meu defejo,
Dirlh'ei que nefta regra dos amores
Pello todo tambem fe toma a parte.

SONETO 58.

O Cifne quando fente fer chegada
A hora que poem termo a fua vida,
Mufica com voz alta, & mui fubida
Leuanta pola praya inhabitâda.
Defeja ter a vida prolongada,
Chorando do viuer a defpedida,
Com grande faudade da partida,
Celebra o trifte fim defta jornada.
Affi fenhora minha quando via
O trifte fim que dauão meus amores,
Eftando pofto ja no eftremo fio,
Com mais fuaue canto & armonia
Difcantei pellos voffos disfauores
La vueftra falfa fè, y el amor mio.

Sone

De Luis de Camões. 12

SONETO 44.

PEllos estremos raros que mostrou
  Em saber Pallas, Venus em fermosa,
  Diana em casta, Iuno em animosa,
  Africa,Europa,& Asia,as adorou:
Aquelle saber grande que ajuntou
  Esprito & corpo em liga generosa,
  Esta mundana machina lustrosa,
  De sò quatro Elementos fabricou.
Mas mòr milagre fez a natureza
  Em vos senhoras,pondo em cada hũa
  O que por todas quatro repartio
A vos seu resplandor deu Sol & Lũa,
  A vos com viua luz,graça,& pureza,
  Ar,fogo,terra,& agoa,vos seruio.

SONETO 45.

TOmaua Deliana por vingança
  Da culpa do pastor que tanto amaua,
  Casar com Gil vaquèiro,& em si vingaua
  O erro alheo,& perfida esquiuança.
A descrição segura,a confiança,
  As rosas que seu rosto debuxaua,
  O descontentamento lhas socaua,
  Que tudo muda hũa aspera mudança.
Gentil planta disposta em secca terra,
  Lindo fruito de dura mão colhido,
  Lembranças d'outro amor,& fè perjura;
Tornàrão verde prado em dura serra,
  Intereste enganoso,amor fingido,
  Fizerão do'dditosa a fermosura.

B 4   Sone

Sonetos

SONETO 46.

GRam tempo ha ja que soube da ventura,
A vida que me tinha destinada;
Que a longa experiencia da passada,
Me daua claro indicio da futura.
Amor fero, cruel, fortuna escura,
Bem tendes vossa força exprimentada,
Assolai, destrui, não fique nada,
Vingaiuos desta vida, qu'inda dura.
Soube amor dà ventura que a não tinha,
E porque mais sentisse a falta della,
De imagés impossiueis me mantinha.
Mas vos senhora, pois que minha estrella
Não foi melhor, viuei nesta alma minha,
Que não tem a fortuna poder nella.

SONETO 47

SE algũa hora om vos a piedade
De tam longo tormento se sentira,
Não consentira amor que me partira
De vossos olhos, minha saudade.
Aparteime de vos, mas a vontade,
Que pello natural n'alma vos tira,
Me faz crer que esta ausencia he de mentira,
Mas inda mal porem porque he verdade.
Irm'ey senhora, & neste apartamento,
Tomarão tristes lagrimas vingança.
Nos olhos dequem fostes mantimento:
E afsi darei vida a meu tormento,
Qu'emfim cà me acharâ minha lembrança,
Sepultado no vosso esquecimento.

Soneto

De Luis de Camões. 13

SONETO 48.

O Como se me alonga d'anno em anno
A peregrinação cansada minha!
Como s'encurta,& como ao fim caminha,
Este meu breue & vão discurso humano;
Vayse gastando a idade,& cresce o danno,
Perdeseme hum remedio,que inda t.nha
Se por experiencia se adeuinha,
Qualquer grāde esperança,he grand'engano.
Corro apos este bem,que não se alcança,
No meo do caminho me fallece,
Mil vezes cayo, & perco a confiança.
Quando elle foge,eu tardo,& na tardança
Se os olhos ergo a ver se inda parece,
Da vista se me perde,& da esperança.

SONETO 49.

TEmpo he ja que minha confiança
Se deça de hũa falsa opinião,
Mas amor não se rege por razão,
Não posso perder logo a esperança:
A vida si,que hũa aspera mudança
Não deixa viver tanto hum coração;
E eu na morte tenho a saluação?
Si: mas quem a deseja não a alcança.
Forçado he logo qu'eu espere & viua,
Ah dura ley d'amor,que não consente
Quietação n'hũa alma qu'he cattiua!
Se hei de viuer em fim forçadamente
Pera que quero a gloria fugitiua,
D'hua esperança vãa que m'atormente?

Soneto

Sonetos

SONETO 50.

AMor, co a esperança ja perdida
Teu soberano templo visitei,
Por sinal do naufragio que passei
Em lugar dos vestidos pus a vida.
Que queres mais de mim,que destruida
Me tés a gloria toda que alcancei?
Nao cuides de forçarme,que não sei
Tornar a entrar onde não ha saida.
Ves aqui alma, vida,& esperança ,
Despojos doces de meu bem passado,
Em quanto quis aquella em quem eu moro:
Nella podes tomar de mim vingança,
E s'inda não estâs de mim vingado,
Contentate co as lagrimas que choro.

SONETO 51.

APollo, & as noue Musas,discantando
Com a dourada lyra,me influão
Na suaue armonia que faziam,
Quando tomei a pena começando;
Ditoso seja o dia & hora quando
Tão delicados olhos me ferião,
Ditosos os sentidos que sentião
Estarse em seu desejo traspassando,
Assi cantaua,quando amor virou
A roda,a esperança que corria,
Tao ligeira,que quasi era inuisiuel.
Comuerteuseme em noite o claro dia,
E se algũa esperança me ficou,
Sera de mayor mal,se for possiuel.

Soneto

De Luis de Camões. 14

SONETO 52.

Embranças saudosas, se cuidais
De me acabar a vida neste estado,
Não viuo com meu mal tão enganado,
Que não espere delle muito mais:
De muito longe ja me costumais,
A viuer d'algum bem desesperado,
Ia tenho coa fortuna concertado!
De soffrer os trabalhos que me dais.
Atado ao remo tenho a paciencia,
Pera quantos desgostos der a vida,
Cuide em quanto quiser o pensamento.
Que pois não ahi outra resistencia,
Pera tão certa queda de subida,
Apararlh'ei debaixo o soffrimento.

SONETO 53.

Partauase Nise de Montano,
Em cuja alma partindose ficaua,
Que o pastor na memoria a debuxaua,
Por poder sustentarse deste engano.
Pellas prayas do Indico Occeano
Sobre o curuo cajado s'encostaua,
E os olhos pellas agoas alongaua
Que pouco se doião de seu danno.
Pois com tamanha magoa & saudade
(Dezialquis deixarme a em qu'eu moro,
Por testemunhas tomo ceo & estrellas;
Mas se em vós ondas mora piedade,
Leuai tambem as lagrimas que chéro,
Pois assi me leuais a causa dellas.

Soneto

Sonetos

SONETO 54.

Qvando vejo que meu deſtino ordena
Que por me experimentar de vos m'aparte,
Deixando de meu bem tão grande parte,
Qu'a meſma culpa fica graue pena:
O duro disfauor que me condena
Quando pella memoria ſe reparte,
Endurece os ſentidos de tal arte
Qu'a dor d auſencia fica mais pequena.
Pois como pode ſer que na mudança
Daquillo que mais quero eſtè tão fora
De me não apartar tambem da vida?
Eu refrearei tão aſpera eſquiuança
Porque mais ſentirei partir ſenhora
Sem ſentir muito a pena da partida.

SONETO 55.

Depois de tantos dias mal gaſtados,
Depois de tantas noites mal dormidas,
Depois de tantas lagrimas vertidas,
Tantos ſoſpiros vãos, vamente dados.
Como não ſois vos ja deſenganados,
(Deſejos)que de couſas eſquecidas
Quereis remediar mortais feridas,
Qu'amor fez ſem remedio, o tempo, os fados?
Se não tiuereis ja experiencia
Das ſem razões d'amor a quem ſeruiſtes,
Fraqueza fora em vos a reſiſtencia.
Mas pois por voſſo mal ſeus males viſtes;
Que tempo não curou, nem longa auſencia.
Que bem delle eſperais; deſejos triſtes?

Sone

De Luis de Camões.

SONETO 56.

NAyades, vos que os rios habitais
  Que os saudosos campos vão regando,
  De meus olhos vereis estar manando,
  Outros que quasi aos vossos sam iguais:
Dryades, vos que as settas atirais,
  Os fugitiuos ceruos derrubando,
  Outros olhos vereis que triumphando
  Derrubam corações, que valem mais.
Deixai as aljauas logo, & as agoas frias,
  E vinde Nymphas minhas, se quereis
  Saber como d'hũs olhos nascem magoas;
Vereis como se passaõ em vão os dias,
  Mas não vireis em vão, que cá achareis
  Nos seus as settas, & nos meus as agoas.

SONETO 57.

MVdão se os tempos, mudão se as vontades,
  Mudase o ser, mudase a confiança,
  Todo o mundo he composto de mudança,
  Tomando sempre nouas qualidades,
Continuamente vemos nouidades,
  Differentes em tudo da esperança,
  Do mal ficão as magoas na lembrança,
  E do bem (se algum ouue) as saudades:
O tempo cobre o chão de verde manto,
  Que ja cuberto foi de neue fria,
  E em mim conuerte em choro o doce canto
E a fora este mudarse cada dia,
  Outra mudança faz de mòr espanto,
  Que não se muda ja como soia.

Sone

Sonetos

SONETO 58.

SE as penas com que amor tão mal me tratta
Quiſer que tanto tempo viua dellas,
Que veja eſcuro o lume das eſtrellas,
Em cuja viſta o meu ſe acende & matta:
E ſe o tempo que tudo desbarata
Seccar as freſcas roſas ſem colhelas,
Moſtrandome a linda cor das tranças bellas
Mudada de ouro fino em bella prata:
Vereis ſenhora então tambem mudado
O penſamento,& aſpereza voſſa,
Quando não ſirua ja ſua mudança:
Suſpirareis então pello paſſado,
Em tempo, quando executar ſe poſſa
Em voſſo arrepender minha vingança.

SONETO 59.

QVem jaz no grão ſepulchro,que deſcreue
Tão illuſtres ſinais no forte eſcudo?
Ninguem,que niſſo em fim ſe torna tudo,
Mas foi quem tudo pode,& tudo teue.
Foi Rey: fez tudo quanto a Rey ſe deue,
Pos na guerra & na paz deuido eſtudo,
Mas quão peſado foi ao Mouro rudo,
Tanto lhe ſeja agora a terra leue.
Alexandre ſerá? Ninguem ſe engane
Que ſuſtentar,mais que adquirir ſe eſtima.
Será Adriano graõ ſenhor do mundo?
Mais obſeruante foy da ley de cima.
He Numa? Numa não,mas he Ioanne,
De Portugal Terceiro,ſem ſegundo.

Sone

De Luis de Camões. 16

SONETO 60.

Qvem pôde liure ser gentil senhora,
　Vendouos com juizo sossegado,
　Se o minino que d'olhos he priuado,
　Nas mininas dos vossos olhos mora?
Alli manda,alli reina, alli namora,
　Alli viue das gentes venerado,
　Qu'o viuo lume,& o rosto delicado,
　Imagens saõ d'amor em tod'a hora.
Quem vê qu'em branca neue nascem rosas,
　Que fios crespos d'ouro vão cercando,
　Se por antre esta luz a vista passa:
Rayos d'ouro verá, qu'as duuidosas
　Almas estão no peito traspassando
　Assi como hum crystal o sol traspassa.

SONETO 61.

COmo fizeste Porcia tal ferida?
　Foy voluntaria,ou foy por innocencia?
　Mas foy fazer amor experiencia
　Se podia soffrer tirarme a vida.
E com teu proprio sangue te conuida
　A não pores â vida resistencia?
　Andome acostumando â paciencia,
　Porque o temor a morte não impida.
Pois porque comes logo fogo ardente,
　Se a ferro te costumas? Porque ordena
　Amor,que morra,& pene juntamente.
E tés a dor do ferro por pequena?
　Si: que a dor costumada não se sente,
　E eu não quero a morte sem a pena.

Sone

Sonetos

SONETO 62.

DE tão diuino accento & voz humana,
De tão doces palauras peregrinas,
Bem sei que minhas obras não saõ dinas,
Que o rudo engenho meu me desengana.
Mas de vossos escrittos corre & mana,
Licor que vence as agoas Cabalinas,
E conuosco do Tejo as flores finas
Farão enueja â copia Mantuana:
E pois a vos de si não sendo auaras
As filhas de Mnemosine fermosa,
Partes dadas vos tem ao mundo caras,
A minha Musa & a vossa tão famosa,
Ambas posso chamar ao mundo raras,
A vossa d'alta,a minha d'enuejosa.

SONETO 63.

DEbaixo desta pedra está metido
Das sanguinosas armas descansado,
O capitão illustre, assinalado,
Dom Fernando de Castro esclarecido:
Por todo o Oriente tão temido,
E da enueja da fama tão cantado:
Este pois sô agora sepultado
Está aqui ja em terra conuertido.
Alegrate ò guerreira Lusitania
Por este Viriato que criaste,
E chorao perdido eternamente.
Exemplo toma nisto de Dardania,
Que se a Roma co eile anichilaste,
Nem por isso Carthago está contente.

Sone

De Luis de Camões. 17

SONETO 64.

QVe vençais no Oriente tantos Reys,
  Que de nouo nos deis da India o estado,
 Que escureçais a fama que ganhado
 Tinhão os que a ganharão a infieis:
Que do tempo tenhais vencido as leys,
  Que tudo em fim vençais co tempo armado,
 Mais he vencer na patria desarmado,
 Os monstros,& as chimeras que venceis.
E assi sobre vencerdes tanto imigo,
  E por armas fazer que sem segundo
 Vosso nome no mundo ouuido seja,
O que nos dâ mais nome inda no mundo,
 He vencerdes senhor no Reyno amigo,
 Tantas ingratidões,tão grande inueja.

SONETO 65.

VOssos olhos senhora que competem
  Co sol em fermosura & claridade,
 Enchem os meus de tal suauidade,
 Que em lagrimas de vêlos se derretem.
Meus sentidos vencidos se sometem
  Assi cegos a tanta magestade,
 E da triste prisaõ,da escuridade,
 Cheos de medo por fugir remetem.
Mas se nisto me vedes por acerto,
  O aspero desprezo com que olhais
 Torna a espertar a alma enfraquescida.
ô gentil cura,& estranho desconcerto,
  Que farâ o fauor quê vos não dais,
 Quando o vosso desprezo torna a vida?

C   Soneto

Sonetos

SONETO 66.

FErmosura do ceo a nós descida,
  Que nenhum coração deixas isento,
  Satisfazendo a todo o pensamento,
  Sem seres de nenhum bem entendida.
Que lingoa auerà táo atreuída,
  Que tenha de louuarte atreuímento,
  Pois a parte melhor do entendimento,
  No menos que em ti ha se vè perdida?
Se teu valor contemplo, a melhor parte
  Vendo que abre na terra hum paraíso,
  O engano me falta, o esprito mingoa;
Mas o que mais me tolhe inda louuarte.
  He que quando te vejo perco a lingoa,
  E quando te não vejo perco o siso.

SONETO 67.

POis meus olhos não cansaõ de chorar
  Tristezas que não cansaõ de cansarme,
  Pois não abráda o fogo em que abrasarme,
  Pode quem eu jamais pude abrandar;
Não canse o cego amor de me guiar
  A parte donde náo saiba tornarme,
  Nem deixe o mundo todo de escutarme
  Em quanto me a voz fraca não deixar.
E se nos montes, rios, ou em valles,
  Piedade mora, ou dentro mora amor
  Em feras, aues, prantas, pedras, agoas,
Ouçáo a longa historia de meus males
  E curem sua dor com minha dor,
  Que grandes magoas podem curar magoas.

                                        Sone

De Luis de Camões. 18

SONETO 68.

DAyme hũa lei senhora de quereruos
Que a guarde, sopena de enojaruos;
Que a fé que m'obriga a tanto amaruos,
Fara que fique em ley de obedeceruos.
Tudo me defendei, senão só veruos,
E dentro na minh'alma contemplaruos,
Que se assi não chegar a contentaruos,
Ao menos que não chegue aborreceruos.
E se essa condição cruel & esquiua
Que me deis ley de vida não consente,
Daima senhora ja, seja de morte.
Se nem essa me dais, he bem que viua
Sem saber como viuo tristemente,
Mas contente porem de minha sorte.

SONETO 69.

FErido sem ter cura perecia
O forte, & duro Telepho temido,
Por aquelle que n'agoa foy meído,
A quem ferro nenhum cortar podia.
Ao Apollineo Oraculo pedia
Conselho para ser restituido,
Respondeo que tornasse a ser ferido
Por quem o jà ferira, & sararia.
Assi (senhora) quer minha ventura
Que ferido de veruos claramente,
Com vos tornar a ver, Amor me cura.
Mas he tão doce vossa fermosura,
Que fico como hydropico doente,
Que co beber lhe cresce mor secura.

C 2   Soneto

Sonetos

SONETO 70.

NA metade do Ceo subido ardia
O claro Almo pastor, quando deixauaõ
O verde pasto as cabras,& buscauaõ
A frescura suaue d'agoa fria.
Co a folha da aruore sombria
Do rayo ardente as aues s'emparauaõ,
O modulo cantar de que cessauaõ
Sò nas roucas Cigarras se sentia.
Quando Liso pastor, n'hum campo verde.
Natercia crua Nimpha sô buscaua
Com mil sospiros tristes que derrama.
Porque te vâs de quem por ti se perde.
Para quem pouco t'ama ? (suspiraua)
O Ecco lhe responde, pouco te ama.

SONETO 71

IA a saudosa Aurora destoucaua
Os seus cabellos d'ouro delicados,
E as flores nos campos esmaltados
Do crystasino orualho borrifaua:
Quando o fermoso gado s'espalhaua
De Siluio, & de Laurente pellos prados,
Pastores ambos, & ambos apartados
De quem o'mesmo Amor naõ se apartaua.
Com verdadeiras lagrimas,Laurente
Naõ sey (dizia) o Nimpha delicada,
Porque não motre jâ quem viuo ausente,
Pois a vida sem ti naõ presta nada?
Responde Siluio, Amor naõ o consente
Que offende as esperanças da tornada.

Soneto

De Luis de Camões. 19

SONETO 72.

QVando de minhas magoas, a cõprida
Maginaçaõ, os olhos m'adormece,
Em fonhos aquell'alma m'aparece
Que para mim foy fonho nefta vida:
Là nũa foydade, onde eftendida
A vifta peilo campo desfalece,
Corro par ella: & ella então parece
Que mais de mim fe alonga, compellida,
Brado, não me fujaes fombra benigna
Ella (os olhos em mim c'hum brando pejo,
Como quem diz que jâ não pode fer)
Torna a fugirme: & eu gritando, Dina?
Antes que diga Mene, acordo, & vejo
Que nem hum breue engano poffo ter.

SONETO 73.

SOfpiros inflamados, que cantais
A trifteza com qu'eu viuy taõ ledo,
Eu mouro, & naõ vos leuo, porqu'ey medo
Qu'ao paffar do L'ethe vos percaes.
Efcritos para fempre ja ficaes
Onde vos moftraraõ todos co dedo
Como exemplo de males, qu'eu concedo
Que para auifo d'outros eftejaes.
Em quem, pois, virdes falfas efperanças
D'Amor, & da Fortuna, cujos danos
Alguns teraõ por bem auenturanças,
Dizeilhe, qu'os feruiftes muitos annos,
E que em Fortuna tudo faõ mudanças,
E qu'em Amor naõ ha fenaõ enganos.

C 3   Soneto

Sonetos

SONETO 74.

A Quella fera humana,qu'enriquece
Sua presumptuosa tyrania,
Destas minhas entranhas,onde cria
Amor hum mal que falta quando crece;
Se nella o ceo mostrou(como parece)
Quanto mostrar ao mundo pretendia,
Porque de minha vida s'injuria?
Porque de minha morte s'ennobrece?
Hora em fim sublimai vossa victoria
Senhora,com vencerme,& captiuarme,
Fazei disto no mundo larga historia.
Que por mais que vos veja maltratarme,
Ia me fico logrando desta gloria
De ver que tendes tanta de matarme.

SONETO 75.

D Itoso seja aquelle que sòmente
Se queixa d'amorosas esquiuanças,
Pois por ellas não perde as esperanças
De poder n'algum tempo ser contente
Ditoso seja quem estando absente
Não sente mais que a pena das lembranças
Porqu'inda que se tema de mudanças,
Menos se teme a dor quando se sente.
Ditoso seja(em fim)qualquer stado
Onde enganos,desprezos,& isenção
Trazem o coração atormentado.
Mas triste quem se sente magoado
D'erros em que não pode auer perdão,
Sem ficar n'alma a magoa do peccado.

Sone

De Luis de Camões. 20

SONETO 76.

Qvem foſſe acompanhando juntamente
Por eſſes verdes campoſ a Auezinha
Que deſpois de perder hum bem que tinha,
Naõ ſabe màis que couſa he ſer contente!
Quem foſſe apartandoſſe da gente!
Ella por companheira,& por vizinha
M'ajudaſſe a chorar a pena minha,
Eu a ella o peſar que tanto ſente.
Ditoſa Aue,qu'ao menos ſe a natura
A ſeu primeiro bem náo dâ ſegundo,
Dalhe o ſer triſte a ſeu contentamento.
Mas triſte quem de longe quis ventura
Que para reſpirar lhe falte o vento,
E para tudo,em fim,lhe falte o mundo.

SONETO 77.

O Culto diuinal ſe celebraua
No templo donde toda a criatura
Louua o Feitor diuino;que a feitura
Com ſeu ſagrado ſangue reſtauraua.
Ali Amor, que o tempo m'aguardaua
Onde a vontade tinha mais ſegura,
N hũa celeſte,& Angelica figura
A viſta da rezaõ me ſalteaua.
Eu crendo qu'o lugar me defendia,
E ſeu liure coſtume naõ ſabendo
Que nenhum confiado lhe fugia,
Deixeime cattiuar,mas ja qu'entendo
Senhora,que por voſſo me queria,
Do tempo que fuy liure m'arrependo.

C 4   Sone

Sonetos

SONETO 78.

LEda ferenidade deleitofa,
  Que reprefenta em terra hum paraifo,
  Entre rubis,& perlas doce rifo,
  Debáixo d'ouro,& neue,cor de rofa:
Prefença moderada, & graciofa
  Onde enfinando eftão defpejo,& fifo,
  Que fe pode por arte, & por auifo
  Como por Natureza fer fermofa:
Falla de quem a morte,& a vida pende
  Rara,fuaue,em fim fenhora voffa,
  Repoufo nella alegre,& comedido:
Eftas as armas faõ com que me rende,
  E me captiua Amor,mas não que poffa
  Defpojarme da gloria de rendido.

SONETO 79.

BEm fei Amor qu'he certo o que receo
  Mas tu porque com iffo mais te apuras,
  De manhofo mo negas,& mo juras
  No teu dourado arco,& eu to creo.
A mão tenho metida no teu feo,
  E não vejo meus danos âs efcuras,
  E tu com tudo tanto m'affeguras,
  Que me digo que minto,& que m'enleo.
Não fomente confinto nefte engano,
  Mas inda to agardeço,& a mim me nego
  Tudo o que vejo,& finto de meu dano.
O poderofo mal a que m'entrego!
  Que no meyo do jufto defengano,
  Me poffa inda cegar hum moço cego!

Sone

De Luis de Camões. 21

SONETO 80.

COmo quando do mar tempeſtuoſo
O Marinheiro laſſo & trabalhado
D'hum naufragio cruel ja ſaluo anado,
So ouuir falar nellè o faz medioſo;
E jura qu'em que veja bonançoſo
O violento mar, & ſoſſegado,
Nam entre nelle mais: mas vay forçado
Pello muito intereſſe cubiçoſo:
Aſsi, ſenhora, eu, queda tormenta
De voſſa viſta fujo, por ſaluarme,
Iurando de não mais em outra verme,
Minh'alma que de vos nunqua s'auſenta,
Dâme por preço veruos, faz tornarme
Donde fugi tão perto de perderme.

SONETO 81.

AMor he hum fogo qu'arde ſem ſe ver,
He ferida que doe, & não ſe ſente,
He hum contentamento deſcontente,
He dor que deſatina ſem doer.
He hum não querer mais que bem querer,
He hum andar ſolitario entre a gente,
He nunqua contentarſe de contente,
He hum cuidar que ganha em ſe perder,
He querer eſtar preſo por vontade,
He ſeruir a quem vence o vencedor,
He ter coin quem nos mata lealdade.
Mas como cáuſar pode ſeu fauor
Nos corações humanos amrzade,
Se tão contrario â ſi he o meſmo Amor?

Sone

Sonetos

SONETO 82.

SE pena por amaruos fe merece,
Quem della liure eftà? ou quem ifento?
Que alma,que rezáo,qu'entendimento
Em veruos fenáo rende,& obedece?
Que mór gloria na vida s'offerece
Que occuparfe em vos o penfamento?
Toda a pena cruel, todo o tormento
Em veruos fe náo fente, mas efquecé.
Mas fe merece pena quem amando
Contino vos eftà, fe vos offende,
O mundo matareis, que todo he voffo:
Em mim podeis,fenhora, yr começando
Que claro fe conhece,& bem s'entende
Amaruos quanto deuo,& quanto poffo.

SONETO 83.

QVe leuas cruel morte?   Hum claro dia.
A que horas o tomafte?   Amanhecendo.
Entendes o que leuas?   Náo o entendo.
Pois quem to faz leuar?   Quem o entendia.
Seu corpo quem o goza?   A terra fria.
Como ficòu fua luz?   Anoitecendo
Lufitania que diz?   Fica dizendo
Em fim náo merecí Dona Maria.
Matafte quem a vio'   Ia morto eftaua
Que diz o crû Amor?   Falar náo oufa,
E quem o faz calar?   Minha vontade,
Na corte que ficou?   Saudade braua
Que fica lâ que ver?   Nenhũa coufa,
Mas fica que chorar fua beldade.

Sono

De Luis de Camões. 22

SONETO 84.

ONdados fios d'ouro reluzente
  Qu'agora damão bella recolhidos,
  Agora sobre as rosas estendidos
  Fazeis que sua belleza s acrecente:
Olhos que vos moueis tão docemente
  Em mil diuinos rayos encendidos,
  Se de câ me leuaes alma,& sentidos,
  Que fora se de vos não fo ra ausente?
Honesto riso,qu'entre a mor fineza
  De perlas,& coraes nasce, & parece
  Se n'alma em doces eccos não o ouuisse
S'imaginando sò tanta belleza
  De si, em noua gloria a alma s'esquece,
  Que será quando a vir? ah quem a visse!

SONETO 85.

FOy jú num tempo doce cousa amar
  Em quanto m'enganaua a esperança,
  O coração com esta confiança
  Todo se desfazia em desejar.
O vão,caduco,& debil esperar,
  Como se desengana hũa mudança!
  Que quanto he môr a bemauenturança,
  Tanto menos se cré que ha de durar.
Quem ja se vio contente,& prosperado
  Vendose em breue tempo em pena tanta,
  Rezão tem de viuer bem magoado.
Porem quem tem o mundo experimentado,
  Não o magoa a pena, nem o espanta,
  Que mal se estranharâ o costumado.

                      Sone

Sonetos

SONETO 86.

DOs illustres antigos que deixaram
Tal nome, qu'igualou fama à memoria,
Ficou por luz do tempo alarga historia
Dos feitos em que mais s'assinalaram.
Se se com cousas destes cotejaram
Mil vossas cada hũa tam notoria,
Vencera a menor dellas a mòr gloria
Qu'ellos em tantos annos alcançaram.
A gloria sua foy, ninguem lha tome
Seguindo cada hum varios caminhos,
Estatuas leuautando no seu templo.
Vos honra Portuguesa,& dos Coutinhos,
Illustre Dom Ioaõ com melhor nome
A vos encheis de gloria,& a nos d'exemplo.

SONETO 87.

COnuersaçaõ domestica affeiçoa
Hora em forma de boa, & saã vontade,
Hora d'huã amorosa piedade
Sem olhar qualidade de pessoa.
Se despois,por ventura, vos magoa
Com desamor,& pouca lealdade,
Lego vos faz mentira da verdade
O brando Amor,que tudo em si perdoa.
Naõ saõ isto que falo conjecturas
Qu'o pensamento julga na aparencia,
Por fazer delicadas escrituras.
Metido tenho a maõ na consciencia,
E naõ fallo senaõ verdades puras
Que m'ensinou a viua experiencia.

Soneto

De Luis de Camões. 23

SONETO 88.

Esforço grande igoal ao penſamento,
Penſamentos em obras diuulgados,
E não em peito timido encerrados,
E desfeitos deſpois em chuua,& vento:
Animo da cobiça baixa iſento,
Digno por iſſo ſo,d'altos eſtados,
Fero açoute dos nunqua bem domados
Pouos do Malabar ſanguinolento:
Gentileza de membros corporaes
Ornados de pudica continencia,
Obra por certo rara de natura.
Eſtas virtudes,& outras muitas mais
Dignas todas da Homerica eloquencia,
Iazem debaixo deſta ſepultura.

SONETO 89.

No mundo quis hum tempo que s'achaſſe
O bem que por acerto,ou ſorte vinha;
E por expermentar que dita tinha,
Quis qu'a fortuna em mim s'expermentaſſe.
Mas porque meu deſtino me moſtraſſe
Que nem ter eſperanças me conuinha,
.Nunqua neſta tão longa vida minha
Couſa me deixou ver que deſejaſſe.
Mudando andei coſtume,terra,& eſtado
Por ver ſe ſe mudaua a ſorte dura,
A vida pus nas mãos d'hum leue lenho:
Mas(ſegundo o qu'o ceo me tem moſtrado)
Ia ſey que deſte meu buſcar ventura,
Achado tenho ja,que não atenho.

Sone

Sonetos

SONETO 90.

A Perfeição,a graça,o doce geito,
  A primauèra cheà de frescura
  Que sempre em vos florece,a que auentura,
  E a rezão entregarão este peito:
Aquelle cristalino,& puro aspeito
  Qu em si comprende toda a fermosura,
  O resplandor dos olhos,& a brandura
  De qu'o amor a ninguem quis ter respeito:
S'isto qu em vos se vè,ver desejaes
  Como digno de verse claramente,
  Por mais que de amor vos isentaes:
Traduzido o vereis tam fielmente
  No meyo deste spirito onde estais,
  Que vendouos sintais o qu'elle sente.

SONETO 91.

VOs que d'olhos suaues,& serenos
  Com justa causa a vida captiuais,
  E qu'os outros cuidados condenais
  Por indiuídos,baixos,& pequenos:
S'aínda do Amor domesticos venenos
  Nunqua prouastes: quero que saibais
  Qu'he tanto mais o amor despois que amais,
  Quanto saõ mais as causas de ser menos.
E não cuido ninguem qu'algum defeito
  Quando na cousa amada s'apresenta,
  Possa deminuir o amor perfeito;
Antes o dobra mais; & se atormenta,
  Pouco,& pouco o desculpa o brando peito
  Qu'Amor çom seus contrairos s'acrecenta.

Sone

De Luis de Camões.   24

SONETO 92.

QVe poderei do mundo ja querer?
  Que naquillo em que pus tamanho amor,
  Não vi senão desgosto,& desamor,
  E morte em fim,que mais não pode ser.
Pois vida me não farta de viuer,
  Pois ja sei que não mata grande dor,
  Se cousa hay que magoa de mayor,
  Eu a verei: que tudo posso ver.
A morte a meu pesar m'assegurou
  De quanto mal me vinha,ja perdi
  O que perder o medo m'ensinou.
Na vida desamor somente vi,
  Na morte,a grande dor que me ficou:
  Parece que para isto só nasci.

SONETO 93.

PEnsamentos qu'agora nouamente
  Cuidados vãos em mim resuscitais,
  Dizeime,ainda não vos contentais
  De terdes,quem vos tem,tão descontente?
Que fantasia he esta, que presente
  Cad'hora ante meus olhos me mostrais?
  Com sonhos,& com sombras atentais
  Quem nem por sonhos pode ser contente?
Vejouos,pensamentos, alterados
  E naõ quereis d'esquiuo,declararme
  Qu'he isto que vos traz tã enleados.
Naõ me negueis,s'andais para negarme,
  Que se contra mim estais aleuantados,
  Eu vos ajudarey mesmo a matarme.

Sone

Sonetos

SONETO 94.

SE tomar minha pena em penitencia
  Dó erro em que cahio o pensamento,
  Naõ abranda, mas dobra meu tormento,
  A isto, & a mais obriga a paciençia.
Es hũa cor de morto na apparençia,
  Hum espalhar sospiros vaõs ao vento,
  Em vos naõ faz senhora, mouimento,
  Fique meu mal em vossa consciencia.
E se de qualquer aspera mudança
  Toda a vontade isenta Amor castiga,
  (Como eu vi bem no mal que me condena)
E S'em vos naõ s'entrende auer vingança,
  Será forçado (pois Amor m'obriga()
  Qu'eu so de vossa cuipa pague a pena.

SONETO 95.

AQuella que de pura castidade
  De si mesma tomou cruel vingança,
  Por hua breue, & subita mudança
  Contraria a sua honra & qualidade:
Venceo à fermosura a honestidade,
  Venceo no fim da vida a esperança,
  Porque ficasse viua tal lembrança,
  Tal amor, tanta fé, tanta verdade.
De si da gente, & do mundo esquecida,
  Ferio com duro ferro o brando peito,
  Banhando em sangue a força do tyranno
Estranha ousadia, estranho feito,
  Que dando morte breue ao corpo humano,
  Tenha sua memoria larga vida.

Sone

De Luis de Camões. 25

SONETO 96.

Os vestidos Elisa reuoluia
Que lh'Eneas deixara por memoria,
Doces despojos da passada gloria,
Doces quando seu fado o consentia.
Entr'elles a fermosa espada via
Que instrumento foy da triste historia,
E como quem de si tinha a victoria,
Falando sô com ella, assi dizia.
Fermosa, & noua espada, se ficaste
Sò pera executares os enganos
De quem te quis deixar, em minha vida,
Sabe que tu comigo t'enganaste,
Que para me tirar de tantos danos,
Sobejame a tristeza da partida.

SONETO 97.

O quam caro me custa o entenderte,
Molesto Amor, que so por alcançarte,
De dor em dor me tês trazido a parte
Onde em ti odio, & ira se conuerte.
Cudei que para em tudo conhecerte,
Me não faltasse experiencia, & arte,
Agora vejo n'alma acrecentarte
Aquillo qu'era causa de perderte.
Estauas taõ secreto, no meu peito
Qu'eu mesmo que te tinha, não sabia
Que me senhoreauas deste geito.
Descubriste t'agora, & foi por via
Que teu descubrimento, & meu defeito
Hum me enuergonha, & outro m'injuria.

D   Soneto

Sonetos
SONETO 98.

SE defpois d'efperança taõ perdida,
Amor polla ventura confentiffe,
Qu'ainda algũa hora breue alegre viffe
De quantas triftes vio tão longa vida,
Húa alma ja tão fraca,& tão caida
Por mais alto qu'a forte me fubiffe,
Não tenho para mim que confentiffe
Alegria tão tarde confentida.
Não tão fômente Amor me não moftrou
Hum'hora em qne viueffe alegremente
De quantas nefta vida me negou;
Mas inda tanta pẽna me confente,
Que co contentamento me tirou
O gofto d'algum'hora fer contẽte.

SONETO 99.

O Rayo criftalino s'eftendia
Pello mundo,d'ı Aurora marchetada,
Quando Nifc paftora delicada
Donde a vida deixaua,fe partia.
Dos oihos com què o Sol efcurecia,
Leuando a vifta em lagrimas banhada,
De fi,do fado,& tempo magoada,
Pondo os olhos no ceo,afsi dizia.
Nafce fereno Sol,puro,& luzente
Refplandece fermofa,& roxa Aurora
Qualquer alma alegrando defcontente:
Qu'a minha,fabe tu que defd'agora
Iamais na vida a podes ver contente,
Nem tão trifte nenhũa outra paftora.

Sone

De Luis de Camões. 26

SONETO 100.

NO mundo poucos annos,& canfados
Viui,cheos de vil miferia dura;
Foime tão cedo a luz do dia efcura,
Que não vi cinco luftres acabados.
Corri terras,& mares apartados,
Bufcando à vida algum remedio,ou cura,
Mas aquillo qu'em fim não quer ventura,
Não o alcanção trabalhos arrifcados.
Crioume Portugal na verde,& chara
Patria minha Alanquer,mas âr corrupto
Que nefte mèu terreno vafo tinha,
Me fez manjar de peixes,em ti bruto
Mar,que bates na Abazia fera,& auara
Tão longe da ditofa patria minha.

SONETO 101.

QVe mè quereis perpetuas faudades?
Com que efperança ainda m'enganais?
Qu'o tempo que fe vay,não torna mais,
E fe torna,não tornão as idades:
Rezão hé jà ò annos,que vos vades,
Porqu'eftes tão ligeiros que paffais,
Nem todos para hum gofto faõ iguais,
Nem fempre faõ conformes as vontades.
Aquillo a que ja quis,he tão mudado,
Que quafi he outra coufa,porqu'os dias
Tem o primeiro gofto ja danado.
Efperanças de nouas alegrias
Não mas deixa a fortuna,& o tempo errado
Que do contentamento faõ efpias.

D 2   Soneto

Sonetos

SONETO 102.

VErdade,amor,rezão,merecimento
    Qualquer alma farão segura,& forte:
    Porem fortuna,caſo,tempo,& ſorte
    Tem do confuſo mundo o regimento.
Effeitos mil reuolue o penſamento,
    E não ſabe a que cauſa ſe reporte:
    Mas ſabe qu'o que he mais que vida,& morte,
    Que não o alcança humano entendimento.
Doctos varões darão rezões ſubidas,
    Mas ſaõ experiencias mais prouadas,
    E por iſto he melhor ter muito viſto.
Couſas hai que paſſaõ ſem ſer cridas,
    E couſas cridas ha,ſem ſer paſſadas;
    Mas o melhor de tudo he crer em Chriſto.

SONETO 103.

FIouſe o coração de muito iſento
    De ſi, cudando mal,que tomaria
    Tão illicito amor tal ouſadia,
    Tal modo nunqua viſto de tormento.
Mas os olhos pintaraõ taõ a tento
    Outros que viſto tem na fanteſia,
    Qu'a rezaõ temeroſa do que via,
    Fugio, deixando ó campo ao penſamento.
O Hypolito caſto,que de geito
    De Phedra tua madraſta foſte amado,
    Que não ſabia ter nenhum reſpeito:
Em mim vingou o amor teu caſto peito;
    Mas eſtà deſſe agrauo tão vingado,
    Que s'arrepende ja do que tem feito.

Sone

De Luis de Camões. 27

SONETO 104.

Qvem quiser verd'Amor hũa excellencia
Onde sua fineza mais se appura,
Attente onde me poem minha ventura,
Por ter de minha fe experiencia.
Onde lembranças matão a longa ausencia
Em temeroso mar, em guerra dura,
Alli a saudade està segura,
Quando mòr risco corre a paciencia.
Mas ponhame fortuna, & o duro fado
Em nojo, morte, dano, & perdição,
Ou em sublime, & prospera ventura:
Ponhame em fim em baixo, ou alto stado,
Qu'atè na dura morte m'acharão
Na lingoa o nome, n'alma a vista pura.

SONETO 105.

Vos Nymphas da Gangetica espessura
Cantai suauemente em voz sonòra
Hum grande Capitão, que a roxa Aurora
Dos filhos defendeo da noite escura.
Ajuntouse a caterua negra, & dura
Que na Aurea Chersoneso affouta mòra,
Para lançar do charo ninho fora
Aquelles que mais podem qu'a ventura.
Mas hum forte Leão com pouca gente,
A muitidão tão fera, como nescia,
Destrui do castiga, & torna fraca.
Pois ó Nymphas cantay, que claramente
Mas do que Leonidas fez em Grecia,
O nosso Leonis fez em Malaca.

D 3   CAN

CANÇÕES
DELVISDE
CAMÕES.

Canção primeira.

FErmosa, & gentil dama, quando vejo
  A testa douro, & neue; o lindo aspeito,
A boca graciosa, o riso honesto,
O colo de cristal, o branco peito,
De meu não quero mais que meu desejo,
Nem mais de vos que ver tão lindo gesto,
Alli me manifesto
Por vosso a Deos, & ao mundo: alli m'inflamo
Nas lagrimas que choro,
E de mim que vos amo,
Em ver que soube amaruos, me namoro:
E fico por mim sò perdido de arte
Qu'ei ciumes de mim por vossa parte.

Se por ventura viuo descontente
Por fraqueza d'esprito padecendo,
A doce pena qu'entender não sey,
Fujo de mim, & acolhome correndo
A vossa vista, & fico tão contente,
Que zombo dos tormentos que passei:

De

De Luis de Camões. 28

De quèm me queixarei
Se vos me dais a vida deste geito,
Nos males que padeço;
Senão de meu sogeito,
Que não cabe com bem de tanto preço?
Mas ainda isso de mim cudar não posso,
D'estar muito soberbo com ser vosso.

Se por algum acerto amor vos erra
Por parte do desejo, cometendo
Algum nefando & torpe desatino,
Se ainda mais que ver em fim pretendo,
Fraquezas saõ do corpo, qu'he de terra,
Mas não do pensamento, que he diuino:
Se tão alto imagino
Que dé vista me perco, ou pecco nisto,
Desculpame o que vejo,
Que se em fim resisto
Contra tão atreuido & vão desejo,
Façome forte em vossa vista pura,
E armome de vossa fermosura.

Das delicadas sombrancelhas pretas,
Os arcos com que fere amor tomou,
E fez a linda corda dos cabellos.

D 4   E por-

Canções

E porque de vos tudo lhe quadrou,
Dos rayos desses olhos fez as settas,
Com que fere quem alça os seus a vellos:
Olhos que sam tão bellos,
Dão armas de ventagem ao amor,
Com que as almas destrue,
Porem se he grande a dor
Coa alteza do mal, a restitue,
E as armas com que mata sam de sorte,
Que ainda lhe ficais deuendo a morte.

Lagrimas, & suspiros, pensamentos,
Quem delles se queixar, fermosa dama,
Mimoso está do mal que por vos sente,
Que mayor bem deseja quem vos ama
Q eu estar desabafando seus tormentos,
Chorando, imaginando docemente?
Quem viue descontente
Não ha de dar aliuio a seu desgosto,
Porque se lhe agradeça;
Mas com alegre rosto
Soffra seus males pera que os mereça:
Que quem do mal se queixa que padece,
Fallo porque esta gloria não conhece.

De

De Luis de Camões.

De modo que se cae o pensamento,
Em algũa fraqueza de contente,
He porque este segredo não conheço:
Assi que com razões não tão somente
Desculpo ao Amor de meu tormento,
Mas ainda a culpa sua lh'agradeço:
Por esta fé mereço
A graça que esses olhos acompanha.
O bem do doce riso,
Mas porem não se ganha
C'hum parayso outro parayso:
E assi de enleada a esperança,
Se satisfaz co bem que não alcança.

Se com razões escuso meu remedio,
Sabe canção qu'é porque não vejo,
Engano com palauras o desejo.

Canção segunda.

A Instabilidade da fortuna,
Os enganos suaues d'amor cego,
Suaues (se dirarão longamente)
Direi, por dar à vida algum sossego;
Que pois a graue pena me importuna,

Impor-

Canções

Importune meu canto a toda gente.
E ſe o paſſado bem co mal preſente
Me endurece a voz no peito frio,
O grande deſuario
Darâ de minha pena ſinal certo,
Que hum erro em tantos erros he concerto.
E pois neſta verdade me confio,
(Se verdade ſe achar no mal que digo)
Saiba o mundo d'amor o deſconçerto,
Que ja co a razão ſe fez amigo,
Sô por não deixar culpa ſem caſtigo.

Ia amor fez leys, ſem ter comigo algũa,
Ia ſe tornou de cego arrazoado;
Sò por vſar comigo ſem razões:
E ſe em algũa couſa o tenho errado,
Com ſiſo grande dor não vi nenhũa;
Nem elle dea ſem erros affeições,
Mas por vſar de ſuas iſenções
Buſcou fingidas cauſas por matarme,
Que pera derrubarme
No abiſmo infernal de meu tormento,
Não foy ſoberbo nunca o penſamento,
Nem pretende mais alto aleuantarme
Daquillo que elle quis, & ſe elle ordena

Que

De Luis de Camões. 30

Que en pague seu ousado atreuimento,
Saiba qu'o mesmo amor que me condena
Me fez cayr nu culpa, & mais na pena.

Os olhos qu'eu adoro, aquelle dia
Que decerão ao baixo pensamento,
N'alma os aposentei suauemente,
E pretendendo mais, como auarento,
O coração lhe dei por iguaria,
Qu'eu a meu mandado tinha obediente:
Porem como ante si lhe foy presente,
Qu'entenderão o fim de meu desejo,
Ou por outro despejo,
Qu'a lingoa descubrio por desuario,
De sede morto estou posto num rio,
Onde de meu seruiço o frutto vejo;
Mas logo se alça se a colhelo venho,
E fogeme a agoa, se beber porfio;
Assi que em fome & sede me mantenho,
Não tem Tantalo a pena qu'eu sostenho.

Depois que âquella em quem minh'alma viue
Quis alcançar o baixo atreuimento,
Debaixo deste engano a alcancei,
A nuuem do contino pensamento

Ma

Canções

M'afigurou nos braços, & aſſi a tiue,
Sonhando o que acordado deſejei.
Porque a meu deſejo me gabei
De alcançar hum bem de tanto preço:
Alem do que padeço,
Atado em hũa roda eſtou penando,
Qu'em mil mudanças me anda rodeando,
Onde ſe a algum bem ſubo, logo deço,
E aſſi ganho, & perco a confiança,
E aſſi de mĩ fugindo, tras mĩ ando;
E aſſi me tem atado hũa vingança,
Como Ixião, tão firme na mudança.

Quando a viſta ſuaue & inhumana
Meu humano deſejo de atreuido
Cometeo, ſem ſaber o que fazia,
Que de ſua fermoſura foy naſcido,
O cego moço, que co a ſetta inſana
O peccado vingou deſta ouſadia;
Afora eſte mal qu'eu merecia,
Me deu outra maneira de tormento,
Que nunqua o penſamento
(Que ſempre voa d'hũa a outra parte)
Deſtas entranhas triſtes bem ſe farte,
Imaginando como o famulento,

Que

De Luis de Camões.

Quĕ come mais, & a fome vai crecendo,
Porquĕ d'atormentarme não se aparte;
Aſsi que para a pena ſtou viuendo,
Sou outro nouo Ticio, & não m'entendo.

De vontades alheas qu'eu roubaua,
E qu'enganoſamente recolhia,
Em meu fingido peito me mantinha,
De maneira o engano lhe fingia,
Que depois qu'a meu mando as ſogigaua,
Com amor as mattaua, qu'eu não tinha:
Porem logo o caſtigo que conuinha
O vingatiuo amor me feʒ ſentir,
Faʒendome ſubir
Ao monte d'aſpereza qu'em vos vejo,
Co peſado penedo do deſejo,
Que do cume do bem me vay cair;
Torno a ſubillo ao deſejado aſſento,
Torna a cayrme, embalde emfim pelejo,
Não te eſpantes Siſipho deſte alento,
Qu'âs coſtas o ſubido ſofrimento.

Deſt'arte o ſummo bem se m'offerece
Ao faminto deſejo porque ſinta
A perda de perdello mais penoſa,

Como

Canções

Como o auaro a quem o sonho pinta
Achar thesouro grande, onde enriquesce,
E farta sua sede cobiçosa?
E acordando com furia presurosa,
Vay cauar o lugar onde sonhaua:
Mas tudo o que buscaua
Lhe conuerte em caruão a desuentura;
Alli sua cobica mais s'e appura,
Por lhe faltar aquillo que speraua;
Dest'arte amor me faz perder o siso,
Porque aquelles que estão na noite escura,
Nunqua sentirão tanto o triste abyso,
Se ignorarem o bem do parayso.

Canção nomais, que ja não sei que digo?
Mas porque a dor me seja menos forte,
Diga o pregaõ a causa d'esta morte.

Canção terceira.

IA a roxa manhã clara
  Do Oriente, as portas vinha abrindo,
Dos montes descubrindo
A negr'a escuridão da luz auara,

O sol

De Luis de Camões. 32

Osol que nunqua para,
De sua alegre vista saudosa,
Tras ella pressuroso,
Nos cauallos cansados do trabalho,
Que respirão nas heruas fresco oruallho,
S'e estende claro, alegre, & luminoso.
Os passaros voando,
De raminho em raminho vaõ saltandc,
E com suaue & doce melodia
O claro dia stão manifestando.

A manhã bella & amena
Seu rosto descubrindo, a spessara
Se cobre de verdura,
Clara, suaue, angelica, serena.
ô deleitosa pena,
ô effeito d'amor alto & potente
Que permitte, & consente
Que onde quer que me ache, & onde steja,
O Seraphim sempre veja,
Por quem de viuer triste sou contente!
Mas tu Aurora pura
De tanto bem dà graças â ventura,
Pois as foi pòr em ti tão excellentes,
Que represchtes tanta fermosura.

A luz

Canções

A luz suaue & leda
A meus olhos me mostra por quem mouro,
E os cabellos d'ouro
Não igoala os que vi, mas arremeda:
Est'a he a luz qu' arreda
A negra escuridão do sentimento
Ao doce pensamento:
O orualho das flores delicadas,
São nos meus olhos lagrimas cansadas,
Qu'eu choro co prazer de meu tormento:
Os passaros que cantão
Meos spiritos sam qu'a voz leuantão
Manifestando o gesto peregrino,
Cõ tão diuino som qu' o mundo spantão.

Assi como acontece
A quem a chara vida stâ perdendo.
Qu' em quanto vay morrendo
Algũa visaõ santa lhe aparece.
A mim em quem sallece
A vida, que sois vos minha senhora,
A esta alma que em vos mora,
(Em quanto da prisaõ se stâ apartando)
Vos estais juntamente apresentando,
Em forma da fermosa & roxa Aurora,

O di-

De Luis de Camões.   33

ô ditofa partida,
ô gloria foberan', alt.i, & fubida,
Se mo não impedir o meu defejo,
Porqu'o que vejo em fim me torn'a vida.

Porem a natureza
Que nefta vifta pura fe mantinha,
Me falta tão afinha,
Quão afinha o Sol falt'a redondeza:
S'ouuerdes qu'he fraqueza
Morrer em tão penofo & trifte ftado,
Amor ferâ culpado,
Ouvos, ond'elle viue tão ifento,
Que caufaftes tão largo apartamento,
Porque perdeff'a vida co cuidado,
Que fe viuer não poffo,
Homem formado fô de carn', & offo,
Efta vida que perc'amor ma deu,
Que não fou meu: fe mour'o danno he voffo.

Canção de cifne feit'em hora eftrema,
Na dura pedra fria
Da memoria, te deixo em companhia
Do letreiro de minha fepultura,
Qu'a fombra ofcura ja m'impede o dia.

E   Canção

Canções.

Canção quarta.

VAõ as serenas agoas
   Do Mondego defcendo,
Manfamente, qu'ate ò mar não parão,
Por onde minhas magoas
Pouc'a pouco crefcendo,
Para nunc'acabarfe começarão:
Alli s'ajuntarão
Nefte lugar ameno,
Aond'agora mouro,
Tefta de neu'& ouro,
Rifo brand', & fuau',olhar fereno.
Hum gefto delicado,
Que fempre n'alma m'eftarâ pintado.

Nefta florida terra,
Leda, frefc', & ferena,
Led'& contente para mim viuia
Em paz com minha guerra,
Contente com a pena
Que de tão bellos olhos procedia:
Hum dia n'outro dia
O fperar m'enganaua,
Longo tempo paffei,

Com

De Luis de Camões. 34

Com a vida folguei,
Sò porqu'em bem tamanho m'empregaua,
Mas q̃e me presta ja
Que taõ fermosos olhos naõ os ha.

O quem m'alli dissera
Que d'amor tão profundo
O fim podesse ver md'algum'hora,
O quem cudar podera
Qu'ouuesse ahi no mundo
Apartarm'eu de vos minha senhora,
Para que desd'agora
Perdess'a esperança,
E o vão pensamento,
Desfeit'em hum momento,
Sem me poder ficar mais qu'a lembrança,
Que sempre starâ firme
At'o derradeiro despedirme.

Mas a môr alegria
Que daqui leuar posso,
Com a qual defenderme triste spero,
E, que nunqua sentia
No tempo que fuy vosso
Quererdesme vos quanto vos eu quero,

E 2   Por-

Canções

Porqu'o tormento fero
De voss'apartamento
Não vos dará tal pena,
Como a que me condena:
Que mais sentirey voffo sentimento,
Qu'o que minh'alma sente
Morr'eu senhora, & vos ficay contente.

Canção tu staras
Aqui acompanhando,
Estes campos, & estas claras agoas,
E por mim ficaras
Chorando & suspirando,
E ao mundo mostrando tantas magoas
Que de tão larg'historia,
Minhas lagrimas fiquem por memoria.

Canção quinta.

S'Este meu pensamento
    Como he doce & suaue,
D'alma podeffe vir gritando fora,
Mostrando seu tormento,
Cruel, aspero,& graue,
Diante de vos sò minha senhora,

Podera

De Luis de Camões. 35

Podera ser qu'agora
O vosso peito duro
Tornara manso & brando:
E eu que sempr'ando
Passaro solitario humild',oscuro,
Tornad'hum cisne puro,
Brand'& sonoro pello ar voando,
Com canto manifesto,
Pintara meu torment',& vosso gesto.

Pintar'os olhos bellos
Que trazem nas mininas
O minino qu'os seus nelles cegou,
E os dourados cabellos
Em tranças d'ouro finas
A quem o sol seus rayos abaixou,
A testa qu'ordenou
Natura tão fermosa,
O bem proporcionado,
Nariz lind'afilado,
Que cada parte tem da fresca rosa,
A boca graciosa,
Que querella louuar he'scusado:
Em fim he hum thesouro,
Perolas dentes, & palauras ouro.

E 3   Virase

Canções.

Tirase claramente
Ô d'ma delicada,
Qu'em vos s'esmerou mais a natureza,
E eu de gent'em gente
Trouxera trasladada
Em meu tormento vossa gentileza,
Soment'a aspereza
De vossa condição,
Senhora não dissera,
Porque se não soubera
Qu'em vos podia auer algum senão:
E s'alguem com razão
Porque morres dissesse, respondera
Morro porqu'he tão bella
Qu'inda não sou pera morrer por ella.

E se polla ventura
Dama vos offendesse
Escreuendo de vos o que não sento:
E vossa fermosura
Tanto a terra descesse,
Qu'a alcançasse humild'entendimento:
Seria o fundamenoo
Daquillo que cantasse,
Todo de puro amor,

Porque

De Luis de Camões. 36

Porque vosso loquor
Em figura de magoas se mostrasse:
E onde se julgasse
A causa pello effeito, minha dor
Diria alli sem medo
Quem me sentir vera, de quem proceda.

Então amostraria
Os olhos saudosos,
E o suspirar que traz a'lma consigo,
A fingid' alegria,
Os passos vagarosos,
O fallar, & esquecerme do que digo,
Hum pelejar comigo,
E logo disculparme,
Hum recear ousando,
Andar meu bem buscando,
E de poder achallo acouardarme:
Em fim aueriguarme
Qu'o fim de tudo quanto stou fallando,
São lagrimas & amores,
São vossas isenções, & minhas dores.

Mas quem terâ senhora
Palauras com qu'iguale

E 4   Com

Canções

Com vossa fermosura minha pena:
Qu'em doce voz de fora
Aquella gloria falle
Q'e dentro na minh'alm'amor ordena?
Não pode tão piquena
Força d'engenho humano,
Com carga tão pesada,
Se não for ajudada
D'hum piados' olhar, d'hum doc'engano:
Q'e fazend'om'o danno
Tão deleitos', & a dor tão moderada,
Em fim se conuertesse
Nos gostos dos louuores qu'escreuesse.

Canção não digas mais, & se teus versos
A' pena vem pequenos,
Não queirão de ti mais, que diras menos.

Canção seista.

Com força desusada
    Aquent'o fog'eterno
Humilha, lá nas partes d'Oriente,
D'stranhos habitada,
Aond'o duro inuerno
Os campos reuerdes'alegramente:

A Lij

De Luis de Camões. 37

A Lusitana gente
Por armas sanguinosas,
Tem dell'o senhorio:
Cercad'está d'huam rio
De maritimas agoas saudosas;
Das heruas qu'aqui nascem
Os gados juntament',& os olhos pascem.

Aqui minha ventura
Quis qu'hūa grande parte
Da vida que não tinha se passasse,
Para qu'a sepultura
Nas mãos do fero Marte
De sangu'& de lembranças matizasse;
S'an.or determinasse
Qu'a troco desta vida.
De mim qualquer memoria
Ficasse com'historia,
Que d'hūs fermosos olhos fosse lida,
A vida & alegria,
Por tão doce memoria trocaria.

Mas este fingimento
Por minha dura sorte
Com falsas esperanças me conuida,

Não

Canções.

Não cuida o penſamento
Que pode achar na morte
O que não pode achar tão longa vida,
Eſtá já tão perdida
A minha confiança,
Que de deſeſperado
Em ver meu triſte ſtado,
Tambem da morte perco a ſperança,
Mas ô que s'algum dia
Deſeſperar podeſſe, viuiria.

De quanto tenho viſto
I agora não m'eſpanto,
Qu'ate deſeſperar ſe me defende;
Outrem foy cauſa diſto,
Qu'eu nunqua pude tanto,
Que cauſaſs' eſte fogo que m'encende:
Se cudão que m'offende
Temor d'eſquecimento,
Ouxala meu perigo
Me fora tão amigo
Qu'algum temor deixara ao penſamento,
Quem vio tamanho enleo,
Qu'oau ſs' ahi ſperança ſem receo?

Quem

De Luis de Camões. 38

Quem tem que perder possa
Se pode recear,
Mas triste quem não pode ja perder;
Senhora a culpa he vossa,
Que pera me matar
Bastara hum' hora só de vos não ver:
Posestesm'em poder
De falsas esperanças,
E do que mais m' espanto
Que nunqua vali tanto
Que visse tanto bem com' esquiuanças;
Valia tão pequena
Não pode merescer tão doce pena.

Ouues' amor comigo
Tão brando, & pouco irado,
Quant' agora em meus males se conhesce,
Que não ha môr castigo
Pera quem tem errado,
Que negarlh' o castigo que meresce;
E bem com' acontesce
Qu' assi como ao doente
Da cura despedido,
O medico sabido
Tudo quanto deseja lhe consente,

Assi

Canções

Assi me consentia
Esperança, desejo, & ousadia.

E agora venho a dar
Conta do bem passado,
A esta triste vida, & long'ausencia
Quem pod'imaginar
Qu'ouuess'em mi peccado
Que meresça tão graue penitencia
Olhay qu'he consciencia
Por tão pequeno erro
Senhora tanta pena:
Não vedes qu'he onzena?
Mas se tão longo & misero desterro
vos dâ contentamento,
Nunca m'acabe nelle meu tormento.

Rio fermos', & claro,
E vos ò aruoredos,
Qu'os justos vencedores coroais,
E ao cultor auaro,
Continuamente ledos,
D'hum tronco sò diuersos frutos dais,
Assi nunqua sintais,
Do tempo injuri'alguma

Qu'em

De Luis de Camões. 39

Qu'em vos achem abrigo
As magoas qu'aqui digo,
Em quanto der o sol virtude â lũa:
Porque de gent'em gente
Saibão que ja não mata a vid'ausente.

Canção neste desterro viuirâs,
Voz nua & descuberta,
Ate que o tempo em ecco te conuerta.

Canção settima.

MAndam'amor que cante docemente,
 O qu'elle ja em minh'alma tem impresso,
Com prosupposto de desabafarme:
E porque com meu mal seja contente,
Diz que ser de tão lindos olhos preso
Contallo bastaria a contentarme,
Est'excellente modo d'enganarme
Tomara eu sò d'amor por interesse,
Se não s'arrependesse
Com a pena o engenho escurescendo.
Porem a mais m'atreuo,
Em virtude do gesto de qu'escreuo,
E se he mais o que canto qu'o qu'entendo,

Inuoco

Canções.

Innoc'o lind'asspeito,
Que pode mais qu'amor em meu defeito.

Sem conhecer amor viuer soia,
Seu arco & seus enganos desprezando,
Quando viuendo delles me mantinha
O amor enganoso, que fingia
Mil vontades alheas enganando,
Me fazia zombar de quem o tinha:
No touro entraua Phebo, & Progne vinha,
O corno d'Acheloo Flora entornaua,
Quand'o amor soltaua
Os fios d'ouro, as tranças encrespadas,
Ao doce vent'esquiuas,
Os olhos rutilando chamas viuas,
E as rosas entr'a neue semeadas,
C o riso tão galante,
Qu'hum peito desfizera de diamante.

Hum não sey que suaue respirando,
Causaua hum admirado & nouo spanto,
Qu'as cousas insensiueis o sentião:
E as garrulas aues leuantando
Vozes desordenadas em seu canto,
Como no meu desejo s'encendião,

As

De Luis de Camões. 40

As fontes crystallinas não corrião,
Inflammadas na linda vista pura,
Florescia a verdura
Qu'andando cos diuinos pês tocaua,
Os ramos s'abaixauão,
Ou d'inueja das heruas que pisauão,
Ou porque tud'ant'ella s'abaixaua
Não ouue cous'em fim
Que não pasmasse dell', & eu de mim:

Porque quando vi dar entendimento
As cousas qu'o não tinhão, o temor
Me fez cudar, qu'effeit'em mim faria
Conhecime não ter conhecimento,
E nisto só o tiue, porqu'amor
Mo deixou, porque viss'o que podia:
Tanta vinganç'amor de mim queria,
Que mudau'a humana natureza
Nos montes, & a dureza
Delles em mim por troca traspassaua:
ô que gentil partido,
Trocar o ser do monte sem sentido,
Pello que n'hum juyzo humano staua!
Olhay que doc'engano,
Tirar commum proueito de meu dano!

Aff

Canções

Aſſi quindo perdendo o ſentimento
A parte racional m'entriſtecia,
Vell'a hum appetite ſomettida,
Mas dentro n'alma o fim do penſamento
Por tão ſublime cauſa me dezia
Qu'era razão ſer a razão vencida.
Aſſi que quando a via ſer perdida,
A meſma perdição a reſtauraua,
E em manſa paz eſtaua
Cad'hum com ſeu contrario n'hum ſogeito,
ô gran concerto eſte:
Quem ſerâ que não julgue por celeſte
A cauſa donde vem tamanh'effeito,
Que faz n'hum coração
Que venha o appetite a ſer razão?

Aqui ſenti d'amor a môr fineza,
Como foy ver ſentir o inſenſiuel,
E o ver a mim de mim meſmo perderme:
Em fim ſenti negars'a natureza,
Por onde cri que tud'era poſſiuel
Aos lindos olhos ſeus: ſenão quererme,
Deſpois que ja ſenti desfallecerme,
Em lugar do ſentido que perdia
Não ſey quem m'eſcreuia

Den-

De Luis de Camões. 41

Dentro n'alma co as letras da memoria,
O mais deste processo
Co claro gesto juntamente impresso,
Que foy a causa de tão longa historia,
Se bem a declarey
Eu não a escreuo, d'alma a trasladey.

Canção se quem te ler
Não crer dos olhos lindos o que dizes,
Pello qu'em si s'esconde,
Os sentidos humanos lhe responde
Não podem dos diuinos ser juyzes,
Senão d'hum pensamento
Que a falta supra a fe do entendimento.

Canção oitaua.

TOmei a triste pena
    Ia de desesperado
De vos lembrar as muitas que padesço:
Vendo que me condena
A ficar eu culpado
O mal que me tratais, & o qu'eu meresço.
Confesso que conheço
Qu'em parte a causa dei
O mal em que me vejo,

F   Pois

Canções

Tois sempre meu desejo
A tão largas promessas entreguei,
Mas não tiue sospeita
Que seguisseis tenção tão imperfeita.

S'em vosso esquecimento
Tão condemnado stou
Com os sinais demostrão que mostrais,
Viuo neste tormento,
Lembranças mais não dou
Qu'as que d'esta razão tomar queirais:
Olhay que me trattais
Assi de dia em dia
Com vossas esquiuanças:
E as vossas esperanças
De que vãmente eu m'enriquescia,
Renouão a memoria
Pois com tela de vos só tenho gloria.

E s'isto conhecesseis
Ser verdade pura,
Mais que de Arabia o ouro reluzente,
Inda que não quisesseis
A condição tão dura
Mudareis n'outra muito differente,

E eu

De Luis de Camões. 42

E eu como innocente
Que ſtou em eſte caſo,
Iſto em mãos poſera
De quem ſentença dera
Que ficaſſe o direito juſto & raſo.
Se não arreceara
Qu'a vos por mim, & a mim por vos matara.

Em vos eſcritta vi
Voſſa grande dureza,
E n'alma eſcritta ſtâ, que de vos viue,
Não qu'acabaſſe alli
Sua grande firmeza
O triſte deſengano qu'então tiue;
Porqu'antes qu'a dor priue
De todo meus ſentidos,
Ao grande tormento
Acode o entendimento,
Com dous fortes ſoldados, guarneſcidos
De rica pedraria,
Que ficão ſendo minha luz & guia.

Deſtes acompanhado
Eſtou poſto ſem medo
A tudo o qu'o fatal deſtino ordene,

F 2   Pode

Canções

Pode ser que casando,
Ou seja tarde, ou cedo,
Com pena de penarme me despene?
E quando me condene
(Qu'isto he o que mais espero)
Inda a mayores dores
Perdidos os temores
Por mais que venha, não direi não quero,
Com tudo estou tão forte
Que nem mudar pode a mesma morte.

Canção se ja não queres
Ver tanta crueldade,
La vas onde veras minha verdade.

Canção nona.

IVnto d'hum seco, fero, & steril monte,
Inutil, & despido, caluo, informe,
Da natureza em tudo aborrescido,
Onde nem aue voa, ou fera dorme,
Nem rio claro corre, ou ferue fonte,
Nem verde ramo faz doce ruido,
Cujo nome do vulgo introduzido
He felix por antiphrasi infelice

O qual

De Luis de Camões. 43

O qual a natureza
Situou junto â parte
Onde hum braço de mar alto reparte
Abaſſia, d'Arabica aſpereza,
Onde fundada ja foy Berenice,
Ficando â parte donde
O ſol que nella ferue ſe lh'eſconde

Nelle aparece o cabo com qu'a coſta
Africana, que vem d Auſtro correndo,
Limite faz, Aromata chamado,
Aromata outro tempo, que correndo
O tempo a ruda lingoa mal compoſta
Dos proprios outro nome lhe tem dado
Aqui, no mar que quer apreſſurado
Entrar polla garganta deſte braço
Me trouxe hum tempo & teue
Minha fera ventura,
Aqui neſta remot',aſpera,& dura
Parte do mundo, quis qu'a vida breue
Tambem de ſi deixaſſe hum breue eſpaço
Porque ficaſſe a vida
Pello mundo em pedaços repartida

Aqui m'achei gaſtando hũs triſtes dias,

F 3   Triſtes

Canções

Tristes, forçados, maos, & solitarios,
Trabalhosos, de dor, & d'ira cheos,
Não tendo tão somente por contrarios
A vida, o sol ardente, & agoas frias,
Os ares grossos, feruidos, & feos,
Mas os meus pensamentos que sain meos
Para enganar a propria natureza.
Tambem vi contra mi,
Trazendome â memoria
Alguma ja passada, & breue gloria,
Qu'eu ja no mundo vi quando viui,
Por me dobrar dos males a aspereza,
Por me mostrar qu'auia
No mundo muitas horas d'alegria.

Aqui estiu'eu com estes pensamentos
Gastando o tempo & a vida, os quais tão alto
Me subião nas asas, que caya,
(E vede se seria leue o salto,
De sonhados & vaõs contentamentes,
Em desesperação de ver hum dia)
Aqui o imaginar se conuertia
Num subito chorar, & nũs sospiros,
Que rompião os ares:
Aqui a alma cattiua

De Luis de Camões. 44

Chagada toda estaua em carne viua
De dores rodeada, & de pesares,
Desamparada & descuberta aos tiros
Da soberba fortuna,
Soberba, inexorauel, & importuna.

Não tinha parte donde se deitasse,
Nem esperanca algũa ond'a cabeça
Hum pouco reclinasse por descanso,
Tudo dor lh'era, & causa que padeça,
Mas que pereça não, porque passasse
O que quis o destino nunca manso:
O qu'este irado mar gritando amanso,
Estes ventos da voz importunados
Parece que s'enfreão;
Somente o ceo seuero,
As estrellas & o fado sempre fero
Com meu perpetuo danno se recreão,
Mostrandose potentes & indignados,
Contra hum corpo terreno,
Bicho da terra vil, & tão pequeno.

Se de tantos trabalhos só tirasse
Saber inda por certo qu'algum'hora
Lembraua a hũs claros olhos que ja vi,

F 4   Es

Canções

E se esta triste voz rompendo fora
As orelhas angelicas tocasse
Daquella em cuja vista ja viui;
A qual tornada hum pouco sobre si,
Reuoluendo na mente pressurosa
Os tempos ja passados
De meus doces errores,
De meus suaues males, & furores
Por ella padecidos & buscados,
Tornada (inda que tarde) piadosa,
Hum pouco lhe pesasse,
E consigo por dura se julgasse:

Isto só que soubesse, me seria
Descanso par'a vida, que me fica,
Com isto afagaria o sofrimento:
Ah senhora senhora, & que tão rica
Estais, que cá tão longe d'alegria
Me sustentais c'hum doce fingimento;
Em vos affigurando o pensamento
Foge todo o trabalho, & toda a pena:
Só com vossas lembranças
M'acho seguro & forte
Contra o rosto feroz da fera morte:
E logo se m'ajuntão ás esperanças

Com

De Luis de Camões. 45

Com qu'a fronte tornada mais serena
Torna os tormentos graues
Em saudades brandas, & suaues.

Aqui com elles fico preguntando
Aos ventos amorosos que respirão
Da parte donde stais, por vos senhora;
As aues que alli voão se vos virão,
Que fazieis, que staueis praticando;
Onde, como, com quem, que dia,& qu'ora:
Alli a vida cansada, se melhora
Toma spiritos nouos, com que vença,
A fortuna, & trabalho,
Sô por tornar a veruos,
Sô por ir a seruiruos, & quereruos,
Dizme o tempo qu'a tudo dará talho,
Mas o desejo ardente, que detença
Nunca soffreo, sem tento
M'abre as chagas de nouo ao soffrimento.

Aßi viuo,& s'alguem te preguntaße
Canção, como não mouro,
Podeslhe responder, que porque mouro.

Can-

Canções

Canção decima.

Vlnde quâ meu tão certo secretario,
   Dos queixumes que sempre ando fazendo,
Papel; com quem a pena desofogo:
As sem razões digamos que viuendo
Me faz o inexorauel, & contrario
Destino surdo a lagrimas, & a rogo:
Deitemos agoa pouca em muito fogo,
Acendase com gritos hum tormento,
Qu'a todas as memorias seja estranho,
Digamos mal tamanho
A Deos, ao mundo, â gente, & em fim ao vento;
A quem ja muitas vezes o contei
Tanto debalde como o conto agora:
Mas ja que para errores fuy nacido,
Vir este a ser hum delles não duuido;
Que pois ja d'acertar estou tão fora,
Não me culpem tambem se nisto errei;
Se quer este refugio só terei,
Fallar, & errar sem culpa liuremente,
Triste quem de tão pouco stá contente.

Ia me desenganei que de queixarme,
Não s'alcança remedio, mas quem pena

For-

De Lus de Camões. 46

Forçado lh'è gritar, s'a dor he grande:
Gritarei, mas he debil & pequena
A voz para poder desabafarme;
Porque nem com gritar a dor s'abrande:
Quem me darâ se quer que fora mande
Lagrimas,& sospiros infinitos,
Iguais ao mal que dentro n'alma mora?
Mas quem pode algum'hora
Medir o mal com lagrimas, ou gritos?
Em fim direi aquillo que m'ensinão
A ira, a magoa, & dellas a lembrança,
Qu'he outra dor por si mais dura & firme
Chegai desesperados para ouuirme,
E fujão os que viuem d'esperança,
Ou aquelles que nella s'imaginão,
Porqu'amor & fortuna determinão
De lhe darem poder para entenderem
A medida dos males que teuerem.

Quando vim da materna sepultura
De nouo ao mundo logo me fizerão
Estrellas infelices obrigado:
Com ter liure aluedrio mo não derão,
Que eu conheci mil vezes na ventura
O milhor , & o pior segui forçado:

E pe

Canções

E para que o tormento conformado
Me deſſem com a idade; quando abriſſe
Iñda menino os olhos brandamente,
Mandão que diligente
Hum menino ſem olhos me feriſſe:
As lagrimas da infancia ja manauão
Com huma ſaudade namorada;
O ſom dos gritos que no berço daua
Ia como de ſoſpiros me ſoaua
Coa idade & fado ſtaua concertado;
Porque quando por caſo m'embalauão
Se verſos d'amor triſtes me cantauão
Logo m'adormecia a natureza
Que tão conforme ſtaua com a triſteza.

Foy minh'ama hũa fera, qu'o deſtino
Não quis que molher foſſe a que teueſſe
Tal nome para mim, nem a aueria:
Aſi criado fuy, porque bebeſſe
O veneno amoroſo de menino,
Que na mayor idade beberia:
E por coſtume não me mataria.
Logo então vi a imagem & ſemelhança
D'aquella humana fera tão fermoſa,
Suaue, & venenoſa,

Que

De Luis de Camões.   47

Que me criou aos peitos da sperança,
De quem eu vi despois o original;
Que de todos os grandes desatinos
Faz a culpa soberba & soberana;
Pareceme que tinha forma humana,
Mas scentillaua spiritos diuinos,
Hum meneo & presença tinha tal,
Que se vangloriaua todo o mal
Na vista della; a sombra coa viueza
Excedia a poder da natureza.

Que genero tão nouo de tormento
Teue amor, que não fosse, não sómente
Prouado em mim, mas todo executado?
Implacaueis durezas, qu'o feruente
Desejo que dâ força ao pensamento,
Tinhão de seu proposito aballado;
E de se ver corrido & injuriado
Aqui sombras phantasticas, trazidas
D'alguas temerarias esperanças,
As bemauenturanças,
Nellas também pintadas & fingidas;
Mas a dor do desprezo recebido,
Qu'a phantasia me desatinaua,
Estes enganos punha em desconcerto;

Aqui

Canções

Aqui o adeuinhar, & o ter por certo
Q'era verdade quanto adeuinhaua,
E logo o desdizerme de corrido,
Dar âs cousas que via outro sentido,
E pera tudo em fim buscar razões,
Mas erão muitas mais as sem razões.

Não sey como sabia star roubando
Cos rayos as entranhas, que fogião
Por ella pellos olhos subtilmente
Pouco a pouco inuenciueis me sação
Bem como do veo humido exhalando
Está o sotil humor o sol ardente,
Em fim o gesto puro & transparente,
Para quem fica baixo & sem valia
Deste nome de Bello, & de fermoso
ô doce, & piadoso,
Mouer d'olhos, qu'as almas sospendia
Forão as heruas magicas, qu'o ceo
Me fez beber, as quais por longos annos
Noutro ser me tiuerão transformado;
E tão contente de me ver trocado
Qu'as magoas enganaua cos enganos
E diante dos olhos punha o veo
Que m'encobrisse o mal qu'assi creceo

Como

De Luis de Camões. 48

Como quem com efagos se criaua
Daquelle para quem crescido staua.

Pois quem pode pintar a vida ausente
Com hum descontentarme quanto via,
E aquelle star tão longe donde staua,
O fallar sem saber o que dizi;
Andar sem ver por onde, & juntamente
Sospirar, sem saber que sospiraua;
Pois quando aquelle mal m'atormentaua:
E aquella dor que das Tartareas agoas
Saio ao mundo, & mais que todas doe,
Que tantas vezes soe
Duras iras tornar em brandas magoas,
Agora co furor da magoa irado;
Querer & não querer deixar d'amar,
E mudar noutra parte per vingança
O desejo priuado de sperança,
Que tão mal se podia ja mudar:
Agora a saudade do passado
Tormento, puro, doce, & magoado,
Fazia conuerter estes furores
Em magoadas lagrimas d'amores.

Que desculpas comigo sò buscaua!

Quan-

Canções

Quando o suaue amor, me não sofria
Culpa na cousa amada, & tão amada,
Em fim erão remedios que fingia,
O medo do tormento, qu'ensinaua
A vida sostentarse d'enganada,
Nisto hũa parte della foy passada.
Na qual se tiue algum contentamento
Breue imperfeito, timido, indecente,
Não foy senão semente
D'hum cumprido, & amarissimo tormento;
Este curso contíno de tristeza,
Estes passos tão vãmente espalhados,
Me forão apagando o ardente gosto,
Que tão de siso n'alma tinha posto,
D'aquelles pensamentos namorados,
Em qu'eu criei a tenra natureza,
Que do longo costume d'aspereza
Contra quem força humana não resiste,
Se comuerteo no gosto de ser triste.

Dest'arte a vida noutra fui trocando,
Eu não, mas o destino fero, irado,
Qu'eu inda assi por outra a não trocara;
Fezme deixar o patrio ninho amado,
Passando o longo mar, qu'ameaçando

Tantas

De Luis de Camóes.   49

Tantas vezes m'esteue a vida chara;
Agora exprimentando a furia rara
De Marte, que tos olhos quis que logo
Visse & tocasse o acerbo frutto seu,
E neste escudo meu,
A pintura verão do infisto fogo;
Agora peregrino vago, & errante,
Vendo nações, lingoages, & costumes,
Ceos varios, qualidades differentes,
Sô por seguir com passos diligentes
A ti fortuna injusta, que consumes
As idades, leuandolhe diante
Hum' esperança em vista de diamante,
Mas quando das mãos cae se conhece
Que he fragil vidro aquillo qu'apparece.

A piadade humana me faltaua,
A gente amiga ja contraria via,
No primeiro perigo & no segundo
Terra em que pôr os pês me fallecia,
Ar pera respirar se me negaua,
E faltauame em fim o tempo & o mundo:
Que segredo tão arduo, & tão profundo,
Nacer para viuer, & para á vida
Faltarme quanto o mundo tem para ella:

G   E não

Canções

E não poder perdella,
Est...ndo tantas vezes ja perdida?
Em fim não ouue trance de fortuna,
Nem perigos, nem casos duuidosos,
(Injustiças daquelles, qu'o confuso
Regimento do mundo antigo abuso
Faz sobre os outros homens poderosos)
Qu'eu não passasse atado â fiel coluna
Do sofrimento meu, qu'a importuna
Persiguição de males em pedaços
Mil vezes fez â força de seus braços.

Não conto tantos males como aquelle,
Que depois da tormenta procellosa,
Os casos della conta em porto ledo;
Qu'ind'agora a fortuna flactuosa
A tamanhas miserias me compelle,
Que de dar hum sô passo tenho medo;
Ia de mal que me venha não m'arredo,
Nem bem que me falleça ja pretendo,
Que para mi não val astucia humana,
De força soberana,
Da prouidencia em fim diuina pendo,
Isto que cuido, & vejo â vezes tomo
Para consolação de tantos danos:

Mas

De Luis de Camões. 50

Mas a fraqueza humana quando lança
Os olhos na que corre, & não alcança,
Senão memoria dos passados annos,
As agoas qu'então bebo, & o pão que como
Lagrimas tristes saõ, qu'eu nunca domo,
Senão com fabricar na fantasia
Fantastiças pinturas d'alegria.

Que se possiuel fosse que tornasse
O tempo para tras como a memoria,
Pellos vestigios da primeira idade,
E de nouo tecendo a antiga historia
De meus doces errores me leuasse
Pellas flores que vi da mocidade,
E a lembrança da longa saudade
Então fosse mayor contentamento,
Vendo a conuersação leda & suaue,
Ond'hum' & outra chaue
Esteue de meu nouo pensamento,
Os campos, as passadas, os sinais,
A fermosura, os olhos, a brandura,
A graça, a mansidão, a cortesia,
A singell'amizade, que desuia
To l'a baixa tenção, terrena, impura,
Como a qual outr'alguma não vi mais,

G 2

Odes

Ah vãs memorias, onde me leuais
O fraco coração? qu'inda não posso
Do mar este tão vão desejo vosso.

Nomais canção nomais, qu'irey fallando
Sem o sentir mil annos, & s'a caso
Te culparem de larga, & de pesada,
Não pode ser (lhe dize) limitada
A agoa do mar em tão pequeno vaso,
Nem eu delicadezas vou cantando
Co gosto do louvor, mas explicando
Puras verdades ja por mim passadas,
Oxalâ forão fabulas sonhadas.

Odes

DE LVIS DE CAMÕES.

Ode primeira, a Lũa.

DEtem hum pouco musa ò largo pranto,
   Qu'amor t'abre do peito,
E vestida de rico, & ledo manto
Demos honra & respeito
A aquella, cujo objeito
Tod'o mundo alumia,

E quan-

De Luis de Camões. 51

Trocando a noit'escur'em claro dia.

ô Delia, qu'a pesar da neuoa grossa
Cos teus rayos de prata
A noit' escura fazes que não possa
Encontrar o que tratta,
E o que n' alma retrata
Amor por teu diuino
Rosto; por que endoudeço,& desatino:

Tu que de fermosissimas estrellas,
Coroas & rodeas
Teus cabellos de prata, & faces bellas,
E os campos fermoseas,
Co as rosas que semeas,
Co as boninas que gera,
O teu celeste amor na primauera.

Pois Delia dos teus cèos vendo stas quantos
Furtos de puridades,
Suspiros, magoas, ais, musicas, prantos,
As conformes vontades,
Humas por saudades,
Outras por crus indicios,
Fazem das propiias vidas sacrificios.

G 3

Odes

Ia veo Endimião por estes montes,
O cèo suspenso olhando
E teu nome cos olhos feitos fontes,
Em vão sempre chamando,
Pedindo & suspirando
Merces á tua beldade,
Qu'ache em ti hum'ahora piedade.

Por ti feito pastor de branco gado,
Nas selvas solitarias
Sô de seu pensamento acompanhado,
Conuersa as alimarias,
De tod'amor contrarias,
Mas não como ti duras,
Onde lamenta & chora desuenturas.

Para ti goarda o sitio fresco d'Ilio
Suas sombras fermosas,
Para ti no Erymantho o lindo Epilio
As mais purpureas rosas:
E as drogas cheirosas
D'este nosso Oriente,
Goard'a felice Arabia mais contente.

De que panthera, tigre, ou leopardo,

A3

De Luis de Camões.   52

As eſperas eſtranhas,
Não temerão o agudo & fero dardo,
Quando pellas montenhas
Muy remotas, & eſtranhas,
Ligeira atraueſſauas
Tão fermoſa, qu'amor d'amor matauas?

Das caſtas virgẽs ſempre os altos gritos
Clara Lucina ouuiſte,
Renouandolhe a força & os eſpritos:
Mas os daquelle triſte
Ia nunca conſentiſte
Ouuillos hum momento,
Para ſer menos graue ſeu tormento.

Não fujas de mim aſſi, nem aſſi t'eſcondas,
D'hum tão fiel amante,
Olha como ſoſpirão eſtas ondas,
E como o velho Atlante,
O ſeu collo arrogante,
Moue piadoſamente
Ouuindo a minha voz fraca & doente.

Triſte de mim que m'he pior queixarme,
Pois minhas queixas digo,

G 4   Aquem

Odes

A quem ja ergui a mão para matarme,
Como a cruel imigo,
Mas eu meu fado sigo,
Qu'a isto me destina,
E sô isto pretende, & sô m'ensina.

O quanto ha ja qu'o cêo me desengana:
E eu sempre porfio
Cada vez mais na minha teima insana;
Tendo liure aluedrio
Não fujo o desuario,
E este qu'em mi vejo,
Engana co a sperança meu desejo.

ô quanto melhor fora que dormissem
Hum sono perennal,
Estes meus olhos tristes, & não vissem
A causa de seu mal;
Fugira hum tempo tal,
Mais que d'antes proterua,
Mais cruel que vssa, mais fugaz que cerua.

Ay de mi que m'abraso em fogo viuo,
Com mil mortes ao lado,
E quando mouro mais então mais viuo,

Porque

De Luis de Camões. 53

Porqu'aſsi me ha ordenado
Meu infelice ſt. do,
Que quando me conuida
A morte par à morte tenha vida.

Secreta noite amiga, a qu'obedeço,
Eſtas roſas (por quanto
Meus queixumes ouuiſtes) t'offereço
Eſte freſco Amarantho
Inda humido do pranto
E lagrimas da ſpoſa
Do cioſo Tithão branca & fermoſa.

Ode ſegunda.

Taõ ſuaue, tão freſca, & tão fermoſa,
   Nunqua no ceo ſahio,
A Aurora no principio do verão,
As flores dando a graça coſtumada,
Como a fermoſa manſa fera, quando
Hum penſamento viuo m'inſpirou,
Por quem me deſconheço.

Bonina pudibunda, ou freſca roſa,

Odes

Nunqua no campo abrio,
Quando os rayos do sol no Touro stão,
De cores differentes esmaltada
Como esta flor, que os olhos inclinando
O sofrimento triste costumou
A pena que padeço.

Ligeira, bella Nympha, linda, irosa,
Não creo que seguio
Satyro, cujo brando coração
D'amores commouesse fera irada,
Que assi fosse fugindo, & desprezando
Este tormento, onde amor mostrou
Tão prospero começo.

Nunqua em fim cousa bella, & rigurosa
Natura produzio,
Que iguale áquella forma & condição,
Que as dores em que viuo estima em nada:
Mas com tão doce gesto, irado, & brando
O sentimento, & a vida me enleuou
Que a pena lhe agradeço.

Bem cudei de exaltar em verso, ou prosa,
Aquillo qu'a alma vio,

Antre

De Luis de Camões.   54

Antre a doce dureza & mansidão,
Primores de belleza desusada,
Mas quando quis voar ao ceo cantando,
Entendimento, & engenho, me cegou,
Luz de tão alto preço.

Naquella alta pureza deleitosa,
Que ao mundo se encubrio
E nos olhos angelicos, que sam
Senhores desta vida destinada,
E naquelles cabellos que soltando
Ao manso vento a vida me enredou,
Me alegro, & entristeço.

Saudade & sospeita perigosa,
Qu'amor constituyo,
Por castigo daquelles que se vão.
Temores, penas d'alma desprezada,
Fera esquiuança, que me vay tirando
O mantimento que me sustentou,
A tudo m'offereço.

Ode

Odes

Ode terceira.

SE de meu pensamento
  Tanta razão tiuera d'alegrarme,
Quanta de meu tormento
A tenho de queixarme,
Poderas triste lyra consolarme.

E minha voz cansada
Que noutro tempo foy alegre & pura,
Não fora assi tornada,
Com tanta desuentura
Tão rouca, tão pesada, nem tão dura.

A ser como sohia
Podera leuantar vossos louuores,
Vós minha Hierarchia
Ouuireis meus amores,
Que exemplo saõ ao mundo ja de dores.

Alegres meus cudados,
Contentes dias, horas, & momentos,
ô Quam bem alembrados
Sois de meus pensamentos,
Reinando agora em mim duros tormentos.

Ay

De Luis de Camóes. 55

Ay gostos fugitiuos,
Ay gloria ja acabada, & consumida,
Crueis males esquiuos,
Qual me deixais a vida
Quam chea de pesar; quam destruida!

Mas como não he morta
A triste vida jâ, que tanto dura?
Como não abre a porta
A tanta desuentura,
Qu'em vão co seu poder o tempo cura.

Mas pera padecella
Se esforça meu sogeito, & conualece,
Que sô pera dizella
A força me fallece;
E de todo me cansa, & m'enfraquece.

ô bem afortunado
Tu qu'alcançaste com lyra toante
Orpheo ser escutado,
Do fero Rhadamañte,
E cos teus olhos ver a doce amante.

As infernais figuras

Moueste

Odes

Moueſte com teu canto docemente.
As tres furias eſcuras,
Implacaueis á gente,
Quietas ſe tornaraõ de repente.

Ficou como paſmado
Todo o Stygio Reino co teu canto,
E quaſi deſcanſado
De ſeu eterno pranto,
Ceſſou de alçar Siſipho o graue canto.

A ordem ſe mudaua
Das penas qu'ordenaua alli Plutão,
Em deſcanſo tornaua
A roda de Ixião,
E em gloria quantas penas alli ſaõ.

Pello qual admirada
A Rainha infernal, & commouida
Te deu a deſejada
Eſpoſa que perdida,
De tantos dias ja tiuera auida.

Pois minha deſuentura
Como ja não abranda hum'alma humana,

Que

De Luis de Camões. 56

Que he contra mim mais dura,
E muy mais des'umana,
Que o furor de Calirõe profana.

Ô crua, esquiua, & fera,
Duro peito, cruel, impedernido,
De algũa tigre fera,
Da Hyrcania nacido,
Ou dantre as duras rochas produzido.

Mas que digo coitado
E de quem fio em vão minhas querellas?
Sô vos (ô do salgado
Humido Reyno) bellas
E claras Nymphas, condoeyuos dellas.

E d'ouro guarnecidas
Vossas louras cabeças, leuantando
Sobol' agoa erguidas,
As tranças gottejando,
Sahi alegres todas, ver qual ando.

Sahi em companhia
Cantando & colhendo as lindas flores,
Vereis minha agonia

Ouui-

Odes

Ouuireis meus amores,
Aſſentareis meus prantos, meus clamores.

Vereis o mais perdido
E mais mofino corpo que he gerado,
Que eſtà ja conurtido
Em choro, & neſte ſtado
Sómente viue nelle o ſeu cudado.

Ode quarta.

FErmoſa fera humana,
   Em cujo coração ſoberbo & rudo
A força ſoberana
Do vingatiuo amor, que vence tudo
As pontas amoladas
De quantas ſeitas tinha tem quebradas.

Amada Circe minha,
(Poſto que minha não) com tudo amada,
A quem hum bem que tinha
Da doce liberdade deſejada,
Pouco a pouco entreguei,
E ſe mais tenho inda entregarei.

Pois

De Luis de Camões. 57

Pois natureza irosa
Da razão te deu partes tão contrarias,
Que sendo tão fermosa
Folgues de te queimar en flāmas varias,
Sem arder em nenhūa,
Mais qu' em quanto alumia o mundo a lūa.

Pois triumphando vas
Com diuersos despojos de perdidos,
Que tu priuando stâs
De razão, de juizo, & de sentidos,
E quasi a todos dando,
Aquelle bem qu'a todos vas negando.

Pois tanto ce contenta
Ver o nocturno moço em ferro enuolto
Debaixo da tormenta
De Iupiter em agoa, & vento solto,
A porta qu'impedido
Lhe tem seu bem de magoa adormecido.

Porque não tens receo
Que tantas insolencias, & esquiuanças,
A Deosa que poem freo
A soberbas, & doudas esperanças,

H   Casti

Odes

Castigue com rigor
E contra ti s'acenda o fero Amor.

Olha a fermosa Flora
De despojos de mil sospiros rica,
Pello capitão chora
Que là em Thessalia em fim vencido fica.
E foy sublime tanto
Qu'altares lhe deu Roma, & nome santo.

Olha em Lesbos aquella
No seu Psalteiro insigne conhecida
Dos muitos, que por ella
Se perderão, perdeo a chara vida
Na rocha que se infama
Com ser remedio estremo de quem ama.

Pello moço escolhido,
Onde mais se mostrauão as tres graças,
Que Venus escondido
Para si teue hum tempo antre as alfaças,
Pagou coa morte fria
A mâ vida que a muitos ja daria.

E vendose deixada

Da

De Luis de Camões. 58

Daquelle por quem tantos ja deixâra,
Se foy desesperada
Precipitar da infame Rocha chara,
Qu'o mal de mal querida
Sabe que vida lhe he perder a vida.

Tomaime brauos mares,
Tomaime vos, pois outrem me deixou,
E assi dos altos ares,
Pendendo com furor se arremessou,
Acude tu suaue,
Acude poderosa, & diuina aue.

Toma anas asas tuas
Minino pio illesa, & sem perigo,
Antes que nessas cruas
Agoas caindo, apague o fogo antigo,
He digno amor tamanho
De viuer, & ser tido por estranho.

Não; que he razão que seja
Para as lobas isentas qu'amor vendem
Exemplo, onde se veja
Que tambem ficão presas as que prendem:
Assi deu por sentença
Nemesis, qu'amor quis que tudo vença.

H 2 Ode

Odes

Ode quinta.

NVnqua manhã ſuaue
   Eſtendendo ſeus rayos pello mundo,
Deſpois de noite graue,
Tempeſtuoſa, negra, em mar profundo,
Alegrou tanto nao, que ja no fundo
Se vio em mares groſſos,
Com'a luz clara a mim dos olhos voſſos.

Aquella fermoſura
Que ſò no virar delles reſplandece,
Com que a ſombra oſcura
Clara ſe faz, & o campo reuerdece,
Quando meu penſamento s'entriſtece,
Ella & ſua viueza
Me desfazem a nuuem da triſteza

O meu peito onde ſtais,
He pera tanto bem pequeno vaſo,
Quando a caſo virais
Os olhos que de mim não fazem caſo,
Todo gentil ſenhora então me abraſo
Na luz que me conſume,
Bem como a borboleta faz no lume.

Se

De Luis de Camões. 59

Se mil almas tiuera
Qu'a tão fermosos olhos entregara,
Todas quantas pudera
Pollas pestanas delles pendurara,
E enleuadas na vista pura & clara,
(Posto que disso indignas,)
Se andarão sempre vendo nas mininas.

E vos que descuidada
Agora viuireis de tais querellas,
D'almas minhas cercada
Não podesseis tirar os olhos dellas,
Não pode ser que vendo a vossa entr'ellas
A dor que lhe mostrassem
Tantas, hum'alma sô não abrandassem.

Mas pois o peito ardente
Hũa sô pode ter, fermosa dama,
Basta qu'esta somente
Como se fossem duas mil vos ama:
Para que a dor de sua ardente flama
Conuosco tanto possa,
Que não queiras ver cinza hũa alma vossa.

H 3   Ode

Odes

Ode seista.

POde hum desejo immenso
  Arder no peito tanto,
Qu'abranda, & a viua alma, o fogo intenso
Lhe gaste as nodoas do terreno manto:
E purifique em tanta alteza o sprito
Com olhos immortais,
Que faz que lea mais do que vê escrito.

Que a flama que s'acende
Alto tanto alumia,
Que s'o nobre desejo ao bem s'estendē
Que nunqua vio, à sente claro dia,
E là vé do que busca o natural,
A graça, a viua cor
Noutra specie melhor qu'a corporal.

Pois vos ô claro exemplo,
De viua fermosura
Que de tão longe cá noto, & contemplo
N'alma, qu'este desejo sobe, & a pura,
Não creais que não vejo aquella imagem
Qu'as gentes nunqua vem,
Se d'humanos não tem muita ventagem.

Que

De Luis de Camões.

Que s'os olhos ausentes
Não vem acompassada
Proporção, que das cores excellentes
De pureza, & vergonha he variada,
Da qual a Poesia que cantou
Atè qui sô pinturas
Com mortais fermosuras igualou:

Senão vem os cabellos
Qu'o vulgo chama d'ouro,
E se não vem os claros olhos bellos
De quem cantão que saõ do Sol thesouro;
E se não vem do rosto as excellencias,
A quem dirão que deue
Rosa, cristal, & neue as apparencias?

Vem logo a graça pura,
A luz alta, & serena
Qu'he rayo da diuina fermosura
Que n'alma imprime, & fora reuerbera
Assi como cristal do sol ferido
Que por fora derrama
A recebida flama, esclarecido.

E vem a grauidade

H 4   Com

Odes

Com a viua alegria
Que mesturada tem, de qualidade
Qu'hũa da outra nunqua se desuia,
Nem deixa hũa de ser arreceada
Por leda, & por suaue,
Nem outra por ser graue, muito amada.

E vem do honesto siso
Os altos resplandores
Temperados co doce, & ledo riso
A cujo abrir abrem no campo as flores:
As palauras discretas, & suaues
Das quaes o mouimento
Fará deter o vento, & as altas aues.

Dos olhos o virar
(Que torna tudo raso)
Do qual não sabe o engenho diuisar
Se foy por artificio, ou feito a caso:
Da presença os meneos, & a postura,
O andar, & o mouerse
Donde pode aprenderse fermosura.

Aquelle não sey que
Qu'aspira não sey como

Qu'in-

De Luis de Camões. 61

Qu'inuisiuel saindo, a vista o vee,
Mas pera o comprender não lh'acha tomo,
O qual toda a Toscana poesia
Que mais Phebo restaura,
Em Beatriz, nem em Laura nunqua via.

Em vos a nossa idade
Senhora, o pôde ver,
S'engenho, & sciencia, & habilidade
Igual â fermosura vossa der.
Como eu vi no meu longo apartamento
Qual em ausencia a vejo;
Tais asas dâ o desejo ao pensamento.

Pois se o desejo affina
Hum'alma acesa tanto,
Que por vos vse as partes da diuina;
Por vos leuantarei não visto canto
Qu'o Bethis m'ouça, & o Tibre me leuante
Qu'o nossa claro Tejo,
Enuolto hum pouco o vejo, & dissonante.

O campo não o esmaltão
Flores, mas sô abrolhos
O fazem feo, & cuido que lhe faltão

Ou

Odes

Ouui:los para mim, para vos olhos:
Mas faça o que quiser o vil costume,
Qu'o sol qu'em vos está
Na o,'curidão dará mais claro lume.

Ode settima.

A Quem darão de Pindo as moradoras
Tão doutas, como bellas,
Florescentes capellas
Do triumphante louro, ou myrtho verde,
Da gloriosa palma, que não perde
A presumção sublime,
Nem por força de peso algum s'opprime?

A quem trarão na fralda
Rosas, a roxa Cloris
Conchas, a branca Doris,
Estas flores do mar, da terra aquellas
Argenteas, ruiuas, brancas, & amarelas
Com danças, & coréas
De fermosas Nereydas, & Napeas?

A quem farão os Hymnos, Odes, Cantos
Em Thebas Amphion,

Em

De Luis de Camões. 62

Em Lesbos Arion
Senão a vos, por quem restituida
Se ve da Poesia ja perdida
A honra, & gloria igual
Senhor Dom Manoel de Portugal?

Imitando os espritos ja passados
Gentis, altos, reais,
Honra benigna dais
A meu tão baixo, quão zeloso engenho:
Por Mecenas a vos celebro, & tenho,
E sacro o nome vosso
Farei, s'algũa cousa em verso posso.

O rudo canto meu que resuscita
As honras sepultadas,
As palmas ja passadas
Dos bellicosos nossos Lusitanos,
Para thesouro dos futuros annos,
Comuosco se defende
Daley lethea â qual tudo serende.

Na vossa aruore ornada d'honra & gloria
Achou tronco excellente
Ahêra florescente

Para

Odes

Para a minha, atéqui debaixa estima,
Na qual para trepar s'encosta, & arrima,
E nella subireis
Tão alto, quanto aos ramos estendeis.

Sempre forão engenhos peregrinos
Da fortuna enuejados:
Que quanto leuantados
Por hum braço, nas asas saõ da fama,
Tanto por outro, a sorte qu'os desama,
Co peso & grauidade
Os opprime da vil necessidade.

Mas altos corações dignos d'imperio
Que vencem a fortuna,
Forão sempre coluna
Da sciencia gentil: Octauiano,
Scipião, Alexandre, & Graciano
Que vemos immortais,
E vos que nosso seculo dourais.

Pois logo em quanto a cythara sonora
S'estimar pello mundo,
Com som douto, & jocundo,
E em quanto produzir o Tejo, & o Douro

Pe-

De Luis de Camões. 63

Peitos de Marte, & Phebo crespo,& louro,
Tereis gloria immortal
Senhor Dom Manoel de Portugal.

Ode outaua.

A Quelle vnico exemplo
  De fortaleza heroyca, & ousadia,
Que mereceo no templo
Da fama eterna ter perpetuo dia,
O gram filho de Thetis, que dez annos
Flagello foy dos miseros Troyanos:

Não menos ensinado
Foy nas heruas, & medica pollicia,
Que destro, & costumado
No soberbo exercicio da milicia:
Assi qu'as mãos qu'a tantos morte derão,
Tambem a muitos vida dar puderão.

E não se desprezou,
Aquelle fero, & indomito mancebo
Das artes qu'ensinou
Para o languido corpo, o intenso Phebo:

Que

Odes

Que s'o temido Hector matar podia,
Tambem chagas mortais curar sabia.

Tais artes aprendeo
Do semiuiro mestre, & douto velho,
Onde tanto creceo
Em virtude, sciencia, & em conselho,
Que Thelepho por elle vulnerado
Sò delle pode ser depois curado.

Pois a vos ô excellente
E illustrissimo Conde do ceo dado,
Para fazer presente
D'altos Heroes, o seculo passado,
Em quem bem trasladada estâ a memoria
De vossos ascendentes, honra, & gloria:

Posto qu'o pensamento
Occupado tenhais na guerra infesta,
Ou co sanguinolento
Taprobano, ou Achêm qu'o mar molesta,
Ou co Cambayo occulto imigo nosso
Que qual quer delles teme o nome vosso:

Fauorecei a antiga

Scien

De Luis de Camões. 54

Sciencia que ja Achiles estimou;
Olhay que vos obriga
Verdes qu'em vosso tempo rebentou
O frutto daquell'horta, onde florecem
Plantas nouas, qu'os doutos não conhecem.

Olhay qu'em vossos annos
Hũa horta produze varias heruas
Nos campos Indianos,
As quaes aquellas doutas, & proteruas
Medea, & Circe nunqua conhecerão
Posto qu'a ley da Magica excederão.

E vede carregado
D'annos, & tras a varia experiencia
Hum velho, qu'ensinado
Das Gangeticas musas na sciencia,
Podaliria sutil, & arte syluestre
Vence o velho Chiron d'Achiles mestre.

O qual está pedindo
Vosso fauor, & ajuda ao grão volume
Qu'impresso a luz saindo
Darã da medicina hum viuo lume,
E descubrirnoshã segredos certos

A to

Odes

A todos os antigos encubertos.

Aſſi que não podeis
Negar (como vos pede) benigna aura,
Que ſe muito valeis
Na ſanguinoſa guerra Turca, & Maura,
Ajuda, quem ajuda contra a morte,
E ſereis ſemelhante ao Grego forte.

Ode nona.

Fogem as neues frias
Dos altos montes, quando reuerdecem
As aruores ſombrias,
As verdes heruas crecem,
E o prado ameno de mil cores tecem.

Zephiro brando ſpira,
Suas ſetas Amor afia agora,
Progne triſte ſuſpira,
E Philomela chora,
O ceo da freſca terra s'enamora.

Vay Venus cytharea
Com os coros das Nymphas rodeada,

A lin

De Luis de Camões. 65

A linda Panopea
Despida, & delicada
Com as duas irmãs acompanhada.

Em quanto as officinas
Dos Cyclopes, Vulcano stá queimando,
Vão colhendo boninas
As Nymphas, & cantando
A terra co ligeiro pê tocando.

Dece do duro monte
Diana, ja cansada d'espessura,
Buscando a clara fonte
Onde por sorte dura
Perdeo Acteon a natural figura.

Assi se vay passando
A verde primauera, & seco estio;
Tras elle vem chegando
Depois o inuerno frio,
Que tambem passara por certo fio.

Irseha embranquecendo
Com a frigida neue, o seco monte,
E Iupiter chouendo

Odes

Turbará a clara fonte,
Temerá o marinheiro o Orizonte.

Porque em fim tudo paſſa:
Não ſabe o tempo ter firmeza em nada,
E noſſa vida eſcaſſa
Foge tão apreſſada,
Que quando ſe começa he acabada.

Que forão dos Troyanos
Hector temido, Eneas piadoſo?
Conſumirãote os annos
ô Creſſo tão famoſo,
Sem te valer teu ouro precioſo.

Todo o contentamento
Crias qu'eſtaua em ter theſouro vſano:
ô falſo penſamento
Qu'à cuſta de teu dano
Do douto Solon creſte o deſengano.

O bem qu'aqui s'alcança
Não dura por poſſante, nem por forte,
Qu'a bemauenturança
Durauel, d'outra ſorte

Se

De Luis de Camões. 66

Se ha d'alcançar na vida pera a morte.

Porqu'em fim nada basta
Contra o terribel fim da noit'eterna,
Nem pode a Deosa casta
Tornar â luz superna
Hypolito da escura noite Auerna.

Nem Theseo esforçado
Com manha, nem com força rigurosa
Liurar pode o ousado
Pirithoo da espantosa
Prisaõ Lethea, escura,& tenebrosa.

Ode decima.

AQuelle moço fero
Na Peletronia coua doutrinado
Do Centauro seuero,
Cujo peito esforçado.
Com tutanos de tigres foy criado

N'agoa fatal menino
O Laua a mãy presaga do futuro,
Para que ferro fino

Odes

Não paſſo o peito duro,
Que deſi meſmo a ſi ſe tem por muro:

A carne lh'endurece
Que ſer não poſſa d'armas offendida:
Cega que não conhece
Que pode auer ferida
N'alma, que menos doe perder a vida.

Que aonde o braço irado
Dos Troyanos paſſaua arnes, & eſcudo,
Ali ſe vio paſſado
D'aquelle ferro agudo
Do menino, qu'em todos pôde tudo.

Alli ſe vio cattiuo
Da cattiua gentil, que ſerue, & adora;
Alli ſe vio, que viuo
Em viuo fogo môra,
Porque de ſeu ſenhor ſe ve ſenhora.

Ia toma a'branda lyra
Na mão qu'a dura Pelias meneara;
Alli canta, & ſuſpira
Não como l'henſinara

O ve-

De Luis de Camões. 67

O velho, mas o moço que ocegara.

Pois logo, quem culpado
Sera se de pequeno offreçido
Foi logo a seu cuydado,
No berço instituido
A não poder deixar de ser ferido

Quem logo fraco infante
D'outro mais poderoso foi sogeito,
Que para çego amante
Foi de principio feito
Com lagrimas banhando o brando peito?

S'agora foy ferido
Da penetrante setta, & força d'herua.
E se Amor he seruido
Que sirua a linda serua,
Para que minha estrella me reserua:

O gesto bem talhado
O airoso meneo, & a postura,
O rosto delicado
Que na vista affigura,
Que se ensina por arte a fermosura.

I 3   Como

Odes

Como pode deixar
De cattiuar quem tenha entendimento?
Que quem não penetrar
Hum doce gesto atento,
Não lh'he nenhum louuor viuer isento.

Qu'aquelles cujos peitos
Ornou d'altas sciencias o destino,
Esses forão sogeitos
Ao cego, & vão menino,
Arrebatados do furor diuino.

O Rey famoso Hebreo
Que mais que todos soube, mais amou;
Tanto, que a Deos alheo
Falso sacrificou,
Se muito soube, & teue, muito errou.

E o grão sabio qu'ensina
Passeando, os segredos da Sophia,
A baixa concubina
Do vil eunucho Hermia
Aras ergueo, qu'aos Deoses sô deuia.

Aras ergue a quem ama

O Phi-

De Luis de Camões. 68

O Philosopho insigne namorado,
Doesse a perpetua fama,
E grita, que culpado
Da lesa diuindade he accusado.

Ia foge donde habita,
Ia paga a culpa enorme com desterro,
Mas ô grande desdita
Bem mostra tamanho erro,
Que doutos corações não saõ de ferro.

Antes n'altiuamente,
No sotil sangue, & engenho mais perfeito,
Ha mais conueniente
E conforme sogeito
Onde s'emprima o brando & doce affeito.

14 Sexti

Sextinas

SEXTINAS.

FOgeme pouco a pouco a curta vida,
(Se por caso he verdade qu'inda viuo)
Vayseme o breue tempo d'ante os olhos,
Choro pello passado, & em quanto fallo
Se me passaõ os dias passo & passo:
Vaiseme em fim a idade, & fica a pena.

Que maneira tão aspera de pena
Que nunqua hum'hora vio tão longa vida,
Em que possa do mal mouerse hum passo,
Que mais me monta ser morto, que viuo?
Para que choro em fim? para que fallo?
Se lograrme não pude de meus olhos?

ô fermosos, gentis, & claros olhos
Cuja ausencia me moue a tanta pena,
Quanta se não comprende em quanto fallo,
Se no fim de tão longa & curta vida
De vos m'inda inflamasse o rayo viuo,
Por bem teria tudo quanto passo.

Mas bem sey, que primeiro o estremo passo
Me ha de vir a cerrar os tristes olhos,

Que

De Luis de Camões. 69

Qu'amor me mostre aquelles por que viuo.
Testemunhas serão a tinta & pena,
Que escreuerão de tão molesta vida,
O menos que passei, & o mais que fallo.

ô que não sei qu'escreuo, nem que fallo:
Que se d'hum pensamento n'outro passo,
Vejo tão triste genero de vida,
Que se lhe não valerem tantos olhos,
Não posso imaginar, qual seja a pena
Que traslade esta pena com que viuo.

N'alma tenho contino hum fogo viuo
Que se não respirasse no que fallo,
Estaria ja feita cinza a pena.
Mas sobr'a mayor dòr que sofro,& passo,
Me temperão as lagrimas dos olhos,
Com que fugindo não s'acaba a vida.

Morrendo estou na vida, & em morte viuo,
Vejo sem olhos, & sem lingoa fallo,
E juntamente passo gloria,& pena.

Ele

Elegias

ELEGIAS DE
LVIS DE CAMÕES.

Elegia primeira.

O Poeta Simonides fallando
  Co capitão Themiſtocles hum dia
Em couſas de ſciencia pratticando,
Hum'arte ſingular lhe prometia,
  Qu'entáo compunha, com que lh'enſinaſſe
A ſe lembrar de tudo o que fazia.
Onde tão ſutis regras lhe moſtraſſe
  Que nunqua lhe paſſaſſe da memoria
Em nenhum tempo as couſas que paſſaſſe.
Bem merecia certo fama & gloria,
  Quem daua regra contra o eſquecimento,
Qu'enterra em ſi qualquer antiga hiſtoria.
Mas o capitão claro cujo intento
  Bem different ſtaua, porque auia
As paſſadas lembranças por tormento.
ô illuſtre Simonides (dizia)
  Pois tanto em teu engenho te confias,
Que moſtras â memoria noua via.

Sᶠ

De Luis de Camões. 70

Se me desses hum'arte qu'em meus dias
   Me não lembrasse nada do passado,
   ô quanto melhor obra me farias.
S'este excellente ditto ponderado
   Fosse, por quem se visse star ausente
   Em longas esperanças degradado,
ô como bradaria justamente
   Simonides inuenta nouas artes
   Não meças o passado co presente.
Que se he forçado andar por varias partes
   Buscando â vida algum descanso honesto,
   Que tu fortuna injusta mal repartes,
E se o duro trabalho he manifesto
   Que por graue que seja, ha de passarse
   Com animoso sprito, & ledo gesto,
De que serue âs pessoas alembrarse
   Do que se passou ja, pois tudo passa
   Senão d'entristecerse, & magoarse?
Se n'outro corpo hum'alma se traspassa,
   Não, como quis Pythagoras na morte,
   Mas como manda Amor na vida escassa,
E s'este amor no mundo estâ de sorte
   Que na virtude sô d'hum lindo objecto
   Tem hum corpo sem alma viuo & forte,
Ond'este objecto falta, que he defecto

Ta-

Elegias

Tamanho pera a vida, que ja nella
M'está chamando á pena a dura Alecto:
Porque me não criâra minha estrella
Seluatico no mundo, & habitante
Na dura Scythia, ou na aspereza della?
Ou no Caucaso horrendo fraco infante,
Criado ao peito d'algũa tigre Hyrcana,
Homem fora formado de diamante.
Porque a ceruiz ferina & inhumana
Não sómmettera ao jugo & dura ley
Daquelle que dâ vida quando engana:
Ou em pago das agoas qu'estilley
As que do mar passei forão de Lethe,
Para que m'esquecera o que passei.
Qu'o bem que a sperança vãa promete,
Ou a morte o estorua, ou a mudança,
Qu'he mal que hum'alma em lagrimasderrete.
Ia senhor cairâ como a lembrança
No mal do bem passado, he triste, & dura,
Pois nace aonde morre a speranca.
E se quiser saber como s'apura
Num'alma saudosa, não se enfade
De ler tão longa & misera escrittura.
Soltaua Eolo a redea & liberdade
Ao manso Fauonio brandmente,

E eu

De Luis de Camões. 71

E eu ja a tinha folta â faudade:
Neptuno tinha pofto o feu Tridente,
  A proa a branca efcuma diuidia,
  Coa gente maritima contente.
O coro das Nereidas nos feguia,
  Os ventos namorada Galathea,
  Configo foffegados os mouia
Das argenteas conchinhas Panopea
  Andaua pello mar fazendo molhos
  Melanto, Diamene, com Legea.
Eu trazendo lembranças por antolhos
  Trazia os olhos na agoa foffegada,
  E a agoa fem foffego nos meus olhos
'A bemauenturança ja paffada
  Diante de mim tinha tão prefente,
  Como fe não mudaffe o tempo nada.
E com o gefto immoto, & defcontente,
  C hum fofpiro profundo,& mal ouuido,
  Por não moftrar meu mal a toda gente:
Dizia, ò claras Nymphas, fe o fentido
  Em puro amor tiueftes, & ind agora
  Da memoria o não tendes efquecido,
Se por ventura fordes algum'hora
  Aonde entra o gran Tejo a dar tributo
  A Thetis, que vos tendes por fenhora,

Ou

Elegias

Ou por verdes o prado verde enxuto
   Ou por colherdes ouro rutilante,
   Das Tagicas areas rico frutto:
Nellas em verso heroico, & elegante,
   Escreuei c'hũa concha o qu'em mim vistes,
   Pode ser qu'algum peito se quebrante.
E contando de mim memorias tristes,
   Os pastores do Tejo que me ouuião
   Oução de vos as magoas que me ouuistes.
Ellas que ja no gesto me entendião,
   Nos meneos das ondas me mostrauão
   Qu'em quanto lhe pedia consentião.
Estas lembranças que me acompanhauão
   Polla tranquillidade da bonança,
   Nem na tormenta graue me deixauão.
Porque chegando ao cabo da sperança,
   Começo da saudade que renoua,
   Lembrando a longa, & aspera mudança.
Debaixo estando ja da estrella noua,
   Que no nouo Hemispherio resplandece,
   Dando do segundo axe certa proua.
Eis a noite com nuuẽs escurece
   Do ar supitamente foge o dia,
   E o largo Oceano s'embrauece:
A machina do mundo parecia

Que

De Luis de Camões. 72

Qu'em tormenta se vinha desfazendo,
   Em serras todo o mar se conuertia.
Lutando Boreas fero, & Noto horrendo,
   Sonoras tempestades leuantauão,
   Das naos as velas concauas rompendo.
As cordas co ruido assuuiauão,
   Os marinheiros ja desesperados
   Com gritos pera o ceo o ar coalhauão.
Os rayos por Vulcano fabricados
   Vibraua o fero & aspero Tonante,
   Tremendo os Polos ambos d'assombrados.
Alli amor mostrandose possante
   E que por nenhum medo não fugia,
   Mas quanto mais trabalho mais constante,
Vendo a morte diante, em mim dezia,
   S'algũa ora senhora vos lembrasse
   Nada do que passei me lembraria.
Em fim nunca ouue cousa que mudasse
   O firme amor intrinsico daquelle
   Em cujo peito hũa vez de siso entrasse.
Hũa cousa senhor por certo asselle,
   Que nunqua amor se affina, nem s'apura
   Em quanto está presente a causa delle.
Dest'arte me chegou minha ventura
   A esta desejada & longa terra,

De

Elegias

De todo o pobre honrado sepultura.
Vi quanta vaidade em nos s'encerra,
E dos propios qu'im pouca, contra quem
Foy logo necessario termos guerra.
Que hum'ilha qu'o Rey de Porcâ tem
Que o Rey da Pimenta lhe tomâra,
Fomos tomarlha,& sucedenos bem.
Com hum'armada grossa,qu'ajuntára
O Visorei de Goa, nos partimos
Com toda a gente darmas que s'achâra,
E com pouco trabalho destruimos
A gente no curuo arco exercitada.
Com mortes com incendios os punimos.
Era a ilha com agoas alagada,
De modo que s'andaua em almadias,
Em fim outra Veneza trasladada,
Nella nos detiuemos sôs dous dias,
Que forão para algũs os derradeiros,
Que paßârão de Styge as agoas frias.
Qu'estes saõ os remedios verdadeiros
Que para a vida stão apparelhados
Aos que a querem ter por caualleiros,
ô lauradores bemauenturados,
Se conhecessem seu contentamento,
Como viuem no campo sossegados.

Da

De Luis de Camões. 73

Dalhes a justa terra o mantimento,
  Dalhes a fonte clara a agoa pura,
  Mungem suas ouelhas cento a cento.
Não vem o mar irado, a noite escura,
  Por ir buscar a pedra do Oriente,
  Não temem o furor da guerra dura.
Viue hum com suas aruores contente,
  Sem lhe quebrar o sono sossegado
  O cudado do ouro reluzente.
Se lhe falta o vestido perfumado,
  E da fermosa cor Assyria tinto,
  E dos torçaes Atalicos laurado:
Se não tem as delicias de Corintho,
  E se de Pario os marmores lhe faltão,
  O Piropo, a Esmeralda, & o Iacinto,
Se suas casas d'ouro não s'esmaltão,
  Esmaltasehe o campo de mil flores,
  Onde os cabritos seus comendo saltão.
Alli amostra o campo varias cores,
  Vem se os ramos pender co frutto ameno,
  Alli se affina o canto dos pastores.
Alli cantara Tityro, & Sileno,
  Em fim por estas partes caminhou
  A saã justiça pera o céo sereno.
Ditoso seja aquelle que alcançou

K   Poder

Elegias

Poder viuer na doce companhia
   Das manſas ouelhinhas que criou.
Eſte bem facilmente alcançaria
   As cauſas naturais de toda a couſa,
   Como ſe gera a chuua & neue fria.
Os trabalhos do ſol que não repouſa,
   E porque nos dâ a lũa a luz alhea,
   Se tolhernos de Phebo os rayos ouſa.
E como tão de preſſa o cêo rodea,
   E como hum ſô os outros traz conſigo,
   E ſe he benigna ou dura Scytharea.
Bem mal pode entender iſto que digo,
   Quẽ ha de andar ſeguindo o fero Marte
   Que traz os olhos ſempre em ſeu perigo.
Porem ſeja ſenhor de qualquer arte,
   Que poſto qu'a fortuna poſſa tanto,
   Que tão longe de todo o bem me aparte,
Não poderâ apartar meu duro canto
   Deſta obrigação ſua, em quanto a morte
   Me não entrega ao duro Rhadamanto,
   Se pera triſtes ha tão leda ſorte.

Ele

De Luis de Camões.

Elegia segunda.

AQuella que d'amor descomedido
 Pello fermoso moço se perdeo,
 Que sô por si de amores foy perdido.
Despois que a Deosa em pedra a conuerteo,
 De seu humano gesto verdadeiro,
 A vltima voz sô lhe concedeo.
Assi meu mal do proprio ser primeiro
 Outra cousa nenhũa me consente,
 Qu'este canto qu'escreuo derradeiro,
E s'algũa pouca vida estando ausente
 Me deixa amor, he porque o pensamento
 Sinta a perda do bem d'estar presente.
Senhor se vos espanta o sentimento
 Que tenho em tanto mal para escreuelo,
 Furto este breue tempo a meu tormento.
Porque quem tem poder para sofrello
 Sem se acabar a vida co cuidado,
 Tambem terâ poder pera dizello.
Nem eu escreuo mal tão costumado,
 Mas n'alma minha triste, & saudosa
 A saudade screue, & eu traslado.
Ando gastando a vida trabalhosa,

K. 2   Espa

Elegias

Espalhando a continua saudade,
 Ao longo d'hũa praya saudosa.
Vejo do mar a instabilidade,
 Como com seu ruido impetuoso,
 Retumba na mayor concauidade.
E com sua branca escuma furioso,
 Na terra a seu pesar lhe stâ tomando
 Lugar onde s'estenda cauernoso.
Ella como mais fraca lhe stâ dando
 As concauas entranhas ond'esteja
 Suas salgadas ondas espalhando.
A todas estas cousas tenho inueja
 Tamanha, que não sei determinarme,
 Por mais determinado que me veja.
Se quero em tanto mal desesperarme,
 Não posso, porque amor, & saudade,
 Nem licença me dão para matarme,
As vezes cuido em mim se a nouidade
 E estranheza das cousas, coa mudança,
 Se poderão mudar hũa vontade.
E com isto afiguro na lembrança
 A noua terra, o nouo tratto humano,
 A estrangeira gente, & estranha vsança.
Subome ao monte que Hercules Thebano
 Do altissimo Calpe diuidio,

Dan

De Luis de Camões. 75

Dando caminho ao mar Mediterraneo.
Dalli estou tenteando aonde vio
   O pomar das Hesperidas, mattando
   A serpe qu'a seu passo resistio.
Em outra part'estou afigurando
   O poderoso Antheo, que derrubado
   Mais força se lhe estau'acrecentando.
Mas do Herculeo braço sojugado
   No ar deixou a vida, não podendo
   Da madre terra ja ser ajudado.
Nem com isto em fim qu'estou dizendo,
   Nem com as armas tão continuadas,
   De lembranças passadas me defendo.
Todas as cousas vejo demudadas,
   Porque otempo ligeiro não consente
   Qu'estejão de firmeza acompanhadas.
Vi ja qu'a Primauera de contente
   De mil cores alegres reuestia
   O monte,o rio, o campo alegremente.
Vi ja das altas aues a armonia,
   Qu'ate aos montes duros conuidaua
   A hum modo suaue d'alegria.
Vi ja que tudo em fim me contentaua,
   E que de muito cheo de firmeza
   Hum mal por mil prazeres não trocaua.

K 3   Tal

Elegias

Tal me tem a mudança & estranheza,
    Que se vou pellos campos, a verdura
    Parece que se secca de tristeza.
Mas isto he ja costume da ventura,
    Que aos olhos que viuem descontentes,
    Descontente o prazer se lh'asigura.
ô graue & insuffriueis accidentes
    De fortuna & d'amor, que penitencia
    Tão graue dais aos peitos innocentes.
Não basta exprimentarme a paciencia,
    Com temores, & falsas esperanças,
    Sem que tambem m'attente o mal d'ausencia?
Trazeis hum brando animo em mudanças,
    Para que nunca possa ser mudado,
    De lagrimas, suspiros, & lembranças.
E s'estiuer ao mal acostumado,
    Tambem no mal não consentis firmeza,
    Para que nunqua viua descansado.
Viuia eu sossegado na tristeza,
    E alli não me faltaua hum brando engano,
    Que tirasse os desejos da fraqueza.
E vendome enganado estar vsano,
    Deu â roda fortuna, & deu comigo
    Onde de nouo choro o nouo danno.
Ia deue de bastar o qu'aqui digo,

Para

De Luis de Camões. 76

Para dar a entender o mais que callo,
  A quem ja vio tão aspero perigo.
E se nos brauos peitos faz aballo
  Hum peito magoado, & descontente,
  Qu'obriga a quem o oue a consolallo,
Não quero mais senão que largamente
  Senhor me mandeis nouas dessa terra,
  Ao menos poderei viuer contente.
Porque s'o duro fado me desterra,
  Tanto tempo do bem, qu'o fraco esprito
  Desampare a prisão onde s'encerra:
Ao som das negras agoas de Cocito
  Ao pé dos carregados aruoredos
  Cantarei o que n'alma tenho escritto.
E por entr'esses horridos penedos,
  A quem negou natura o claro dia,
  Entre tormentos asperos & medos:
Com a tremula voz, cansada, & fria,
  Celebrarei o gesto claro & puro,
  Que nunqua perderei da fantasia.
E o musico de Thracia ja seguro
  De perder sua Eurydice tangendo,
  M'ajudara ferindo o ar escuro.
As namoradas sombras renoluendo
  Memorias do passado m'ouuirão,

K 4   E com

Elegias

E com seu choro o rio irá crecendo.
Em Salmoneo as penas faltarão,
E das filhas de Bello juntamente
De lagrimas os vasos s'encherão.
Que se amor não se perde em vida ausente,
Menos se perderá por morte escura;
Porqu'em fim a alma viue eternamente,
E amor h'effeito d'alma, & sempre dura.

Elegia terceira.

O *Sulmonense Ouidio desterrado*
Na aspereza do Pontho, imaginando
Verse de seus parentes apartado:
Sua chara molher desamparando,
Seus doces filhos, seu contentamento,
De sua patria os olhos apartando:
Não podendo encubrir o sentimento,
Aos montes, & ás agoas se queixaua
De seu escuro & triste nascimento.
O curso das estrellas contemplaua,
E como por sua ordem discurria
O cêo, o ar, & a terr'adonde staua.
Os peixes pello mar nadando via,
As feras pello monte, procedendo

Como

De Luis de Camões. 77

Como seu natural lhes permittia.
De suas fontes via estar nacendo
   Os saudosos rios de cristal,
   A sua natureza obedecendo.
Assi sô, de seu proprio natural,
   Apartado se via em terra estranha,
   A cuja triste dor não acha igual.
Sô sua doce Musa o acompanha,
   Nos versos saudosos qu'escreuia,
   E lagrimas com qu'alli o campo banha.
Dest'arte me afigura a fantasia
   A vida com que viuo desterrado,
   Do bem que noutro tempo possuia.
Alli contemplo o gosto ja passado,
   Que nunqua passarâ polla memoria,
   De quem o tem na mente debuxado.
Alli vejo a caduca & debil gloria,
   Desenganar meu erro, coa mudança
   Que faz a fragil vida transitoria:
Alli me representa esta lembrança
   Quam pouca culpa tenho, & m'entristece,
   Ver sem razão a pena que m'alcança.
Qu'a pena que com causa se padece
   A causa tira o sentimento della,
   Mas muito doe a que se não merece.

Quan-

Terceto

Quando a roxa manhã, fermosa, & bella
 Abre as portas ao sol, & cae o orualho,
 E torna a seus queixumes Philomela.
Este cudado que ço sono atalho
 Em sonhos me parece, qu'o qu'a gente
 Por seu descanso tem, me dâ trabalho.
E depois d'acordado cegamente
 (Ou por melhor dizer desacordado,
 Que pouco acordo tem hum descontente)
Dalli me vou com passo carregado,
 A hum outeiro erguido, & alli m'assento,
 Soltando a redea toda a meu cudado.
Depois de farto ja de meu tormento,
 D'alli estendo os olhos saudosos
 A parte aonde tinha o pensamento.
Não vejo se não montes pedregosos.
 E os campos sem graça, & seccos vejo,
 Que ja floridos vira, & graciosos.
Vejo o puro, suaue, & brando Tejo,
 Com as concauas barcas, que nadando
 Vão pondo em doce effeito seu desejo.
Hũas co brando vento nauegando,
 Outras cos leues remos brandamente
 As cristallinas agoas apartando.
Dalli fallo coa agoa que não sente,

Com

De Luis de Camões. 78

Com cujo sentimento a alma say
Em lagrimas desfeita claramente.
Ô fugitiuas ondas esperay,
  Que pois me não leuais em companhia,
  Ao menos estas lagrimas leuai.
Ate que venha aquelle alegre dia,
  Qu'eu va onde vos his contente & ledo,
  Mas tanto tempo quem o passaria?
Não pode tanto bem chegar tão cedo,
  Porque primeiro a vida acabarâ,
  Que s'acabe tão aspero degredo.
Mas esta triste morte que virâ,
  S'em tão contrario stado me acabasse,
  A alma impaciente adonde irâ?
Que se âs portas Tartareas chegasse
  Temo que tanto mal pella memoria
  Nem ao passar de Lethe lhe passasse.
Que s'a Tantalo & Tycio for notoria
  A pena com que vay qu'a atormenta,
  A pena que lâ tem terão por gloria.
Esta imaginação me acrecenta
  Mil magoas no sentido, porqu'a vida
  D'imaginações tristes se sustenta.
Que pois de todo viue consumida,
  Porqu'o mal que possue se resuma

Ima-

Terceto

Imagina na gloria possuida.
Ate qu'a noite eterna me consuma,
Ou veja aquelle dia desejado,
Em que fortuna faça o que costuma,
Se nella hahi mudar hum triste stado.

A DOM LIONIS
PEREIRA, SOBRE O LI-
uro que Pero de Magalhães lhe
offereceo do descubrimento
da terra sancta Cruz.

DEspois que Magalhães teue tecida
  A breue historia sua, qu'illustrasse
  A terra Sancta Cruz, pouco sabida;
Imaginando a quem a dedicasse,
  Ou com cujo fauor defenderia
  Seu liuro d'algum Zoylo que ladrasse:
Tendo nisto occupada a fantasia,
  Lhe sobreueo hum sono repousado
  Antes qu'o Sol abrisse o claro dia.
Em sonhos lh'aparece todo armado
  Marte, brandindo a lança furiosa.
  Com que fez quem o vio todo enfiado;
Dizendo em voz pesada, & temerosa:

Não

De Luis de Camões. 79

Não he justo qu'a outrem s'offereça
 Nenhũa obra que possa ser famosa,
Senão a quem por armas resplandeça
 No mundo todo, com tal nome, & fama,
 Que louuor immortal sempre mereça.
Isto assi dito, Apollo que da flamma
 Celeste guia os carros, d'outra parte
 Se lhe apresenta, & por seu nome o chama
Dizendo: Magalhães, posto que Marte
 Com seu terror t'espante, todauia
 Comizo deues sô d'aconselharte.
Hum varão sapiente, em quem Talia
 Pôs seus thesouros, & eu minha sciencia,
 Defender tuas obras poderia.
He justo qu'a Escrittura na prudencia
 Ache sô defensaõ, porque a dureza
 Das armas, he contraria da eloquencia;
Assi disse. E tocando com destreza
 A cythara dourada, começou
 De mitigar de Marte a fortaleza.
Mas Mercurio que sempre costumou
 A despartir porfias duuidosas,
 Co Caduceo na mão que sempre vsou,
Determina compor as perigosas
 Opiniões dos Deoses inimigos,

Com

Terceto

Com razões boas, justas, & amorosas;
E disse: bem sabemos dos antigos
 Heroës, & dos modernos, que prouarão
 De Bellona os grauissimos perigos,
Que tambem muitas vezes ajuntarão
 As armas eloquencia, porqu'as Musas
 Mil capitães na guerra acompanharão.
Nunqua Alexandre, ou Cesar, nas confusas
 Guerras, deixarão o estudo em breue spaco,
 Nem armas da sciencia saõ escusas.
N'hũa mão liuros, n'outra ferro, & aço,
 A hũa rege, & ensina, a outra fere
 Mais co saber se vence, que co braço.
Pois logo varão grande, se requere
 Que com teus dões Apollo illustre seja,
 E de ti Marte palma, & gloria espere.
Este vos darei eu, em que se veja
 Saber, & esforço no sereno peito
 Qu'he Dom Lionis, que faz ao mundo enueja.
Deste as irmãs em vendo o bom sogeito,
 Todas noue nos braços o tomarão
 Criandoo co seu leite no seu leito.
As artes, & sciencia lh'ensinarão,
 Inclinação diuina lh'influirão,
 As virtudes moraes qu'o logo ornarão.

Da-

De Luis de Camões. 80

Daqui os exercicios o seguirão
   Das armas no Oriente, onde primeiro
   Hum soldado gentil instituirão.
Ali taes prouas fez de caualleiro,
   Que de Christão magnanimo, & seguro,
   A si mesmo venceo por derradeiro.
Depois ja capitão forte, & maduro,
   Gouernando toda Aurea Chersoneso,
   Lhe defendeo co braço o debil muro.
Porque vindo a cercala todo o peso
   Do poder dos Achens, que se sostenta
   Do sangue alheo, em furia todo aceso,
Este so qu'ati Marte representa
   O castigou de sorte, qu'o vencido
   De ter quem fique viuo se contenta.
Pois tanto qu'o grão reino defendido
   Deixou, segunda vez com mayor gloria,
   Para o ir gouernar foy elegido.
E não perdendo ainda da memoria
   Os amigos o seu gouerno brando,
   Os imigos o danno da victoria;
Hũs com amor intrinseco, esperando
   Estão por elle, & os outros congelados
   O vão com temor frio receando.
Pois vede se serão desbaratados

De

Terceto

De todo por seu braço, se tornasse,
E dos mares da India degradados:
Porqu'he justo que nunqua lhe negasse
O conselho do Olympo alto & subido,
Fauor, & ajuda com que pelejasse.
Pois aqui certo está bem dirigido
De Magalhães o liuro, este sô deue
De ser de vos, ò Deoses escolhido.
Isto Mercurio disse: & logo em breue
Se conformarão nisto Apollo,& Marte,
E voou juntamente o sono leue.
Acorda Magalhães, & ja se parte
A vos offerecer, senhor famoso
Tudo o que nelle pos sciencia, & arte.
Tem claro estillo, engenho curioso
Para poder de vos ser recebido
Com mão benigna d'animo amoroso.
Porque sô de não ser fauorecido
Hum claro sprito, fica baixo,& escuro:
Pois seja elle comuosco defendido
Como o foy de Malaca o fraco muro.

Capi-

De Luis de Camões. 81

CAPITVLO

AQuelle mouerd'olhos excellente,
  Aquelle viuo spirito inflãmado
Do cristallino rosto transparente,
Aquelle gesto immoto & repousado,
  Que stando n'alma propriamente scritto,
  Não pode scr em verso trasladado,
Aquelle parecer qu'he infinito
  Pera se comprender d'engenho humano,
  O qual offendo em quanto tenho ditto;
M'inflamma o coração, d'hum doce engano
  M'enleua, & engrandece a fantasia,
  Que não vi mayor gloria que meu danno.
ô bemauenturado seja o dia,
  Em que tomei tão doce pensamento
  Que de todos os outros me desuia.
E bemauenturado o soffrimento,
  Que soube ser capaz de tanta pena,
  Vendo qu'o foy dã causa o entendimento.
Façame quem me matta, o mal qu'ordena,
  Tratteme com enganos, desamores,
  Qu'então me salua, quando me condena.
E se de tão suaues disfauores

L   Pc

Capitulo

Penando vine hum'alma confumida,
    ô que doce penar, que doces dores!
Efe hũa condição endurecida,
    Tambem me nega a morte por meu danno,
    ô que doce morrer, que doce vida!
E fe me moftra hum gefto brando & humano,
    Como que de meu mal culpada s'acha,
    Ô que doce mintir, que doce engano!
E s'em quererlhe tanto ponho tacha,
    Moftrando refrear o penfamento,
    ô que doce fingir, que doce cacha!
Affi que ponho ja no foffrimento
    A parte principal de minha gloria,
    Tomando por melhor todo o tormento.
Se finto tanto bem fô na memoria
    De vos ver, linda dama, vencedóra,
    Que quero eu mais que fer voffa a vittoria?
Se tanto voffa vifta mais namora,
    Quanto eu fou menos para mereceruos,
    Que quero eu mais, que teruos por fenhora?
Se procede efte bem de conheceruos,
    E confifte o vencer em fer vencido,
    Que quero eu mais fenhora, que querervos?
S'em meu proueito faz qualquer partido,
    Sô na vifta d'hũs olhos tão ferenos,

Que

De Luis de Camões. 82

Que quero eu mais ganhar, que ser perdido?
Se meus baixos spritos de piquenos
  Ainda não merecem seu tormento,
  Que quero eu mais qu'o mais não seja menos?
A causa em fim m'esforça o soffrimento,
  Porqu'a pesar do mal que me resiste
De todos os trabalhos me contento,
  Qu'â razão faz a pena alegre ou triste.

OVTAVAS
DE LVIS DE CAMŌES.

A DOM ANTONIO DE NO
ronha, sobre o desconcerto
do mundo.

Quem pôde ser no mundo tão quieto?
  Ou quem terâ tão liure o pensamento?
Quem tão exprimentado, & tão discreto,
Tão fora em fim d'humano entendimento?
Qu'ou com publico effeito, ou com secreto,
Lhe não reuolua, & espante o sentimento,
Deixandolhe o juyzo quasi incerto,
Ver, & notar do mundo o desconcerto?

L 2   Quem

Outauas

Quem ha que veja aquelle que viuia
De latrocinios, mortes, & adulterios,
Qu'ao juyzo das gentes merecia
Perpetua pena, immensos vituperios?
S'a fortuna em contrario o leua, & guia,
Mostrando em fim que tudo saõ mysterios,
Em alteza d'estados triumphante,
Que por liure que seja não s'espante.

Quem ha que veja aquelle que tão clara
Teue a vida, qu'em tudo por perfeito
O proprio Momo ás gentes o julgara,
Ainda que lhe vira aberto o peito?
S'a má fortuna ao bem sómente auara,
O reprime, & lhe nega seu direito,
Que lhe não fique o peito congelado
Por mais, & mais que seja exprimentado.

Democrito dos Deoses proferia
Qu'erão sôs dous, a pena, & beneficio,
Segredo algum será da fantasia,
De qu'eu achar não posso o claro indicio:
Que se ambos vem por não cudada via,
A quem os não merece, he grande vicio
Em Deoses sem justiça, & sem rezão:
Mas Democrito o disse, & Paulo não.

Dir

De Luis de Camões. 83

Dirm'eis que s'este estranho desconcerto
Nouamente no mundo se mostrasse,
Que por liure que fosse, & muy experto,
Não era d'espantar se m'espantasse:
Mas que seja de Socrates foy certo
Que nenhum grande caso lhe mudasse
O vulto, ou de prudente, ou de constante,
Que tome exemplo delle, & não m'espante.

Parece a razão boa, mas eu digo
Qu'este vso da fortuna tão dannado,
Que quanto & mais vsado, & mais antigo
Tanto & mais estranhado, & blasphemado:
Porque s'o céo das gentes tão amigo
Não dâ á fortuna tempo limitado,
Não he para causar muy grande spanto,
Que mal tão mal olhado dure tanto.

Outro spanto mayor aqui m'enlea,
Que com quanto fortuna tão profana
Com estes desconcertos senhorea,
A nenhũa pessoa desengana:
Não ha ninguem qu'assente, nem que crea
Este discurso vão da vida humana,
Por mais que philosophe, nem qu'entenda,
Qu'algum pouco do mundo não pretenda.

L3　　Dio

Outauas

Diogenes piſaua de Platão
Com ſeus ſordidos pês o rico ſtrado,
Moſtrand'outra mais alta preſunção,
Em deſprezar o fauſto tão prezado:
Diogenes não ves qu'eſtremos ſaõ
Eſſes que ſegues de mais alto ſtado,
Que ſe de deſprezar te prezas muito,
Ia pretendes do mundo fama & fruito.

Deixo agora reys grandes, cujo ſtudo
He fartar eſta ſede cubiçoſa,
De querer dominar, & mandar tudo
Com fama larga, & pompa ſumptuoſa:
Deixo aquelles que tomão por eſcudo
De ſeus vicios, & vida vergonhoſa,
A nobreza de ſeus anteceſſores,
E não cudão de ſi que ſaõ peores.

Deixo aquelle a quem o ſono eſperta
O graõ fauor do rey que ſerue & adora,
Que ſe mantem d'eſta aura, falſa, incerta,
Que de corações tantos he ſenhora.
Deixo aquelles que ſtão coa boca aberta
Por s'encher de theſouros d'hora em hora,
Doentes deſta falſa hydropeſia,
Que quanto mais alcança, mais queria.

Deixo

De Luis de Camões.   84

Deixo outras obras vãs do vulgo errado,
A quem não ha ninguem que contradiga,
Nem doutra cousa alguma he sojugado
Que d'huma opinião, & vsança antiga:
Mas pregunto ora a Cesar esforçado,
Ou a Platão diuino, que me diga
Este das muitas terras em qu'andou,
Estoutro de vencellas, qu'alcançou?

Cesar dirâ, sou dino de memoria,
Vencendo varios pouos esforçados,
Fuy Monarcha do mundo, & larga historia
Ficarâ de meus feitos sublimados:
He verdade, mas esse mando & gloria
Lograste o muito tempo? os conjurados
Bruto & Cassio o dirão,que se venceste
Em fim em fim âs mãos dos teus morreste

Dirâ Platão por ver o Ethna & o Nilo
Fuy a Cicilia, ao Egypto, & a outras partes,
Sô por ver & screuer em alto estillo
Da natural sciencia em muitas artes:
O tempo he breue, & queres consumillo,
Platão,todo em trabalhos; & repartes
Tão mal de teu studo as breues horas,
Qu'em fim do falso Phebo o filho adoras.

L 4   Pois

Outauas

Pois depois que do mundo stá apartada
A alma desta prisaõ terreste & oscura,
Está em tamanhas cousas occupada,
Que da fama que fica nada cura:
Pois s'o corpo terreno sinta nada
O Synico o dirà, se por ventura
No campo onde deitado morto staua
De si os cães, & as aues enxotaua.

Quem tão baixa tiuesse a fantasia
Que nunqua em môres cousas a metesse,
Qu'em só leuar seu gado á fonte fria,
E mungirlhe do leite que bebesse,
Quão bemauenturado que seria,
Que por mais que fortuna reuoluesse,
Nunqua em si sentiria mayor pena,
Que pesarlhe da vida ser pequena.

Veria erguer do sol a roxa face,
Veria correr sempre a clara fonte,
Sem imaginar a agoa donde nasce,
Nem quem a luz esconde no Orizonte:
Tangendo a frauta donde o gado pasce,
Conhesceria as heruas do alto monte,
Em Deos creria simples & quieto,
Sem mais especular nenhum secreto.

De

De Luis de Camóes. 85

D'hum certo Trasilao se lé & screue
Entr'as cousas da velha antiguidade,
Que perdido hum grã tempo o siso teue
Por causa d'huma grande infirmidade:
E em quanto de si fora doudo steue
Tinha por teima, & cria por verdade
Qu'erão suas as naos que nauegauão,
Quantas nò porto Piréo anchorauão.

Por hum senhor muy grande se teria
(Alem da vida alegre que passaua)
Pois nas que se perdião não perdia,
E das que vinhão saluas s'alegraua,
Não tardou muito tempo, quando hum dia
Huncrito seu irmão, qu'ausente staua,
A terra chega, & vendo o irmão perdido,
Do fraternal amor foy commouido.

Aos medicos o entrega, & com auiso
O faz estar à cura refusada,
Triste, que por tornarlhe o charo siso,
Lhe tira a doce vida descansada:
As heruas Apollineas d'improuiso
O tornão á saude atras passada,
Sesudo Trasilao, ao charo irmão
Agradece a vontade, a obra não.

Por

Outauas

Porque depois de verſe no perigo
Dos trabalhos qu'o ſiſo lh'obrigaua,
E depois de não ver o ſtado antigo
Qu'a vã opinião lh'apreſentaua,
ô inimigo irmão com cor d'amigo,
Para que me tiraſte(ſuſpiraua)
Da mais quieta vida, & liure em tudo,
Que nunqua pode ter nenhum ſeſudo.

Porque rey, porque duque me trocâra?
Porque ſenhor de grande fortaleza?
Que me daua qu'o mundo s'acabâra?
Ou qu'a ordem mudaſſe a natureza?
Agora he me peſada a vida chara;
Sei que couſa he trabalho,& que triſteza,
Torname a meu ſtado, qu'eu t'auiſo
Que na doudice ſô conſiſte o ſiſo.

Vedes aqui ſenhor, muy claramente
Como fortuna em todos tem poder,
Senão ſô no que menos ſabe & ſente
Em quem nenhum deſejo pode auer:
Eſte ſe pode rir da cega gente,
Neſte não pôde nada acontecer,
Nem eſtarâ ſuſpenſo na balança
Do temor mao da perfida ſperança.

Mas

De Luis de Camões. 86

Mas s'o sereno cêo me concedera
Qualquer quieto, humilde, & doce stado,
Onde com minhas musas só viuera,
Sem verme em terra alhea degradado:
E alli outrem ninguem me conhecera
Nem eu conhecera outro mais honrado,
Senão a vos tambem, como eu, contente,
Que bem sey qu'o serieis facilmente.

E ao longo d'huma clara & pura fonte,
Qu'em burbulhas nascendo conuidasse
Ao doce passarinho que nos conte
Quem da clara consorte o apartasse:
Depois cubrindo a neue o verde monte
Ao gasalhado o frio nos leuasse,
Auiuando o juizo ao doce studo,
Mais certo manjar d'alma em fim que tudo.

Cantáranos aquelle que tão claro
O fez o fogo d'aruore Phebea,
A qual elle em estillo grande & raro,
Louuando, o cristallino Sorga enfrea:
Tangeranos na frauta Sannazaro,
Hora nos montes, hora pella area,
Passara celebrando o Tejo vfano
O brando & doce Lasso Castelhano.

E com-

Outauias

E comnosco tambem s'achará aquella
Cuja lembrança, & cujo claro gesto
N'alma somente vejo: porque nella
Está em essencia, puro & manifesto,
Por alta influição de minha estrella,
Mitigando o firme peito honesto,
Entreeescendo rosas nos cabellos
De que tomasse a luz o sol em vellos.

E alli em quanto as flores acolhesse,
Ou pello inuerno ao fogo accommodado,
Quanto de mim sentira nos dissesse
De puro amor o peito salteado,
Não pedira eu então qu'amor me desse
De Trasilao o insano, & doudo stado,
Mas qu'então me dobrasse o entendimento,
Por ter de tanto bem conhecimento.

Mas para onde me leua a fantasia,
Porqu'imagino em bemauenturanças
Se tão longe a fortuna me desuia,
Qu'inda me não consente as esperanças?
S'hum nouo pensamento amor me cria,
Onde o lugar, o tempo, as esquiuanças
Do bem me fazem tão desamparado,
Que não pode ser mais qu'imaginado.

For-

De Luis de Camões. 78

Fortuna em fim co amor se conjurou
Contra mim, porque mais me magoasse,
Amor a hum vão desejo m'obrigou,
Sô para qu'a fortuna mo negasse,
O tempo a este stado me chegou,
E nelle quis qu'a vida s'acabasse,
Se ha em mim acabarse, o qu'eu não creo,
Qu'atè da muita vida me receo.

OVTAVAS

A DOM CONSTANTINO
Visorey na India

COmo nos vossos ombros tão constantes
(Principe illustre & raro) sustenteis
Tantos negocios arduos & importantes,
Dignos do largo imperio, que regeis:
Como sempre nas armas rutilantes
Vestido, o mar, & a terra segureis
Do pirata insolente, & do tyranno,
Iugo do potentissimo Ottomano.

Eco

Outauas

E como com virtude neceſſaria,
Mal entendida do juyzo alheo,
A deſordem do vulgo temeraria
Na ſanta paz ponhaes o duro freo:
Se com minha ſcrittura longa & varia
Vos occupaſſe o tempo, certo creo
Que com ridiculoſa fantaſia
Contra o commum proueito peccaria.

E não menos ſeria reputado
Por doce adulador, ſagaz & agudo,
Que contra meu tão baixo, & triſte ſtado
Buſco fauor em vos, que podeis tudo:
Se contra a opinião do vulgo errado
Vos celebraſſe verſo humilde & rudo;
Dirão que com liſonja ajuda peço
Contra a miſeria injuſta que padeço.

Porem porqu'a virtude pode tanto
No liure arbitrio (como diſſe bem
A Dario rey, o moço ſabio & ſanto,
Que foy reedificar Hieruſalem)
Eſta m'obriga qu'em humilde canto
Contra a tenção qu'a plebe ignara tem,
Vos faça claro a quem vos não alcança,
E não de premio algum vil eſperança.

Ro.

De Luis de Camões. 88

Romulo, Bacco, & outros, qu'alcançarão
Nomes de Semideoses soberanos,
Em quanto pello mundo exercitarão
Altos feitos, & quasi mais qu'humanos:
Com justissima causa se queixarão
Que não lhe responderão os mundanos
Fauores do rumor justos & iguoaes,
A seus merecimentos immortaes.

Aquelle quē nos braços poderosos
Tirou a vida ao Tingitano Antheo,
A quem os seus trabalhos tão famosos
Fizerão cidadão do alto cēo:
Achou qu'a mâ tenção dos enuejosos
Não se doma senão despois qu'o véo
Se rompe corporal, porque na vida,
Ninguem alcança a gloria merecida.

Pois logo se varões tão excellentes
Forão do baixo vulgo molestados,
O vituperio vil das rudes gentes
Em louuor dos reais, & sublimados,
Quem no lume dos vossos accedentes,
Poderâ por os olhos, qu'abalados
Lhe não fiquem da luz vendo os mayores
Vossos passados reis & emperadores.

Quem

Outauas

Quem verâ aquelle pay da patria sua,
Açoute do soberbo Castelhano,
Qu'o duro jugo sô coa spada nua
Remoueo do pescoço Lusitano,
Que não diga ô gran Nuno a eterna tua
Memoria causará (se não m'engano)
Que qualquer teu menor tanto s'estime,
Que nunqua possas ser, senão sublime?

Nisto não fallo mais, porque conheço,
Que da materia se m'abaixa o engenho,
Mas pois qu'a dizer tudo m'offereço,
Que dias ha que no desejo o tenho:
Sendo vos de tão alto & illustre preço,
A vida fostes pôr n'hum fraco lenho,
Por largo mar, & vndosa tempestade,
Sô por seruir a regia magestade.

E depois de tomar a redea dura
Na mão, do pouo indomito, que staua
Costumado â largueza, & â soltura
Do pesado gouerno qu'acabaua:
Quem não terâ por santa & justa cura,
Qual de vosso conceito s'esperaua,
A tão desenfreada infirmidade
Applicarlhe contraria qualidade.

Não

De Luis de Camões. 89

Não he muito senhor, s'o moderado
Gouerno se blasphema, & se desama,
Porqu'o pouo a larguezas costumado
A ley serena & justa, dura chama:
Pois o zello em virtude sô fundado
De saluar almas da Tartarea flamma
Coa'goa salutifera de Christo,
Poderá por ventura ser mal quisto?

Quem quisesse negar tão graõ verdade
Qual he o seu effeito sancto & pio,
Negue tambem ao sol a claridade,
E certifique mais qu'o fogo he frio:
Qu'o successo he contrario da vontade,
As obras que saõ boas, & o desuio;
Está nas mãos dos homẽs comettellas,
E nas de Deos está o successo dellas,

Sey eu, & sabem todos qu'os futuros
Verão por vos o estado acrecentado,
Serão memoria vossa os fortes muros
Do Cambaico Dâmão bem sustentado:
Da ruina mortal serão seguros,
Tendo todo o alicerse seu fundado
Sobre orfãs emparadas com maridos,
E pagos os seruiços bem deuidos.

M   Ca

Outauas

Camanha infamia ao principe he perderſe
Ponto do ſtado ſeu, qu'inteiro herdou,
Por tão celebre gloria pôde terſe
S'acrecentado & proſpero o deixou:
Nunqua conſintio Roma ennobrecerſe
Com triumpho ninguem, ſe não ganhou
Prouincia, qu'o imperio acrecentaſſe,
Por mayores vittorias qu'alcançaſſe.

Pôde tomar o voſſo nome dino
Damão por honra ſua clara & pura,
Como ja do primeiro Conſtantino
Tomou Bizancio aquelle qu'inda dura:
E tu rey que no reyno Neptunino
La no ſeo Gangetico a natura
T'apoſentou, de ſeres inimigo
D'eſte ſtado, não ficas ſem caſtigo.

Bem viſte contra ti nadantes naues,
Cortar a ſpumoſa agoa nauegando,
Ouuiſte o ſom das tubas não ſuaues,
Mas com temor horrifero ſoando:
Sentiſte os golpes aſperos & graues
Do braço Luſitano nunqua brando,
Não ſoffreſte o graõ brado penetrante
Qu'os trouões imitaua do Tonante.

Mas

De Luis de Camões. 90

Mas antes dando as costas, & a vittoria
A Bargances ventura não corrido,
Disto vens a entender camanha gloria
He de tal vencedor seres vencido:
Quem fez obras tão dignas de memoria
Sempre será famoso & conhecido,
Onde os juyzos altos s'estimarem,
Qu'estes sôs tem poder de fama darem.

Não vos temais senhor do pouo ignaro
E ingrato a quem tanto fez por elle,
Mas sabei, qu'he sinal de serdes claro,
Serdes agora tão mal quisto delle:
Themistocles da patria sua emparo,
O forte liberal Cimon, & aquelle
Que leys ao pouo deu d'Esparta antigo,
Testemunhas serão disto que digo.

Pois ao justo Aristides hum robusto
Votando no Oracismo costumado,
Lhe disse claro assi porqu'era justo
Desejaua que fosse desterrado:
Pachitas por fugir do pouo injusto,
Calumnioso, dando no senado
Conta de Lesbos, qu'elle ja mandara,
Se tirou com sua espada a vida chara.

M2 De

Outauas

Demosthenes deitado das tormentas
Populares, a Pallas foy dizendo
De que tres monstros grandes te contentas,
Do Drago, Emocho, & do vil pouo horrendo?
Que glorias immortaes ouue, qu'isentas
Do veneno vulgar fossem viuendo?
Pois mil exemplos deixo de Romanos,
E vos tambem sois hum dos Lusitanos.

OVTAVA RIMA,

A SETTA QVE O PAPA
mandou a el Rey Dom
Sebastião.

MVy alto Rey, a quem os ceos em sorte
Derão o nome Augusto, & sublimado,
Daquelle caualleiro que na morte
Por Christo foy de mil settas passado:
Pois delle o fiel peito, casto, & forte
Co nome imperial tendes tomado,
Tomay tambem a setta veneranda,
Qu'a vos o successor de Pedro manda.

De Luis de Camões. 91

Ia por sorte do cèo, qu'o consentio,
Tendes o braço seu, reliquia chara,
Defensor contra o gladio que ferio
O pouo que Dauid contar mandara.
No qual, pois tudo em vos se permittio,
Presagio temos, & esperança clara
Que sereis braço forte & soberano,
Contra o soberbo gladio Mauritano.

Eo qu'este presagio agora encerra,
Nos faz ter por mais certo & verdadeiro
A setta que vos dá quem he na terra
Das reliquias celestes dispenseiro:
Qu'as vossas settas saõ na justa guerra
Agudas, & entraraõ por derradeiro,
Cayndo a vossos pés pouo sem ley
Nos peitos que inimigos saõ do Rey.

Quando vossas bandeiras despregaua
Albuquerque fortissimo com gloria,
Pollas prayas de Persia, & alcançaua
De nações tão remotas a vittoria,
As settas embebidas que tiraua
O arco Armusiano, he larga historia,
Que no ar, Deos querendo se virauão.
Pregan.lose nos peitos qu'as tirauão.

M 3   O que-

Outauas

O querido de Deos por quem peleja
O ar tambem, & o vento conjurado,
Ao atambor acode por que veja
Que quem a Deos ama, he de Deos amado,
Os contrarios reueis à madre Igreja
Atroarão co tom do ceo irado,
Que aſsi deu ja fauor mayor que humano,
A Iosue Hebreo, a Theodoſio Hiſpano.

Pois ſe as ſettas tiradas da inimiga
Corda, contra ſi ſô nociuas ſaõ,
Que farão Rey as voſſas, que tem liga
Com a que ja tocou Sebaſtião?
Tinta vem do ſeu ſangue, com qu'obriga
A leuantar a Deos o coração,
Crendo qu'as que vos atirareis
No ſangue Sarraceno as tingireis.

Aſcanio (ſe trazer me he concedido
Entre ſantos exemplos hum profano)
Rey do largo imperio conhecido,
Romano, & ſô reliquia do Troyano,
Vingou com ſetta & animo atreuido
As ſoberbas palauras de Numano,
E logo foi dalli remunerado,
Com louuores d'Appollo celebrado.

Aſsi

De Luis de Camões. 92

Aßi vos Rei, que fostes segurança
De nossa liberdade, & que nos dais
De grandes bēs certissima sperança,
Nos costumes & aspeito que mostrais
Concebemos segura confiança
Que Deos a quem seruis & venerais
Vos fará vingador dos seus reueis,
E os premios vos darâ que mereceis.

Estes humildes versos, que pregão
Saõ destes vossos Reinos com verdade,
Recebei com humilde & leda mão,
Pois he deuido a Reys benignidade,
Tenhão(se naõ merecem galardão)
Fauor se quer da Regia Magestade,
Aßi tenhais de quem ja tendes tanto
Com o nome & reliquia fauor santo.

M 4   Eclo

Eclogas

ECLOGAS.

A' morte de D. Antonio de Noronha, que
morreo em Africa, & á morte de dom
Ioão Principe de Portugal, pay
del Rey D. Sebastião.

ECLOGA I.

Vmbrano, & Frondelio, pastores.

VMBRANO.

Que grande variedade vão fazendo
Frondelio amigo, as oras apressadas,
Como se vão as cousas conuertendo,
Em outras cousas varias, & insperadas:
Hum dia a outro dia vay trazendo,
Por suas mesmas horas ja ordenadas,
Mas quaõ conformes saõ na quantidade,
Taõ differentes saõ na qualidade.

Eu vi ja deste campo as varias flores
As estrellas do ceo fazendo inueja,
Vi andar adornados os pastores
De quanto pollo mundo se deseja:
E vi co campo competir nas cores
Os trajos de obra tanta, & taõ sobeja,
Que se a rica materia não faltaua,
A obra de mais rica sobejaua.

Evi

De Luis de Camões. 93

E vi perder seu preço às brancas rosas,
E quasi escurecerse o claro dia
Diante d'hūas mostras perigosas,
Que Venus mais que nunqua engrandecia:
Em fim vi as pastoras tão fermosas
Qu'o amor de si mesmo se temia,
Mas mais temia o pensamento falto
De não ser para ter temor tão alto.

Agora tudo está tão differente,
Que moue os corações a grande spanto,
E parece que Iupiter potente
S'enfada ja d'o mundo durar tanto,
O Tejo corre turuo & descontente,
As aues deixão seu suaue canto,
E o gado em ver qu'a herua lhe fallece
Mais que de a não comer nos emmagrece.

Frō. Vmbrano irmão, decreto he da natura
Inuiolauel, fixo, & sempiterno,
Qu'a todo o bem succeda desuentura,
E não aja prazer que seja eterno:
Ao claro dia segue a noit'escura,
Ao verão suaue, o duro inuerno,
E se hahi quem sayba ter firmeza,
He sômente esta ley de natureza.

Tod.

Outauas

Tod'alegria grande & sumptuosa
A porta abrindo, vem ao triste stado;
Se hũa hora vejo alegre & deleitosa,
Temendo estou do mal aparelhado:
Não vés que mora a serpe venenosa
Entr'as flores do fresco & verde prado?
Não t'engane nenhum contentamento,
Que mais instauel he q̃ 'o pensamento.

E praza a Deos qu'o triste & duro fado
De tamanhos desastres se contente,
Que sempre hum grande mal inopinado
He mais do qu'o espera a incauta gente:
Que vejo este carualho, que queimado
Tão grauemente foi do rayo ardente,
Não seja ora prodigio que declare
Qu'o Barbaro cultor meus campos are.

Vmb. Em quanto do seguro azambugeiro
Nos pastores de Luso ouuer cajados,
E o valor antigo que primeiro
Os fez no mundo taõ assinalados.
Não temas tu Frondelio companheiro,
Qu'em nenhum tempo sejão sojugados,
Nem qu'a ceruiz indomita obedeça
A outro jugo algum que se offereça.

E po-

De Luis de Camões. 94

E posto qu'a soberba se leuarte
Do inimigo, a torto, & a direito,
Não creas tu qu'a força repugnante
Do fero, & nunca ja vencido peito,
Que desde quem possue o monte Athlante,
Ate onde bebe o Hidaspe tem sogeito,
O possa nunqua ser de força alhea,
Em quanto o sol a terra & o céo rodea.

Frō. Vmbrano, a temeraria segurança
Qu'em força, ou em rezão não s'assegura,
He falsa, & vã, qu'a grande confiança
Não he sempre ajudada da ventura,
Que la junto das aras da sperança
Nemesis moderada justa & dura
Hum freo lh'está pondo, & ley terribel,
Qu'os limites não passe do possiuel.

E s'attentas bem os grandes dannos
Que se nos vão mostrando cada dia,
Porás freo tambem a esses enganos
Que t'está afigurando a ousadia:
Tu não ves como os lobos Tingitanos
Apartados de toda a couardia,
Matão os cães do gado guirdadores,
E não sômente os cães, mas os pastores?

E o

Outauas

E o grande curral seguro & forte
Do alto monte Athlas, não ouuiste,
Que com sanguinolenta & fera morte
Despouoado foy por caso triste?
ô caso desastrado, ò dura sorte,
Contra quem força humana não resiste,
Qu'alli tambem da vida foy priuado
Tionio meu, ainda em flor cortado.

Vmb. De lagrimas me banha todo o peito
Desse caso terribel a memoria,
Quando vejo quam sabio, & quão perfeito,
E quam merecedor de longa historia
Era esse teu pastor, que sem direito
Deu âs Parcas a vida transitoria:
Mas não hahi quem d'erua o gado farte,
Nem do juuenil sangue o fero Marte.

Porem, se te não for muito pesado,
(la qu'esta triste morte me lembraste)
Cantares desse caso desastrado
Aquelles brandos versos que cantaste
Quando ontem recolhendo o manso gado
De nosoutros pastores t'apartaste:
Qu'eu tambem, qu'as ouelhas recolhia
Não te podia ouuir como queria.

Frond.

De Luis de Camões. 95

Frō. Como ques que renoue ao pēnſamento
Tamanho mal, tamanha deſuentura?
Porque ſpalhar ſoſpiros vãos ao vento,
Pera os que triſtes ſaõ he falſa cura:
Mas pois tambem te moue o ſentimento
Da morte de Tionio triſte & oſcura,
Eu porey teu deſejo em doc'effeito,
S'a dor me não congella a voz no peito.

Vmb.Canta agora paſtor, qu'o gado paſce
Antr'as humidas heruas ſoſſegado,
E lá nas altas ſerras, onde naſce
O ſacro Tejo, a ſombra recoſtado,
Com ſeus olhos no chão, a mão na face,
Eſtá pera t'ouuir aparelhado,
E com ſilencio triſte ſtão as Nymphas,
Dos olhos eſtillando claras lymphas.

O prado, as flores brancas & vermelhas,
Eſtá ſuauemente apreſentando,
As doces & ſollicitas abelhas
Com hum brando ſuſurro vão voando:
As manſas & pacificas ouelhas,
Do comer eſquecidas ,inclinando
As cabeças eſtão ao ſom diuino
Que faz paſſando o Tejo criſtallino.

O ven-

Eglogas

O vento d'entre as aruores respira,
Fazendo companhia ao claro rio,
Nas sombras a aue garrula sospira
Suas magoas espalhando ao vento frio:
Toca Frondelio toca a doce lyra,
Que daquelle verde alamo sombrio
A branda Philomela entristecida
Ao saudoso canto te conuida.

Canta Frondelio.

Aquelle dia as agoas não gostárão
As mimosas ouelhas, & os cordeiros
O campo encherão d'amorosos gritos,
Não se dependurarão dos salgueiros
As cabras de tristeza, mas negarão
O pasto a si, & o leite aos cabritos:
Prodigios infinitos
Mostraua aquelle dia,
Quando a Parca queria
Principio dar ao fero caso triste:
E tu tambem (ô coruo) o descubriste
Quando da mão direita em voz oscura
Voando, repetiste
A tyrannica ley da morte dura.

Tio-

De Luis de Camões. 96

Tionio meu, o Tejo cristallino,
E as aruores que ja desamparaste,
Chorão o mal de tua ausencia eterna,
Não sey porque tão cedo nos deixaste?
Mas foy consentimento do destino,
Por quem o mar & a terra se gouerna:
E a noite sempiterna,
Que tu tão cedo viste,
Cruel, acerba, & triste,
Se quer de tua idade não te dera
Que lograras a fresca primauera?
Não vsara com nosco tal crueza,
Que, nem nos montes fera,
Nem pastor ha no campo sem tristeza.

Os Faunos certa guarda dos pastores
Ia não seguem as Nymphas na spessura,
Nem as Nymphas aos ceruos dão trabalho
Tudo como vês, he cheo de tristura,
Aas abelhas o campo nega as flores
E âs flores a aurora nega o orualho,
Eu, que cantando espalho
Tristezas todo o dia,
A frauta que sohia
Mouer as altas aruores tangendo,

Se

Eglogas

Se me vay de tristeza enrouquecendo,
Que tudo vejo triste neste monte,
E tu tambem correndo
Manas enuolta & triste (ô clara fonte.)

As Tagides no rio, & n'aspereza
Do monte, as Oreadas, conhecendo
Quem t'obrigou ao duro & fero Marte,
Como geral sentença vão dizendo
Que não pode no mundo auer tristeza
Em cuja causa amor não tenha parte,
Porque assi dest'arte
Nos olhos saudosos,
Nos passos vagarosos,
No rosto, qu'o amor & a fantasia
Da pallida viola lhe tingia,
A todos de si daua sinal certo
Do fogo que trazia
Que nunqua soube Amor ser incuberto.

Ia diante dos olhos lhe voauão
Imagẽs, & fantasticas pinturas,
Exercicios do falso pensamento,
E pellas solitarias espessuras,
Entr'os penedos sôs que não fallauão,

Falaua

De Luis de Camões. 97

Falaua & deſcubria ſeu tormento.
Num longo eſquecimento
De ſi todo embebido,
Andaua tão perdido,
Que quando algum paſtor lhe perguntaua
A cauſa da triſteza que moſtràua,
Como quem para penas ſô viuia,
Sonrindo lhe tornaua,
Se não viueſſe triſte morreria.

Mas como eſte tormento o aſſinalou,
E tanto no ſeu roſto ſe moſtraſſe,
Entendido muy bem do pay ſeſudo,
Porque do penſamento lho tiraſſe,
Longe da cauſa delle o apartou,
Porqu'em fim longa auſencia acaba tudo.
Mas ô falſo Marte rudo,
Das vidas cubiçoſo,
Qn'aonde o generoſo
Peito reſuſcitaua em tanta gloria
De ſeus anteceſſores a memoria,
Alli fero & cruel he deſtruiſte
Por injuſta vittoria
Primeiro qu'o cudado a vida triſte.

N   Pa-

Eclogas

Pareceme Tionio que te vejo
Por tingires a lança cobicoso,
Naquelle infido sangue Mauritano
No Hispano ginete bellicoso,
Qu'ardendo tambem vinha no desejo
De derrubar por terra o Tingitano:
ò confiado engano,
ò incurtada vida,
Qu'a virtude opprimida
Da multidão forçosa do inimigo,
Não pode defenderse do perigo,
Porqu'asi o destino o permitio,
E asi leuou consigo
O mais gentil pastor qu'o Tejo vio.

Qual o mancebo Euryalo enredado
Entre o poder dos Rutulos, fartando
As iras da soberba & dura guerra,
Do cristallino rosto a cor mudando,
Cujo purpureo sangue derramado
Pellas aluas espaldas tinge a serra,
Que como flor qu'a terra
Lhe nega o mantimento,
Porqu'o tempo auarento
Tambem o largo humor lhe tem negado,

O collo

De Luis de Camões. 98

O collo inclina languido & cansado;
Tal te pinto Tionio dando o esprito,
A quem to tinha dado,
Qu'este he somente eterno & infinito.

Da boca congelada a alma pura
Co nome juntamente da inimiga,
E excellente Marfida derramaua.
E tu gentil senhora não t'obriga
A pranto sempiterno, a morte dura,
De quem por ti somente a vida amaua:
Por ti aos eccos daua
Accentos numerosos,
Por ti aos bellicosos
Exercicios se deu do fero Marte,
E tu ingrata, o amor ja noutra parte
Porás, como acontece ô fraco intento,
Qu'em fim em fim dest'arte
Se muda o feminino pensamento,

Pastores deste valle ameno & frio,
Que de Tionio o caso desastrado
Quereis nas altas serras que se cante:
Hum tumulo de flores adornado,

N 2   Lhe

Eclogas

Lh'edificai ao longo deste rio:
Qu'a vella enfree ao duro nauegante,
E o Lasso caminhante
Vendo tamanha magoa,
Arrase os olhos d'agoa,
Lendo na pedra dura o verso escritto,
Que diga assi: Memoria sou que grito
Para dar testemunho em toda a parte
Do mais gentil esprito
Que tirarão do mundo Amor & Marte.

Vmbrano.

Qual o quieto sono aos cansados
Debaixo d'algũä aruore sombria,
Ou qual aos sequiosos & encalmados,
O vento respirante, & a fonte fria,
Tais me forão teus versos delicados,
Teu numeroso canto & melodia:
E ainda agora o tom suaue & brando,
Os ouuidos me fica adormentando.

Em

De Luis de Camões. 99

Em quanto os peixes humidos tiuerem,
As areosas couas deste rio,
E correndo estas agoas conhecerem
Do largo mar o antigo senhorio,
E em quanto estas heruinhas pasto derem
As petulantes cabras, eu te fio
Qu'em virtude dos versos que cantaste
Sempre viua o pastor que tanto amaste.

Mas ja que pouco a pouco o sol nos falta,
E dos montes as sombras s'acrecentão,
De flores mil o claro cêo s'esmalta,
Que tão ledas aos olhos s'apresentão,
Leuemos pello pè desta serra alta
Os gados, que jagora se contentão
Do que comido tem, Frondelio amigo,
Anda, qu'ate o outeiro irei contigo.

Fród. Antes por este valle, amigo Vmbrano
Se t'aprouuer, leuemos as ouelhas,
Que se eu por acerto não m'engano
D'aqui me soa hum ecco nas orelhas,
O doce accento não parece humano,
E se tu neste caso m'aconselhas,
Eu quero ver daqui que cousa seja,
Qu'o tom m'espanta, e a voz me faz inueja.
N 3   Vmb.

Eclogas

Vmb. Contigo vou, que quanto mais m'achego
Mais gentil me parece a vos que ouuiste,
Peregrina, excellente, & não te nego
Que me faz cá no peito a alma triste,
Ves como tem os ventos em sossego?
Nenhum rumor da serra lhe resiste,
Nenhum passaro voa, mas parece
Que do canto vencido lhe obedece.

Porem irmão melhor me parecia
Que não fossemos lá, que storuaremos:
Mas subidos nesta aruore sombria
Todo o valle d'aqui descubriremos;
Os currões & cajados toda via
Neste comprido tronco penduremos,
Para subir fica homem mais ligeiro,
Deixame tu Frondelio yr primeiro.

Espera assi, dart'ei de pê se queres,
Subirás sem trabalho, & sem ruido,
E depois que subido lá estiueres,
Darm'as a mão de cima, qu'he partido:
Mas primeiro me dize, se puderes
Ver, donde nace o canto nunqua ouuido,
Quem lança o doce accento delicado
Falla, que ja te vejo estar pasmado.

Vmb.

De Luis de Camões. 100

*Vmb.*Couſas não coſtumadas na ſpeſſura,
Que nunqua vi, Frondelio, vejo agora;
Fermoſas Nymphas vejo na verdura,
Cujo diuino geſto o cêo namora.
Hũa de deſuſada fermoſura,
Que das outras parece ſer ſenhora,
Sobre hum triſte ſepulchro, não ceſſando
Eſtâ perlas dos olhos diſtillando.

De todas eſtas altas ſemideas,
Qu'em torno eſtão do corpo ſepultado,
Hũa regando as humidas areas
De flores tem o tumulo adornado:
Outras queimando lagrimas Sabeas
Enchem o ar de cheiro ſublimado,
Outras em ricos pannos mais auante,
Enuoluem brandamente hum nouo infante.

Hũa que dantre as outras ſe apartou,
Com gritos qu'a montanha entriſtecerão,
Diz que depois qu'a morte a flor cortou,
Qu'as eſtrellas ſômente merecerão,
Qu'eſte penhor chariſsimo ficou
Daquelle a cujo imperio obedecerão
Douro, Mondego, Tejo, & Guadiana,
Té o remoto mar da Taprobana.

N 4   Diz

Eclogas

Diz mais, que s'encontrar este minino
A noite intempestiua amanhecendo,
Qu'o Tejo agora claro & cristallino
Tornarà a fera Alecto em vulto horrendo;
Mas se for conseruado do destino,
Qu'as estrellas benignas promettendo
Lhe stão o largo pasto d'Ampelusa,
Co monte qu'em mao ponto vio Medusa.

Este prodigio grande a Nympha bella
Com abundantes lagrimas recita,
Mas qual a eclypsada clara strella,
Qu'entre as outras o cèo primeiro habita;
Tal cuberta de negro vejo aquella
A quem sò n'alma toca a gran desdita,
Dà cà Frondelio a mão, & sobe a ver
Tudo o mais qu'eu de dor não sey dizer.

Fród.ô triste morte, esquiua,& mal olhada,
Qu'a tantas fermosuras injurias,
D'aquella Deosa bella & delicada,
Se quer algum respeito ter deuias.
Esta he por certo Aonia filha amada
Daquelle gran pastor, qu'em nossos dias
Danubio enfrea, & manda o claro Ibero,
Espanta o morador do Euxino fero.

Mor-

De Luis de Camões. 101

Morreolhe o excellente & poderoso,
(Qu'a isso está sogeita a vida humana)
Doce Aonio, d'Aonia charo esposo,
Ah ley dos fados aspera & tyranna:
Mas o som peregrino, & piadoso
Com qu'a fermosa Nympha a dor engana,
Escuta hum pouco, nota, & vè Vmbrano,
Quam bem que soa o verso Castelhano.

Aonia.

Alma y primero amor del alma mia,
   Spiritu dichoso, en cuya vida
   La mia estuuo en quanto Dios queria.
Sombra gentil, de su prision salida,
   Que del mundo a la patria te boluiste
   Donde fuiste engendrada, y procedida.
Rescibe allà este sacrificio triste,
   Que t'offrescen los ojos que te vieron,
   Si la memoria dellos no perdiste.
Que pues los altos cielos permittieron,
   Que no t'acompañasse en tal jornada,
   Y para ornarse solo a ti quisieron,
Nunqua permittirân qu'acompañada
   De mi no sea esta memoria tuya,

Que

Eclogas

Que stâ de tus despojos adornada.
Ni dexarán, por mas qu'el tiempo huya
D'estar en mi con sempiterno llanto,
Hasta que vida y alma se destruya.
Mas tu gentil spiritu entretanto
Que otros campos y flores vas pisando,
Y otras çampoñas oyes, y otro canto,
Aora embeuescido estés mirando
Allâ enel Empyreo aquella Idea
Qu'el mundo enfrena y rige con su mando.
Aora te possuya Scytharea,
En su tercero assiento, o porque amaste,
O porque nueua amante allâ te sea.
Aora el sol te admire, si miraste
Como va por los signos encendido,
Las tierras alumbrando que dexaste.
Si en ver estos milagros no has perdido
La memoria de mi, o fue en tu mano
No passar por las agoas del oluido?
Buelue vn poco los ojos a este llano,
Verâs vna qu'ati con triste lloro
Sobre este marmol sordo llama en vano.
Pero si entraren en los signos de oro,
Lagrimas y gemidos amorosos,
Que mueuan el suppremo y santo choro,

La

De Luis de Camões.   102

La lumbre de tus ojos tan hermosos
  Yo la vere muī presto, y podrè verte,
  Que a pesar de los hados enojosɔ
  Tambien para los tristes vuo muerte.

E G L O G A   II.

Almeno, & Agrario, pastores.

AO longo do screno
  Tejo, suaue & brando,
Num valle d'altas aruores sombrio,
Estaua o triste Almeno
Suspiros spalhando
Ao vento, & doces lagrimas ao rio.
No derradeiro fio
O tinha a sperança,
Que com doces enganos
Lhe sustentàra a vida tantos annos
Num'amorosa & branda confiança,
Que quem tanto queria
Parece que não erra se confia.

A noite escura daua
Repouso aos cansados

Ani͡

Eclogas

Animais, esquecidos da verdura,
O valle triste staua
Chũs ramos carregados
Qu'a noite fazião mais escura:
Mostraua a spessura
Hum temeroso spanto,
As roucas rãs soauão
Num charco d'agoa negra, & ajudauão
Do passaro nocturno o triste canto.
O Tejo com som graue
Corria mais medonho que suaue.

Como toda a tristeza
No silencio consiste,
Parecia qu'o valle staua mudo,
E com esta graueza
Estaua tudo triste,
Porem o triste Almeno mais que tudo:
Tomando por escudo
De sua doce pena
Para poder soffrella,
Estar imaginando a causa della,
Qu'em tanto mal, he cura bem piquena,
Mayor he o tormento,
Que toma por aliuio hum pensamento.

De Luis de Camões.   103

Ao rio se queixaua,
Com lagrimas em fio,
Com que crecião as ondas outro tanto,
Seu doce canto daua
Tristes agoas ao rio,
E o rio triste som ao doce canto;
Ao cansado pranto,
Qu'as agoas refreaua,
Responde o valle vmbroso,
Da mansa voz o accento temeroso,
Na outra parte do rio retumbaua,
Quando da fantasia
O silencio rompendo, assi dizia.

Corre suaue & brando
Com tuas claras agoas,
Saidas de meus olhos (doce Tejo)
Fê de meus males dando,
Para que minhas magoas
Sejão castigo igoal de meu desejo,
Que pois em mim não vejo
Remedio nem o spero,
E a morte se despreza
De me mattar, deixandome â crueza
Daquella por quem meu tormento quero,

Saiba

Eclogas

Saiba o mundo meu dano
Porque se desengane em meu engano.

Ia que minha ventura,
Ou quem m'a causa ordena,
Querpor paga da dor tome soffrella;
Será mais certa cura
Para tamanha pena
Desesperar de auer ja cura nella:
Porque se minha estrella
Causou tal esquiuança,
Consinta meu cuidado
Que me farte de ser desesperado,
Para desenganar minha esperança,
Que para isso naci,
Para viuer na morte, & ella em mi.

Não cesse meu tormento
De fazer seu officio,
Qu'aqui tem hũa alma ao jugo attada,
Nem falte o soffrimento,
Porque parece vicio,
Para tão doce mal faltarme nada,
ô Nympha dilicada,
Honra da natureza,

Como

De Luis de Camões. 104

Como pode isto ser,
Que de tão peregrino parecer
Podesse proceder tanta crueza?
Não vem de nenhum geito
De causa diuinal contrario effeito.

Pois como pena tanta
He contra a causa della?
Fôra he de natural minha tristeza:
Mas a mi que me espanta,
Não basta ô Nympha bella,
Que podes preuerter a natureza;
Não he a gentileza
De teu gesto celeste
Fora do natural;
Não pode a natureza fazer tal:
Tu mesma (bella Nympha) te fizeste;
Porem porque tomaste
Tão dura condição se te formaste?

Por ti o alegre prado
Me he pesado & duro,
Abrolhos me parecem suas flores,
Por ti do manso gado
Como de mim, não curo,

Por

Eclogas

Por não fazer offensa a teus amores.
Os jogos dos pastores,
As lutas entr'a rama,
Nada me faz contente,
E sou ja do que fuy tão differente,
Que quando por meu nome alguem me chama
Pasmo quando conheço
Qu'inda comigo. mesmo me pareço.

O gado qu'apacênto
São n'alma meus cuidados,
E as flores que no campo sempre vejo
São no meu pensamento
Teus olhos debuxados,
Com qu'estou enganando meu desejo,
As agoas frias do Tejo
De doces se tornârão
Ardentes & salgadas,
Despois que minhas lagrimas cansadas
Com seu puro licor se misturarão,
Como quando mistura
Hyppanis co Exampêo su'agoa pura.

Se ahi no mundo ouuesse
Ouuiresme algũa hora

Assen-

De Luis de Camões. 105

Assentada na praya deste rio,
E de arte te dissesse
O mal que passo agora,
Que podesse mouerte o peito frio,
ò quanto desuario
Que stou afigurando:
I'agora meu tormento
Não pode pedir mais ao pensamento,
Qu'este fantasiar que imaginando
A vida me reserua,
Querer mais de meu mal serâ soberba.

Ia a' esmaltada Aurora
Descobre o negro manto,
Da sombra qu'as montanhas encubria,
Descansa frauta agora,
Que meu cansado canto
Naõ merece que veja o claro dia:
Naõ canse a fantasia
D'estar em si pintando
O gesto dilicado,
Em quanto tras ao pasto o manso gado
Este pastor que la sô vem falando:
Calarmeei sòmente,
Que meu mal nem ouuirse me consente.

O   Agra

Eclogas

Agrario pastor.

Fermosa manhã clara & deleitosa,
Que como fresca rosa na verdura
Te mostras bella & pura, marchetando
As Nymphas espalhando seus cabellos
Nos verdes montes bellos, tu so fazes
Quando a sombra desfazes, triste & escura,
Fermosa a spessura, & fresca a fonte,
Fermoso o alto monte, & o rochedo,
Fermoso o aruoredo, & deleitoso,
Em fim tudo fermoso co teu rosto,
D'ouro & rosas composto & claridade.
Trazes a saudade ao pensamento,
Mostrando-num momento o roxo dia,
Co a doce armonia nos cantares,
Dos passaros apares, que voando
Seu pasto andão buscando nos raminhos,
Para os amados ninhos, que mantem.
ò grande & summo bem de natureza,
Estranha sutileza de pintora,
Que matiza num'hora de mil cores,
O cèo, a terra, as flores, monte, & prado.
ò tempo ja passado, quam presente
Te vejo abertamente na vontade,

De Luis de Camões. 106

Quamanha saudade tenho agora,
Do tempo qu'a pastora minha amaua,
E de quanto prezaua minha dor:
Então tinha o amor mayor poder,
Então num sô querer nos igualaua,
Porque quando hum chamaua a quem queria,
O ecco respondia d'affeição,
No brando coração da doce imiga.
Nesta amorosa liga concertauão,
Os tempos que passauão com prazeres:
Mostraua a flaua Ceres pollas eiras,
Das brancas sementeiras ledo frutto,
Pagando seu tributo òs lauradorés,
E enchia aos pastores tod'o prado
Pales, do manso gado guardadora;
Zephiro, & a fresca Flora passeando
Os campos esmaltando de boninas.
Nas agoas cristallinas triste staua
Narcisso, qu'inda olhaua n'agoa pura,
Sua linda figura delicada;
Mas ecco namorada de seu gesto
Com pranto manifesto seu tormento,
No derradeiro accento lamentaua,
Alli tambem s'achaua o sangue tinto
Do purpureo Iacintho, & o destroço

O 2   De

Eclogas

De Adonis lin lo moço, morte fea,
Da bella Scytharea tão chorada,
Toda a terra esmaltada destas rosas.
Alli as Nymphas fermosas pellos prados
Os Faunos namorados apos ellas,
Mostrandolhe capellas de mil cores,
Que fazião das flores que colhião,
As Nymphas lhe fogião amedrentadas,
As fraldas leuantadas pellos montes,
A fresca agoa das fontes espalharse.
Vertuno transformarse alli se via,
Pomona que trazia os doces fruttos,
Alli pastores muitos, que tangião,
As gaitas que trazião, & cantando
Estauão enganando suas penas,
Tomando das Sirenas o exercicio.
Ouuiase Salicio lamentarse
Da mudança queixarse crua & fea,
Da dura Galathea tão fermosa;
E da morte enuejosa Nemoroso
Ao monte cauernoso se querella,
Que sua Elisa bella em pouco espaço
Cortâra inda em agraço a dura sorte,
ô immatura morte, qu'a ninguem
De quantos vida tem, nunca perdoas,

Mas

De Luis de Camões. 107

Mas tu tempo que voas apreßado ,
Hum deleitoso estado quam asinha
Nesta vida mesquinha transfiguras,
Em mil desauenturas, & a lembrança
Nos deixas por herança do que leuas;
Aßi que se nos cenas com prazeres,
He para nos comeres no milhor.
Cada vez em peor te vas mudando,
Quanto vẽs inuentando, que oje aprouas,
Logo a manhã reprouas com instancia:
ô estranha inconstancia, & tão profana,
De toda a cousa humana inferior,
A quem o cego error sempre anda annexo,
Mas eu de que me quexo? ou que digo?
Viue o tempo comigo, ou elle tem
Culpa no mal que vem da cega gente?
Por ventura elle sente, ou elle entende
Aquillo que defende o ser diuino?
Elle vsa de contino seu officio,
Que já por exercicio lhe he diuido,
Dános frutto colhido na fazão
Do fermoso verão, & no inuerno,
Com seu humor eterno congelado,
Do vapor leuantado, co a quentura
Do sol, â terra dura lhe dâ alento,

O 3   Para

Eclogas

Para que o mantimento produzindo
Estê sempre comprindo seu costume,
Assi que não consume de si nada,
Nem muda da passada vida hum dedo,
Antes sempre stâ quedo no diuido,
Porque este he seu partido, & sua vsança,
E nelle esta mudança, he mais firmeza.
Mas quem a lei despreza, & pouco estima,
De quem de lâ de cima está mouendo
O céo sublime & horrendo, o mundo puro,
Este muda o seguro & firme estado,
Do tempo não mudado da verdade,
Naõ foi naquella idade de ouro claro,
O firme tempo caro & excellente,
Viuia entaõ a gente moderada,
Sem ser a terra arada daua paõ,
Sem ser cauado o chão as fruttas daua,
Nem chuua desejaua, nem quentura,
Supria então natura o necessario,
Pois quem foi tão contrario a esta vida?
Saturno, que perdida a luz serena,
Causou que em dura pena desterrado
Fosse do céo deitado onde viuia,
Porque os filhos comia, que geraua,
Por isso se mudaua o tempo igual

Em

De Luis de Camões. 108

Em mais baixo metal,& assi decendo
Nos veo assi trazendo a este stado.
Mas eu desatinado adonde vou?
Para onde me leuou a fantasia?
Qu'estou gastando o dia em vãs palauras?
Quero ora·minhas cabras ir leuando
Ao manso Tejo brando,porque achar
No mundo que emendar,não he d'agora,
Basta que a vida fora delle tenho,
Com meu gado me auenho,& estou contente,
Porem se me não mente a vista,eu vejo
Nesta praya do Tejo,estar deitado
Almeno,que enleuado em pensamentos,
As horas & momentos vay gastando,
Par'elle vou chegando, sô por ver
Se poderei fazer que o mal que sente
Hum pouco se lhe ausente da memoria.

Almeno sonhando.

ô doce pensamento,ô docè gloria,
   Saõ estes por ventura os olhos bellos
   Que tem de meus sentidos a vittoria?
Saõ estas(Nympha) as tranças dos cabellos
   Que fazem de seu preço o ouro alheo,

O 4

Eclogas

E a mim de mim mesmo, só com vellos?
He esta a alua colũna, o lindo esteo,
   Sustentador das obras mais que humanas,
   Que eu nos braços tenho, & não o creo?
Ah falso pensamento, que menganas,
   Fazesme pór a boca onde não deuo,
   Com palauras de doudo, & quasi insanas
Como alçarte tão alto assi m'atreuo?
   Tais asas doutas eu, ou tu mas das?
   Leuasme tu a mim, ou eu te leuo?
Não poderei eu yr onde tu vas?
   Porem pois yr não posso onde tu fores
   Quando fores, não tornes onde estâs.

Agrario.

ô que triste successo foy d'amores
   O qu'a este pastor aconteceo,
   Segundo ouui contar a outros pastores.
Que tanto por seu danno se perdeo,
   Qu'o longo imaginar em seu tormento,
   Em desatino amor lho conuerteo.
ô forçoso vigor do pensamento,
   Que pôde noutra cousa star mudando,
   A forma, a vida, o siso, o entendimento.
Estáse hum triste amante transformando

De Luis de Camões. 109

Na vontade daquella què tanto ama,
   De ſi ſua propria eſſencia traſportando.
E nenhũa outra couſa mais deſama
   Qu'a ſi, ſe vè qu'em ſi ha algum ſentido,
   Que deſte fogo inſano não s'inflama.
Almeno que aqui ſtà tão influido
   No fantaſtico ſonho, qu'o cuidado
   Lhe traz ſempre ante os olhos eſculpido.
Eſtaſelhe pintando d'enleuado
   Que tem ja da fantaſtica paſtora
   O peito diamantino mitigado.
Em eſte doc'engano ſtaua agora
   Falando como em ſonhos, mas achando
   Ser vento o que ſonhaua, grita, & chora.
Deſt'arte andauão ſonhos enganando
   O paſtor ſomnolento, qu'a Diana
   Andaua entr'as ouelhas celebrando.
Deſt'arte a nuuem falſa em forma humana
   O vão pay dos Centauros enganaua,
   (Qu'Amor quando contenta ſhmpre engana.)
Como a eſte que conſigo sò fallaua,
   Cudando que fallaua d'enleuado,
   Com quem lhe o penſamento figuraua.
Não pòde quem quer muito ſer culpado,
   Em nenhum erro, quando vem a ſer

O amor

Eclogas

O amor em doudice transformado.

Não he amor amor, se não vier
   Com doudices, deshonras, discenções,
   Pazes, guerras, prazer, & desprazer.
Perigos, linguas mús, murmurações,
   Ciumes, arroidos, competencias,
   Temores, mortes, nojos, perdições:
Estas saõ verdadeiras penitencias
   De quem poem o desejo onde não deue,
   De quem engana alheas innocencias.
Mas isto tem Amor, que não se screue
   Senão onde he illicito & custoso,
   E onde he mòr perigo mais s'atreue.
Passaua o tempo alegre, & deleitoso
   O Troyano pastor, em quanto andaua
   Sem ter alto desejo, & perigoso.
Seus furiosos Touros coroaua,
   E nos alamos altos escreuia
   Teu nome (Ennone) quando a ti sò amaua.
Crecião os altos alamos, crecia
   O amor que te tinha sem perigo,
   E sem temor contente te seruia.
Mas despois que deixou entrar consigo
   Illicito desejo, & pensamento,
   De sua quietação tão inimigo,

A to-

De Luis de Camões. 110

A toda a patria pos em detrimento
   Com morte de parentes, & de irmãos.
   Com cru incendio, & grande perdimento.
*N*isto fenecem pensamentos vãos,
   Tristes seruiços mal galardoados,
   Cuja gloria se passa dantre as mãos.
*L*agrimas & suspiros arrancados,
   D'alma, todos se pagão com enganos,
   E oxala fossem muitos enganados.
*A*ndão com seu tormento tão vfanos,
   Gastando na doçura d'hum cuidado
   Apos hum'esperança tantos anos.
E tal ha tão perdido namorado,
   Tão contente co pouco, que daria
   Por hum sò mouer d'olhos, todo o gado.
E em todo o pouoado & conpanhia,
   Sendo ausentes de si, estão presentes
   Com quem lhe pinta sempre a fantasia.
C'hum certo não sei que andaõ contentes,
   E logo hum nada os torna ao contrario
   De todo o ser humano differentes.
ò tyrannico amor, ô caso vario,
   Que obrigas hum querer que sempre seja
   De si contino & aspero aduersario.
E outr'hora nenhũa alegre esteja,

Senaõ

Eclogas

Senão quando do seu despojo amado
    Sua imiga estar triumphando veja.
Quero fallar com este, qu'enredado
    Nesta cegeira estâ sem nenhum tento,
    Acorda ja pastor desacordado.
Alm.ô porque me tiraste hum pensamento
    Qu'agora staua os olhos debuxando,
    De quem aos meus foy doce mantimento.
                Agrario.
Nessa imaginação estás gastando
    O tempo & a vida Almeno? ô perda grande,
    Não ves quam mal os dias vas passando?
                Almeno.
Fermosos olhos, ande a gente & ande,
    Que nunca vos ireis dest'alma minha,
    Por mais qu'o tēpo corra, & a morte o mande.
                Agrario.
Quem poderá cuidar que tão asinha
    Se perca o curso assi do siso humano,
    Que corre por direita & justa linha?
Que sejas tão perdido por teu dano,
    Almeno irmão, não he por certo auiso,
    Mas muy grande doudice, & grand'engano.
                Almeno.
Ô Agrario, que vendo o doce riso,

Eo

De Luis de Camões. 111

E o rosto tão fermoso, como esquiuo,
O menos que perdi, foi todo o siso.
E não entendo desque fuy cattiuo,
Outra cousa de mim, senão que mouro
Nem isto entendo bem, pois inda viuo.
A sombra deste vmbroso, & verde louro,
Passo a vida, ora em lagrimas cansadas,
Ora em louuores dos cabellos d'ouro
Se preguntares porque saõ choradas,
Ou porque tanta pena me consume,
Reuoluendo memorias magoadas.
Desque perdi da vista o claro lume,
E perdi a sperança, & a causa della,
Naõ choro por razão, mas por costume.
Iamais pude co fado ter cautella,
Nem nunca ouue em mim contentamento,
Que não fosse trocado em dura strella.
Que bem liure viuia & bem isento,
Sem nunca ser ao jugo somettido,
De nenhum amoroso pensamento.
Lembrame (Agrario amigo) qu'o sentido
Tão fora d'amor tinha, que me ria
De quem por elle via andar perdido.
De varias cores sempre me vestia,
De boninas a fronte coroaua,

Eclogas

Nenhum pastor cantando me vencia.
A barba então nas faces m'apontaua,
Na luta, no correr, & em qualquer manha;
Sempre a palma antre todos alcançaua.
Da minha idade tenra em tudo estranha,
Vendo (como acontece) affeiçoadas
Muitas Nymphas do rio, & da montanha:
Com palauras mimosas & forjadas
Da solta liberdade, & liure peito,
As trazia contentes, & enganadas.
Mas não querendo amor que deste geito
Dos corações andasse triumphando,
Em quem elle criou tão puro effeito:
Pouco & pouco me foi de mim leuando,
Dissimuladamente ás mãos de quem
Tod'esta injuria agora está vingando.
Agrario.
Deste teu caso Almeno eu sei mui bem
O principio & o fim, que Nemoroso
Contado tudo isso, & mais me tem.
Mas querote dizer se o enganoso
Amor, he costumado a desconcertos,
Que nunca amando fez pastor ditoso.
Ia que nelle estes casos saõ tão certos,
Porqu'os estranhas tanto, que de magoa

Te

De Luis de Camões. 112

Te chorão as montanhas, & os defertos?
Vejote ftar gaftando em viua fragoa,
E juntamente em lagrimas vencendo
Agran Sicilia em fogo, o Nilo em agoa.
Vejo qu'as tuas cabras não querendo
Goftar as verdes heruas, s'emmagrecem,
As tetas aos cabritos encolhendo.
Os campos que co tempo reuerdecem,
Os olhos alegrando defcontentes,
Em te vendo parece qu'entriftecem.
Todos os teus amigos & parentes,
Que lâ da ferra vem por confolarte,
Sentindo n'alma a pena que tu fentes.
Se querem de teus males apartarte,
Deixando a cafa & gado, vas fugindo,
Como ceruo ferido, a outra parte.
Não ves qu'amor as vidas confumindo
Viue sò de vontades enleuadas,
No falfo parecer d'hum gefto lindo?
Nem as heruas das agoas defejadas
Se fartão, nem de flores as abelhas,
Nem efte amor de lagrimas canfadas.
Quantas vezes perdido entr'as ouelhas
Chorou Phebo de Daphne as efquiuanças
Regando as flores brancas & vermelhas.

Quin-

Eclogas

Quantas vèzes as asperas mudanças
O namorado gallo tem chorado,
De quem o tinha enuolto em esperanças.
Estaua o triste amante recostado,
Chorando ao pè d'hum freixo o triste caso,
Qu'o falso amor lhe tinha destinado,
Por elle o sacro Pindo, & o gran Parnaso
Na fonte d'Aganippe distillando,
O fazião de lagrimas hum vaso.
Vinha o intonso Apollo alli culpando
A sobeja tristeza perigosa,
Com asperas palauras reprouando.
Gallo porque endoudeces, qu'a fermosa
Nympha que tanto amaste, descubrindo
Por falsa a fè que daua & mintirosa.
Pollas Alpinas neues vay seguindo
Outro amor, outro bem, outro desejo,
Como inimiga em fim de ti fugindo.
Mas o misero amante, qu'o sobejo
Mal empregado amor lhe defendia
Ter de tamanha fè vergonha ou pejo,
Da falsifica Nympha não sentia
Senão qu'o frio do gelado Rheno
Os delicados pès lh'offenderia.
Ora se tu ves claro, amigo Almeno,

Que

De Luis de Camões. 113

Que d'amor os desastres saõ de sorte
Que para mattar basta o mais piqueno,
Porque não pões hum freo a mal tão forte,
Que em estado te poem, que sendo viuo
Ia não s'entende em ti vida nem morte?

Almeno.

Agrario, se do gesto fugitiuo
Por caso da fortuna desastrado
Algum'hora deixar de ser cattiuo,
Ou sendo para as Vrsas degradado
Aonde Boreas tem o Occeano,
Cos frios Hyperboreos congelado,
Ou onde o filho de Clymene insano,
Mudando a cor das gentes totalmente,
As terras apartou do tratto humano
Ou se por qualquer outro accidente
Deixar este cudado tão ditoso,
Por quem sou, de ser triste,tão contentĕ.
Este rio, que passa deleitoso,
Tornando para tras, irâ negando
A natureza o curso presuroso.
As feras pello mar irão buscando
Seu pasto, & andars'hão polla speßura
Das heruas os delphins apacentando.
Ora se tu ves n'alma quão segura

P   *Tenho*

Eclogas

Tenho esta fé, & amor, para qu'insistes
Nesse conselho, & prattica tão dura?
Se de tua perfia não desistes
Vai repastar teu gado a outra parte,
Que he dura a companhia para os tristes.
Hũa sò cousa quero encomendarte,
Para repouso algum de meu engano,
Antes qu'o tempo em fim de mim te aparte.
Que se esta fera qu'anda em trajo humano,
Vires polla montanha andar vagando,
De meu despojo rica, & de meu dano,
Com os vinos spritos inflamando
O ar, o monte, & a serra, que consigo
Continuamente leua namorando.
Se queres contentarme como amigo,
Passando, lhe dirás, gentil pastora
Não ha no mundo vicio sem castigo.
Tornada em duro marmore não fora
A fera Anaxarete, se amoroso
Mostrâra o rosto angelico algũ'hora.
Foy bem justo o castigo riguroso,
Porem quem t'ama, Nympha, não queria
Noda tão fea em gesto tão fermoso.
        Agrario.
Tudo farei Almeno, & mais faria,

Por

De Luis de Camões. 114

Por te ver algum'hora descansado,
Se se acabão trabalhos algum dia.
Mas bem vés como Phebo ja impinado
Me manda, que da calma iniqua & crua
Recolhe em algum valle o manso gado.
Tu nessa fantasia falsa & nua
Para engano mayor de teu perigo
Não queres companhia senão a sua.
Voume daqui, & fique Deos contigo,
E ficarás melhor acompanhado.
Almeno.
Elle contigo va, como comigo
Me fica acompanhando meu cudado.

ECLOGA III.

De Almeno, & Belisa, continuan-
do com a passada.

PAssado ja algum tempo qu'os amores
D'Almeno por seu mal erão passados.
Porque nunca amor cumpre o que promete,
Entr'hũs verdes vlmeiros apartados,
Regando pello campo as brancas flores,

P 2   Em

Eclogas

Em lagrimas cansadas se derrete:
Quando a linda pastora que compete
Co monte em asphereza,
Co prado em gentileza,
Por quem o triste Almeno endoudecia,
Pella praya do Tejo discurria
A lauar a beatilha, & o trançado,
Ia o sol consentia
Que saisse da sombra o manso gado.

E acordado ja do pensamento
Que tão desacordado o sempre teuē,
Vio por acerto o bem que incerto tinha:
E porque onde amor a mais s'atreue
Alli mais enfraquece o entendimento,
Não lhe soube dizer o que conuinha:
Como homem qu'à aprazada briga vinha
A quem de fora engana
A confiança humana,
E depois vendo o rosto a quem resiste,
Treme, temè o perigo, & não insiste
Ia s'arrepende, a audacia lhe fallece;
Dest'arte o pastor triste
Ousa, arrecea, esforça, & enfraquece.

E te-

De Luis de Camões. 115

E tendo aſsi atonito o ſentido,
Cometteo com furor deſatinado
E tirou da fraqueza coraçāo;
Comettimento foy deſeſperado,
Qu'hūa ſô ſaluaçāo tem hum perdido,
Perder toda a ſperança á ſaluaçāo,
As magoas que paſſarāo ſe dirāo,
Mas as qu'ella dizia,
Lembrandolhe que via
As agoas murmurar do Tejo amenas,
Remeto a vos, ô Tagides Camenas,
Que de magoa não poſſo dizer tanto,
Porque em tamanhas penas
Me canſa a pena, & a dor m'impede o canto.

Beliſa paſtora.

Qu'alegre campo, & praya deleitoſa,
E quam ſaudoſa faz eſta ſpeſſura
A fermoſura angelica & ſerena,
Da tarde amena, & quam ſaudoſamente
A ſéſta ardente abranda ſuſpirando
De quando em quando o vento alegre & frio.
No fundo rio os mudos peixes ſaltão,
No ar s'eſmaltão os céos d'ouro & verde,
E Phebo perde a força da quentura,

P 3 Polla

Eclogas

Polla spessura leuão passeando
O gado brando, ao som das camphorinas,
Pisando as finas & fermosas flores,
Os guardadores, que cantando o gesto
Fermoso & honesto, das pastoras qu'amão,
Ao ar derramão mil sospiros vãos,
Hum louua as mãos, & outro os olhos bellos,
Outro os cabellos douro em som suaue,
A amorosa aue leua o contraponto,
Mas que conto, & ò saudosa historia
Que na memoria aqui se m'offerece:
Se não me esquece, ja neste lugar
Ouui soar nos valles algum dia,
E respondia o ecco o nome em vão
Num coração, Belisa retumbando:
Estou cudando como o tempo passa,
E quão escassa he toda alegre vida,
E quão comprida, quando he triste & dura.
Nesta espessura longo tempo amei,
Se m'enganei com quem do peito amaua,
Não me pesaua de ser enganada,
Fui salteada em fim d'hum pensamento,
Qu'hum mouimento tinha casto & saõ,
Conuersação foy fonte deste engano,
Que por meu dano entrou com falsa cor,

Por

De Luis de Camões.

Porqu'o amor na Nympha qu'he ſegura
Entra em figura de vontade honeſta.
Mas que me preſta agora dar diſculpa
Se ahi ouue culpa pola o firme amor,
Sò num paſtor que nunca o ſol nem lua
Ou ſerra algũa, deſd'o Ibero ao Indo,
Outro tão lindo virão, & tão manhoſo,
Neſte amoroſo ſtado, & fé que tinha,
Qua n'alma minha tão ſecretamente,
Viui contente amando & encubrindo,
Elle fingindo mintiroſos dannos,
Que ſaõ enganos que não cuſtão nada,
Tendo alcançada ja no entendimento
A fé & intento meu sò nelle poſto,
Que logo o roſto moſtra os corações,
E as affeições cos olhos ſe pratticão,
Que mais publicão muito que palauras,
Com ſuas cabras ſempre â parte vinha
Ond'eu mantinha os olhos & o deſejo.
Tu manſo Tejo, & tu florido prado,
Do mais paſſado em fim qu'aqui não digo,
Sereis m'obrigo teſtemunho certo,
Que deſcuberto vos foi tudo & claro,
ô tempo auaro, ô ſorte nunca igual,
Camanho mal quereis á humana gente,

P 4

Por-

Eclogas

Porque hum contente stado aßi trocastes?
Vos me tirastes do meu peito isento,
O pensamento honesto, & repousado,
Ia dedicado ao coro de Diana,
Vos nũa vfana vida me pusestes,
E alli quisestes que gozaße o dano
Do doce engano, que se chama amor,
Com cujo error paßaua o tempo ledo,
E vos tão cedo me tirais hum bem,
Qe'amor ja tem impreßo n'alma minha,
Depois qu'a tinha enuolta em esperanças,
E com lembranças tristes me deixais,
Mal me pagais a fè que sempre tiue:
Mas aßi viue quem sem dita nace,
Mas ja qu'a face alegre o sol esconde,
E não responde alguem a tantas magoas,
Senão as agoas que dos olhos saem,
As sombras caem, & vãose as alimarias
Das eruas varias fartas, seu caminho,
Buscando o ninho os paßaros sem dono
Ia pello sono esquecem o comer,
Quero esquecer tambem tão doce historia,
Pois he memoria que traz môr cudado,
Isto he paßado, & se me deu paixão,
Os dias vão gastando o mal & o bem,

E não

De Luis de Camões. 117

E não conuem quererme magoar,
Do que emendar não posso ja com magoas,
Nas claras agoas deste rio brando,
Que vão regando o campo matizado,
Esse trançado lauar quero em fim,
Que ja de mim m'esqueço coa lembrança
Desta mudança, qu'esquecer não sei
Bem qu'eu virei mudar a opinião,
Qu'em fim homẽs saõ, a qu'o esquecimento
Depressa faz mudar o pensamento.

Almèno.

Se a vista não m'engana a fantasia,
　Como ja m'enganou mil vezes, quando
　Minha ventura enganos me soffria,
Pareceme que vejo estar lauando
　Hũa Nympha hum véo no claro Tejo,
　Que se m'estã Belisa affigurando.
Não pode ser verdade isto que vejo,
　Que facilmente aos olhos s'affigura
　Aquillo que se pinta no desejo.
ò acontecimento qu'a ventura
　Me dâ pera môr danno: esta he certo,
　Que não he doutrem tanta fermosura.
Se poderei fallarlhe de mais perto?

Mas

Eclogas

Mas fugirmeha: não pode ser, qu'o rio
   Par'acolâ não tem caminho aberto.
Ô temor grande, ô grande desuario,
   Qu'a voz m'impide, & a lingoa negligente
   Dest'arte está tornando o peito frio.
De quanto me sobeja estando ausente,
   Que pera lhe fallar sempre imagino,
   Tudo me falta agora em estar presente.
Ô aspeito suaue & perégrino,
   Pois como tão asinha a si s'esquece
   Hũa fé verdadeira, hum amor fino?

        Belisa.

Ô altas semideas, pois padece
   Em vosso rio a honra delicada,
   De quem tamanha força não merece,
Ou seja por vos (Nympha) reseruada,
   Ou n'algũa aruore alta ou pedra dura
   Seja por vos asinha transformada.

        Almeno.

Ah Nympha não te mudes a figura,
   Nem vos Deosas queirais qu'eu seja parte
   De se mudar tamanha fermosura.
Porqu'a quem falta a voz para falarte,
   E a quem fallece a lingoa & ousadia,
   Tambem faltarão maõs para tocarte.

              Be.

De Luis de Camões. 118

Belisa.

Que me queres Almeno, ou que porfia
   Foy a tua tão aspera comigo,
   Minha vontade não to merecia.
Se com o amor o fazes, eu te digo,
   Qu'amor que tanto mal me faz em tudo,
   Não pòde ser amor, mas enemigo.
Não es tu de saber tão falto & rudo,
   Que tão sem siso amasses, como amaste,

Almeno.

Onde viste tu Nympha amor sesudo?
Porque te não alembra que folgaste
   Com meus tormentos tristes, & algũ'hora
   Com teus formosos olhos ja me olhaste?
Como t'esquece ja (gentil pastora)
   Que folgauas de ler nos freixos verdes
   O que de ti escriuia cada hora?
Como tão prestes a memoria perdes
   Do amor que mostrauas, qu'eu não digo
   Se o vos ò altos montes não disserdes?
Porque te não alembras do perigo
   A que sô por me ouuir t'auenturauas
   Buscando horas de sésta, horas d'abrigo?
Coa maçãa de discordia me tirauas

Que

Eclogas

Que a Venus que aganhou por fermosura
  Tu como mais fermosa lha ganhauas.
E escondendote entre a spessura,
  Hias fogindo como vergonhosa
  Da namorada & doce trauessura.
Não era esta a maçã d'ouro fermosa,
  Com que encuberta assi de astucia tanta
  Cedipe s'enganou de cubiçosa.
Nem a que o curso teue d'Athalanta
  Mas era aquella com que Galathea
  O pastor cattiuou como elle canta.
Se mâs tenções poserão nodoa fea
  Em nosso firme amor de inueja pura
  Porque pagarei eu a culpa alhea?
Quem desta fé, quem deste amor não cura
  Nunca teue sogeito o coração,
  Qu'o firme amor coa'lma eterna dura.

Belisa.

Mal conheces Almeno hum'affeição
  Que se eu desse amor tenho esquecimento
  Meus olhos magoados to dirão.
Mas teu sobejo & liure atreuimento
  E teu pouco segredo, discudando
  Foy causa deste longo apartamento.

Ves

De Luis de Camões. 119

Ves as Nymphas do Tejo que mudando
    Me vão ja pouco a pouco o claro gesto
    Noutra forma mais dura traspassando.
Hum só segredo meu te manifesto,
    Que te quis muto em quanto Deos queria,
    Mas de pura affeição, & amor honesto.
E pois teu mao cudado & ousadia
    Causou tão dura & aspera mudança
    Folgo que muitas vezes to dizia.
Ficate embora, & perde a confiança
    Que mais me não veras como ja viste
Qu'assi se desengana hum'esperança.
        Almeno.
ô duro apartamento, ô vida triste
    ô nunca acontecida desuentura,
    Pois como, Nympha, assi te despidiste?
Assi se ha de yr tornando sem ter cura
    Nessa siluestre & aspera rudeza,
    Tão branda & excellente fermosura?
Tua nunca entendida gentileza,
    E teus membros assi se transformarão,
    Negandoselhe a propria natureza?
Dest'arte teus cabellos se tornárão,
    Deixando ja seu preço ao ouro fino,
    Em folhas qu'a cor tem do que negàrão?

                        Se

Eclogas

S'este consentimento foy diuino,
    Consintame tambem que perca a vida,
    Antes qu'a mais m'obrigue o desatino.
Que se a fortuna dura embrauecida
    Tanto em meu tormento se desmede,
    Não viua mais hum'alma tão perdida.
E vos feras do monte, pois vos pede
    Minha pena o remedio derradeiro,
    Fartai ja de meu sangue vossa sede.
E vos pastores rudos deste outeiro,
    Porqu'a todos em fim se manifeste
    Que cousa he amor puro & verdadeiro,
Ao pé deste funereo acipreste
    Me fareis hum sepulchro sem arreo
    De boninas qu'o prado ameno veste.
Com desusadas musicas d'Orpheo
    Que me vos cantareis, & desta sorte
    Não auerei inueja ao Mausoleo,
E porque minha cinza se conforte
    Em vossos metros doces & suaues,
    As exequias fareis de minha morte.
Alli responderão as altas aues
    Não modulas no canto, nem lasciuas,
    Mas de dor hora roucas, hora graues.
Não correrão as agoas fugitiuas

                                              Alc.

De Luis de Camões. 120

Alegres por aqui, mas saudosas,
  Que pareção que vem dos olhos viuas.
Nacerão pellas prayas deleitosas
  Os asper̦os abrolhos em lugar
  Dos roxos lirios, das pudicas rosas,
Não trarão as ouelhas a pastar
  Darredor do sepulchro os guardadores
  Que não comerão nada de pesar.
Virão os Faunos, guarda dos pastores
  Se morri por amores preguntando,
  Responderão os eccos, por amores.
Dos que por aqui forem caminhando,
  Hum epitaphio triste se lerâ
  Que esteja minha morte declarando:
E no tronco d'hum'aruore estarâ
  Numa ruda cortiça pendurado
  Escritto c'hūa fouce, assi dirâ.
Almeno fui pastor de manso gado,
  Em quanto consintio minha ventura
  De Nymphas & pastoras celebrado.
S'algūa hora por dita na spessura
  Se perder o amor & a affeição,
  Tirem a pedra desta sepultura,
  E em figura de cinza·os acharão.

Eclo-

Eclogas

ECLOGA IIII·

Frondoso, & Duriano,
Pastores.

Cantando por hum valle docemente
Decião dous Pastores quando Phebo
No reino de Neptuno se escondia,
De idade cada hum era mancebo,
Mas velho no cudado & descontente.
Do que lhe elle causaua parecia:
O que cada hum dizia
Lamentando seu mal, seu duro fado
Naõ sou eu taõ ousado,
Que o ouse a cantar sem vossa ajuda,
Porque se a minha ruda
Frauta, deste fauor vosso for dina
Posso escusar a fonte Caballina.

Em vos tenho Helicon, tenho Pegaso,
Em vos tenho Caliope, & Thalia,
E as outras sette irmãs do fero Marte,
Em vos perde Minerua sua valia,
Em vos estão os sonos de Parnaso,

Das

De Luis de Camões. 121

Das Pierides em vos s'encerra a arte,
Co a mais piquena parte
Senhora, que me deis da ajuda vossa,
Podeis fazer qu'eu possa
Escurecer ao sol resplandecente,
Podeis fazer qu'a gente
Em mim do gran poder vosso s'espante,
E que vossos louuores sempre cante.

Podeis fazer que creça d'hora em hora,
O nome Lusitano, & faça inueja
A Smirna, que de Homero se engrandece;
Podeis fazer tambem qu'o mundo veja
Soar na ruda frauta o que a sonora
Cithara Mantuana só merece,
I'agora me parece
Que podem começar os meus pastores,
Trattar de seus amores,
Porque inda que presentes não estejaõ
As que elles ver desejão
Mudança do lugar menos de stado,
Não muda hum coraçaõ de seu cuidado.

Ia deixaua dos montes a altura
E nas salgadas ondas s'escondia

Q

Eclogas

O sol, quando Frondoso & Duriano
Ao longo de hum ribeiro que corria
Polla mais fresca parte da verdura,
Claro, suaue, & manso todo o ano
Lamentando seu dano,
Vinha ja recolhendo o manso gado,
E hum estando calado,
Em quanto hũ pouco o outro se queixaua,
Apos elle tornaua
A dizer de seu mal o que sentia,
E em quanto elle fallaua, o outro ouuia.

Vinhãose assi queixando aos penedos,
Aos siluestres montes, & aspereza,
Que quasi de seus males se doîaõ,
Alli as pedras perdião sua dureza,
Alli os correntes rios estar quedos,
Prontos a suas queixas parecião,
E sô as que podião
Estes males curar que ellas causauaõ,
O ouuido lhe negauão
Por perderem de todo a sperança,
Mas elles que mudança
D'amor com tantos males não fazião,
Fallando inda com ellas lhe dezião.

Fron-

De Luis de Camões.   122

Frondoso.

Isto he o que aquella verdadeira
Fé, com que te amei sempre merecia,
Sem nunca te deixar hum sô momento,
Como (cruel Belisa) t'esquecia
Hum mal cuja esperança derradeira
Em ti sô tinha posto seu assento?
Não vias meu tormento?
Não vias tu a fé com que t'amaua?
Porque não t'abrandaua
Este amor, que me tu tão mal pagaste?
Mas pois ja me deixaste
Co a sperança de ti toda perdida,
Perca quem te perdeo tambem a vida.

Duriano.

Se os males que por ti tenho soffrido,
(ò Siluana em meus males tão constante)
Quiseras que algũ'hora te dissera
Ainda que de duro diamante
Fora teu cruel peito endurecido,
Creo qu'a piedade te mouera,
T'agora em branda cera
Os montes saõ tornados, & os penedos,
E os rios que stão quedos,
Sentirão meus sospiros minhas queixas,

Q 2   Tu

Eclogas

Tu sô (cruel) me deixas
Qu'es mais que montes & penedos dura,
E fugitiua mais qu'a agoa pura.
Frondoso.
Onde stâ aquella falla, que soîa
Sô com seu doce tom, que me chegaua
Auiuarme os spiritos cansados?
Onde stâ o olhar brando, que cegaua
O sol resplandecente ao meo dia?
Onde stão os cabellos dilicados,
Qu'ao vento espalhados
O ouro escurecião, & a mim mattauão?
E a quantos os olhauão
Causauão tambem nouos accidentes?
Porque cruel consentes
Que goze outro a gloria a mim deuida?
Perca quem te perdeo tambem a vida.
Duriano.
Nhum bem vejo qu'a meu mal espere,
Senão se he sperar que morte dura
Em fim me venha dar tua saudade,
Vejo faltarme a tua fermosura,
A vontade me diz que desespere,
Contradizme a razão esta vontade,
Diz que nũa beldade

Em

De Luis de Camões.   123

Em quem moſtrou o cabo a natureza
Não ha tanta crueza
Que hum tão firme amor deſprezar queira,
E hũa fé verdadeira
Mas tu que de razão nunca curaſte
Porqu'era darme a vida, ma tiraſte.
   Frondoſo.
A quem (Beliſa ingrata) t'entregaſte?
A quem déſte (cruel) a fermoſura
Que ſò a meu tormento ſe deuia?
Porque hũa fé deixaſte firme & pura?
Porque tão ſem reſpeito me trocaſte,
Por quem ſô nem olharte merecia?
E o bem que te queria,
Que nunca perderei ſenão por morte,
Não he de mayor ſorte
Que quanto a cega gente eſtima & preza?
Sô a tua crueza
Foi niſto contra mim endurecida,
Perca quem te perdeo tambem a vida.
   Doriano.
Leuaſteme meu bem num ſô momento,
Leuaſteme com elle juntamente
De cobrallo jamais a confiança,
Deixaſteme em lugar delle ſômente

    Q 3   *Hũa*

Eclogas

Hũa continua dor, & hum tormento,
Hum mal de que não pòde auer mudança,
Tu qu'eras a sperança
Dos males que me tu cruel causaste,
De todo te trocaste,
Com Amor conjurada em minha morte,
Porem se minha sorte
Consente que por ti seja causada,
Morte não foi mais bemauenturada.

Frondoso.

Não naceste d'algũa pedra dura,
Não te gerou algũa tigre Hircana,
Naõ foi tua criação entre a rudeza,
A quem (cruel) saiste deshumana?
No cêo formada foi tua fermosura,
Onde a mesma brandura he natureza,
Esta tua dureza
Donde teue principio, ou a tomaste?
Porque dura engeitaste
Hum verdadeiro amor que tu bem vias?
Hũa fé que conhecias,
Por outra de ti nunca conhecida?
Perca quem te perdeo tambem a vida.

Doriano.

Vaise co seu pastor o manso gado,

Por-

De Luis de Camões. 124

Porque d'amor entende aquella parte
Qu'a natureza irracional lh'enſina,
O ruſtico leão ſem nenhū'arte
Do inſtinto natural ſô inſinado,
Aonde ſente amor alli s'enclina,
E tu que de diuina
Não tēs menos que Venus & Cupido,
Porque ſe quer co ouuido
Hum amor verdadeiro não ſocorres?
Ou porque te não corres
Que te vença o leão em piedade,
Se Venus não te vence na beldade?

    Frondoſo.

A mim não me faltaua o que ſe prezá
Entre os celeſtes Deoſes, que formárão
A tua mais que humana fermoſura,
Em mim os voluntarios céos faltârão,
Em mim ſe preuerteo a natureza
D'hūa cruel fermoſa criatura,
Mas pois Beliſa dura,
Que do mais alto céo a nos vieſte,
Em teu peito celeſte
Hum tal contrario pode apoſentarſe,
Não he contrario acharſe
Tamanha fé, tão mal agradecida,

    Q 4   Per-

Eclogas

Perca quem te perdeo tambem a vida.
           Doriano.
Por ti a noite escura me contenta,
Por ti o claro dia me auorrece,
Abrolhos para mĩ saõ frescas flores,
A doce philomela m'entristece,
Todo o contentamento m'atormenta
Com a contemplação de teus amores:
As festas dos pastores,
Que podem alegrar toda a tristeza,
Em mim tua crueza
Faz que o mal cad'hora va dobrando
Ò cruel, atē quando
Durarâ em ti hum tal auorrecimento?
E a vida em mim, que soffre tal tormento?
           Frondoso.
Fugiste d'hum amor tão conhecido
Fugiste d'hũa fé tão clara & firme,
E seguiste a quem nunca conheceste,
Não por fugir d'amor, mas por fugirme,
Que bem vias que tinha merecido
O amor que tu a outrem concedeste;
A mim não me fizeste
Nenhũa sem rezão, que bem conheço
Que tanto não mereço,

                                Fize

De Luis de Camões. 125

Fizeste·1 âquelle bem firme & sincero,
Que sabes que te quero
Em lhe tirar a gloria merecida,
Perca quem te perdeo tambem a vida.

Doriano.

Crece cad'hora em mim mais o cudado,
E vejo qu'em ti crece juntamente
Cad'hora mais de mim o esquecimento,
ô Syluana cruel porque consente
O teu feminil peito delicado,
Esquecerlhe hum tão aspero tormento?
Tal auorrecimento
Merece hum capital teu inimigo,
Não j'eu que sò contigo
Estou contente,& nada mais desejo,
S'algũa hora te vejo
Tu es hum sò bem meu hũa sô gloria,
Que nunca se me aparta da memoria.

Frondoso.

Olhos que virão ja tua fermosura
Vida que sô de verte se sostinha,
Vontade que em ti era transformada,
Hum'alma qu'a tua em si sò tinha,
Tão vnida consigo,quanto a pura

Alma

Eclogas

Alma co debil corpo está liada:
E agora apartada
Te vé de si com tal apartamento,
Qual será seu tormento?
Qual será aquelle mal que tem presente?
Mayor he qu'o que sente
O triste corpo na vltima partida,
Perca quem te perdeo tambem a vida.

Doriano.

Regendo noutro tempo o manso gado
Tangendo minha frauta nestes vales,
Passaua a doce vida alegremente,
Não sentia o tormento destes males,
Menos sintia o mal deste cudado,
Que tudo então em mim era contente,
Agora não somente
Desta vida suaue m'apartaste,
Mas outra me deixaste
Qu'ao duro mal que sinto ca no peito
Me tem ja tão affeito,
Que sinto ja por gloria minha pena,
Por natureza o mal que me condena.

Frondoso.

Ientamente viuer compridos anos,

Os

De Luis de Camões.   126

Os fados te concedão, que quiserão
Ajuntarte com tal contentamento,
Pois para ti os bẽs todos nacerão,
Mormentos para mim, males & danos,
Logra tu sò teu bem; eu meu tormento,
Nenhum apartamento
Belisa, me fara deixar d'amarte,
Porque em nenhũa parte
Poderas nunca star sem mim hum'ora,
Consente pois agora
Qu'em pago desta fé tão conhecida
Perca quem te perdeo tambem a vida.
Doriano.
Vejate èu (crua) amar quem te desame,
Porque saibas que cousa he ser amada,
De quem tu auorreces & desprezas,
Vejate eu ser ainda desprezada
De quem tu mais desejas que te ame,
Porque sintas em ti tuas cruezas,
Sintas tuas durezas,
E quanto pôde o seu cruel effeito,
Num coração sogeito,
Porqu'em sintindo o mal qu'eu sinto agora,
Espero qu'alhum'hora
Faça o teu proprio mal de mim lembrarte,

I 3

Eclogas

Ia que não pode o meu nunca abrandarte

Frondoso.

Mil annos de tormento me parece
Cada hora que sem ti, & sem esperança
Viuo de poder mais tornar a verte,
Sustentame esta vida tua lembrança,
A vida sobre tudo me entristece,
A vida antes perdera que perderte,
Mas eu se por quererte,
Hum bem que em ti sò tem seu firme assento
Padeço tal tormento,
Que inda espera de ti quem te desama,
Ou ao menos te ama,
Com algum falso amor, ou fé fingida,
Perca quem te perdeo tambem a vida.

Doriano.

Entao (cruel) verâs se te merece
Com tamanho desprezo' ser trattada,
Hum'alma que de amarte sô se preza:
Mas como podes tu ser desprezada,
Se o menos qu em ti fôra se parece
Abrandar pode montes & aspereza.
Porque se a natureza
Em ti o remate pos da fermosura,

Qual

De Luis de Camões

Qual será a pedra dura
Qu'a teu vallor resista brandamente?
Quanto mais fraca gente
Qu'ao humano parecer não se defende,
E a mesma Venus Deosa ao teu se rende.

Frondoso.

E pois fé verdadeira, amor perfeito
Tormento desigual, & vida triste,
Iunta com hum continuo soffrimento,
E hum mal em que todo o mal consiste,
Não poderão mouer teu duro peito,
A amostrares se quer contentamento
De veres meu tormento,
Mas antes isto tudo desprezaste,
E a outrem te entregaste,
Por me não ficar nada em que sperasse,
Senão quando acabasse
A vida, qu'a meu mal he tão comprida,
Perca quem te perdeo tambem a vida.

Doriano.

Longo curso de tempo, & apartado
Lugar, a hum coração que stá entregue
Não podem apartar de seu intento
Porque foges(cruel) a quem te segue?

Não

Eclogas

Não ves què teu fugir he escusado?
Que sem mim nunca stâs hum sô momento,
Nenhum apartamento
(Inda qu'a alma do corpo se m'aparte,)
Poderà ausentarte
Dèst'alma triste, que continuamente
Em si te tem presente,
Torna cruel, não fujas a quem t'ama,
Vem dar a morte ou vida a quem te chama.

A noite escura, triste, & tenebrosa,
Que ja tinha estendido o negro manto,
D'escuridade a terra toda enchendo,
Fez pôr a estes pastores fim ao canto,
Qu'ao longo da ribeira deleitosa,
Vinhão seu manso gado recolhendo.
Se aquillo qu'eu pretendo
Deste trabalho hauer, qu'he todo vosso,
Senhora alcançar posso,
Não serà muito hauer tambem a gloria,
E o lauro da vittoria,
Que Virgilio procura, & hauer pretende,
Pois o mesmo Virgilio a vos se rende.

Eclo-

De Luis de Camões.   128

ECLOGA V.

Feita do Autor na sua puericia.

A Quem darei queixumes namorados,
Do meu pastor queixoso namorado?
A branda voz, sospiros magoados,
A causa porque n'alma he magoado,
De quem serão seus males consolados,
Quem lhe farâ diuido gasalhado,
Sò vos senhor fermoso & excellente,
Especial em graças entre a gente?

Por partes mil lançando a fantasia,
Busquei na terra estrella que guiasse
Meu rudo verso, em cuja companhia
A santa piedade sempre andasse
Luzente & clara como a luz do dia,
Qu'o rude engenho meu m'alumiasse,
Em vossas perfeições grão senhor vejo
Ainda alem comprido o meu desejo.

A vos

Eclogas

A vos se dem a quem junto se ha dado
Brandura, mansidão, engenho, & arte,
D'hum sprito diuino acompanhado,
Dos sobre humanos hum em tod'a parte,
Em vos as graças todas se hão juntado,
De vos em outras partes se reparte,
Sois claro rayo, sois ardente chama,
Gloria & louuor do tempo, azas da fama.

Em quanto aparelho hum nouo sprito,
E voz de cisne tal qu'o mundo espante,
Com que de vos, senhor, em alto grito
Louuores mil em tod'a parte cante,
Ouui o canto agreste em tronco escrito,
Entre vacas & gado petulante
Que quando tempo for em milhor modo
Ha de me ouuir por vos o mundo todo.

As vãs querellas brandas, & amorosas,
Sejão de vos trattadas brandamente,
Verdades d'alma pouco venturosas,
Saidas com suspiro viuo, & ardente,
Qu'em vossas mãos s'ontregão valerosas,
Para despois viuerem entre a gente,
Chorando sempre a antiga crueldade,
E os corações mouerem a piedade.

De Luis de Camões.   129

Ia declinaua o sol contra o Oriente,
E o mais do dia ja era passado,
Quando o pastor co graue mal que sente,
Por dar aliuio em parte a seu cudado,
Se queixa da pastora docemente,
Cudando de ninguem ser escutado,
Eu que o ouui num'aruore escreuia
As magoas que cantou, & assi dizia.

Ou tu do monte Pindaso es nacida,
Ou marmor te pario fermosa & dura,
Que não pode ser seja concebida
Dureza tal de humana criatura,
Ou es quiça em pedra conuertida,
E tẽs da natureza tal ventura,
Porem não fez em ti boa impressaõ,
Sô de marmore tornarte o coração.

Ia esta minha voz rouca & chorosa,
A gente mais remota moueria,
E se soltasse a vea lagrimosa,
Os tigres em Hircania amansaria,
Se não foras cruel quanto fermosa,
Meu longo suspirar te abrandaria,
Mas suspirar por ti, & bem quererte,
Que fazem senão mais endurecerte?

R   Se

Eclogas

Se deixâras vencer a crueldade
De tua tão perfeita fermosura,
Hum pouco viras bem minha vontade,
E viras esta fé tão limpa & pura,
Por ventura qu'ouueras piedade
E tiuera eu quiça melhor ventura
Mas nunca achou igoal tua belleza,
Senão se foy em ti tua dureza.

Ia hum peito abrandara que naõ sente
Meu duro & graue mal segundo he forte,
Se decera ao inferno fero & ardente
Mouera a piedade a mesma morte.
Se hũa gotta de agoa brandamente
Torna brando hum penedo duro & forte,
Tantas lagrimas minhas não farão
Hum piqueno sinal num coração?

Na testa tenho hũa fonte viua dagoa,
Que por meus olhos tristes se derrama,
No peito estâ de fogo hũa viua fragoa,
Que tudo em si conuerte & tudo inflama,
A mor ao derredor por mayor magoa
Voando mais acende a ardente chama,
E se ques ver se ardentes saõ seus tiros,
Olha se são ardentes meus suspios.

Quan-

De Luis de Camões.   130

Quando grita,& rumor grande se sente,
Que se acende algum fogo em casa, ou torre,
De pura compaixão vay toda a gente
Gritando agoa ao fogo,& cada hum corre,
Assi anda meu peito em chama ardente
E co a agoa dos olhos se socorre,
Que quem m'abrasa outra agoa me defende,
Porque com esta o fogo mais se acende.

Quando vemos que sae lã no Oriente
O Sol, seu antigo curso começando,
Fermoso,intenso, puro,& refulgente,
O monte,campo, mar,tudo alegrando,
Quando de nos s'esconde no Ponente
E noutras terras sae alumiando
Sempre em quanto vai dando ao mundo giro
Por ti meus olhos chorão, & eu sospiro.

Caminha o dia todo o caminhante,
Vem acabado a noite em que descança,
Trabalha na tormenta o mareante,
Goza o dia sereno & de bonança
Recobra o anno fertil, & abundante
Na terra o laurador se nella cança,
Mas eu de meu trabalho, & mal tão forte,
Tormento espero em fim, & crua morte.

R 2   De

Eclogas

De ouuir meu mal as rosas matutinas,
Com dô de mim se cerrão & emmurchecem,
Com meu suspiro ardente, as cores finas
Perdem o crauo, & lirio, & não florecem,
Co a roxa aurora as pallidas boninas
Em vez de se alegrarem se entristecem
Deixa seu canto Progne & Philomena,
Que mais lhe doe qu'a sua a minha pena.

Responde o monte concauo a meus ais,
E tu como aspide cerraslhe o ouuido,
As aruores do campo, os animais,
Mostraõ sentir meu mal sem ter sentido,
E a ti as minhas dores desiguais
Não mouem esse peito endurecido:
Por mais & mais que chamo, não respondes,
E quanto mais te busco, mais t'escondes.

Naquella parte adonde costumauas
Apacentar meus olhos, & teu gado,
Alli onde mil vezes me mostrauas
Ser eu de ti o pastor mais desejado,
Mil vezes te busquei por ver se dauas
Ainda algum descanso a meu cudado,
No campo em vão te busco, & busco o monte,
Qual o ferido ceruo busca a fonte.

Este

De Luis de Camões. 131

Este lugar de ti desamparado,
Com cujas sombras frias ja folgaste,
Agora triste & escuro he ja tornado,
Que todo o bem contigo nos leuaste:
Tu eras nosso sol mais desejado,
Não temos luz despois que nos deixaste,
Torna meu claro sol, vem ja meu bem,
Qual he o Iosue que te detem?

Depois que deste valle te apartaste,
Não pace o branco gado com secura,
Secouse o campo desque lhe negaste
Dos teus fermosos olhos a luz pura,
Secouse a fonte donde ja te olhaste,
Quando meros que agora aspera, & dura,
Nega sem ti a terra dando gritos,
Pasto ás cabras, & leite aos cabritos.

Sem ti doce cruel minha inimiga,
A clara luz escura me parece,
Este ribeiro, quando amor m'obriga,
Com meu chorar por ti continuo crece,
Não ha fera qu'a fome não persiga,
Nem o campo sem ti ja não florece,
Cegos estão meus olhos, ja não vem,
Pois que não podem ver meu claro bem.

R 3   O

Eclogas

O campo como d'antes não se esmalta
De bovinas azues, brancas, vermelhas,
Não chove ao pasto, & sentē da agoa a falta,
As mansas & pacificas ouelhas
Tambem cruel contigo o céo lhe falta,
Não achāõ flor as melifluas abelhas,
Com lagrimas que manão dos meus olhos,
A terra nos produz duros abrolhos.

Torna pois ja pastora a este prado,
E restituirás esta alegria,
Alegrarás o monte, o campo, o gado,
Alegrarás tambem a fonte fria,
Torna, vem ja meu sol tão desejado,
Faras a noite escura claro dia
E alegra ja esta magoada vida,
Em tua ausencia toda consumida.

Vem como quando o rayo transparente
Deste nosso Orizonte, que escondido
Deixa hum certo temor â mortal gente,
Que causa ver o Orbe escurecido,
E quando torna a vir claro & luzente
Alegra o mundo todo entristecido,
Assi he para mim tua luz pura,
Claro sol, & a ausencia noite escura.

Tu

De Luis de Camões. 132

Tu esquecida ja do bem passado,
E do primeira amor que me mostraste,
Teu coração de mim tens apartado,
E tambem o lugar desamparaste:
Não te quero eu ati mais qu'a meu gado?
Não sou eu mesmo aquelle que tu amaste?
Pois onde mereci tão grão desuio?
Onume, pois me ves ja morto & frio.

Bem ves que por amor se moue tudo,
E não ha quem d'amor se veja isento;
O animal mais simples, baixo, & rudo,
O de mais leuantado pensamento,
Atē debaixo d'agoa o peixe mudo
Là tem d'amor tambem seu mouimento,
A aue, que no ar cantando voa
Tambem por outra aue se affeiçoa.

A musica do leue passarinho
Que sem concerta algũ solta & derrama,
Dum raminho saltando a outro raminho,
Cantando com amor suspira & chama,
Em quanto no amado & doce ninho
Não acha aquelle a quem sò busca & ama,
Não cessa do trabalho que tomara
Tendo sò seu descanso em quem achâra.

R 4   A se-

Eclogas

A fera que he mais fera, & o leão,
Sempre acha outro leão, & outra fera,
Em quem possa empregar hũa affeição,
Que lhe a conuersação no peito gera,
Tambem sabe sentir sua paixaõ,
Tambem suspira, morre, & desespera,
Acena, salta, brada, ferue, & geme,
E não temendo nada, amor sô teme.

O ceruo que escondido & emboscado
Temendo o cubiçoso caçador,
Estâ na selua, monte, bosque, ou prado,
Alli onde anda & viue, viue amor,
D'amor & de temor aconpanhado,
Com justa causa amor tem, & temor,
Temor de quem alli ferillo vinha,
E amor a quem ja ferido o tinha.

Se o animal insensiuel que não sentê
Tambem sente d'amor a frecha dura,
Porque te não abranda o fogo ardente
Que procede de tua fermosura,
Porque escondes a luz do sol á gente?
Que nesses olhos trazes bella & pura,
Mais bella, mais suaue, & mais fermosa,
Que lirio, que Iasmin, que crauo, & rosa.

Podt.

De Luis de Camões. 133

Pôde ser se me viras, que sintiras,
Ver desfazer hum peito em triste pranto,
E bem pouco fizeras se me viras,
Ia que eu sò por te ver suspiro tanto,
As magoas & suspiros que me ouuiras,
Te podéraõ mouer a grande espanto,
A dor, a piedade, a sentimento,
E a mais que para mais he meu tormento.

Os pensamentos vãos, que o vento leue
O suspirar em vão tambem ao vento,
O esperar â calma, â chuua, â neue,
E não te poder ver hum sò momento,
Tormento he que sômente a ti se deue,
E se pode inda hauer mayor tormento,
Quem te vio, & se vé de si ausente
Muito mais passarâ mais leuemente.

Faz mossa a pedra dura em sua durez-
Co agoa que lhe toca brandamente,
Abranda o ferro forte a fortaleza
Se lhe toca tambem o fogo ardente,
Sò em ti não conheço a natureza,
Qu'a ser de pedra, ferro, ou de serpente,
Ia teu peito cruel fora desfeito
Do fogo, & das lagrimas que deito.

Quan-

Eclogas

Quando a fermosa Aurora mostra a fronte
Alegre toda a terra vendo o dia,
Quando Phebo aparece no Orizonte,
Manifesta tambem grande alegria:
Contente come o gado ao pé do monte,
Alegre vay beber à fonte fria;
Tudo contente está ,alegre tudo,
Eu sò,sô,pensatiuo, triste,& mudo.

Se da alma & do corpo tẽs a palma,
E do corpo sem alma não tẽs dô,
Ha dô do corpo sò que está sem alma,
Pois sem alma não viue o corpo sô
Na chama, no ardor,no fogo,& calma,
Na affeição,no querer,en sou hum sô,
Não acharâs vontade mais cattiua,
Nem outra como a tua tão esquiua.

Se te apartas por não ouuir meu rogo,
Onde estiueres te ei de importunar,
Posto que vas por agoa,ferro,ou fogo,
Contigo em toda a parte m'has de achar
q̃ o fogo em q̃ arso,& a agoa em q̃ me afogc,
Em quanto eu viuo for ha de durar,
E o nô que me tem preso he de tal sorte,
Que não se ha de soltar em vida ou morte.

Neste

De Luis de Camões. 134

Neste meu coração sempre estaras
Em quanto a alma estiuer com elle vnida,
Meu spiritu tambem possuirás
Despois qu'a alma do corpo for partida,
Por mais & mais que faças, não faras
Que não te ame nesta & na outra vida,
Impossiuel serâ que eternamente
Estés de mim ausente estando ausente.

Cà me acompanharà tua memoria,
Se o rio que se diz do esquecimento
Da minha não borrar taõ longa hystoria,
Tão graue mal, tão duro apartamento;
A té que quando te veja entrar na gloria,
Viuirei num continuo sentimento,
E inda então ser à (se isto ser possa)
Esta minh'alma lâ seruir a vossa.

Aqui com graue dor, com triste accento,
Deu o triste pastor fim a seu canto,
Co rosto baixo, & alto o pensamento
Seus olhos começaraõ nouo pranto,
Mil vezes fez parar no ar o vento,
E apiadou no céo o coro santo,
As circunstantes seluas se abaixarão,
Dedô das tristes magoas que esecutàraõ.

Com

Eclogas

Com hũa mão na face, & encostado,
Em sua dor tão enleuado estaua,
Que como em graue sonno sepultado
Não vio o sol que ja no mar entraua:
Berrando anda em roda o manso gado,
Qu'o seguro curral ja desejaua,
Nas couas as raposas, & em seu ninhos
Se recolhem os simples passarinhos.

Ia sobre hum secco ramo estaua posto
O mocho com funesto & triste canto,
A cujo som o pastor ergueo o rosto,
E vio a terra enuolta em negro manto,
Quebrando então o fio a seu gosto,
Mas não quebrando o fio a seu pranto,
Para melhor cudar em seu cudado,
Leuou para os currais o manso gado

De Luis de Camões. 135

ECLOGA VI
AO DVQVE DAVEIRO.

Alicuto pescador.   Agrario pastor.

A Rustica contenda desusada
Entre as Musas dos bosques, das areas,
   De seus rudos cultores modulada
A cujo som atonitas & alheas
   Do monte as brancas vaccas estiuerão,
   E do rio as saxatiles lampreas,
Desejo de cantar; que se mouerão
   Os troncos as auenas dos pastores,
   E os siluestres brutos sospenderão:
Não menos o cantar dos pescadores
   As ondas amansou do alto pego,
   E fez ouuir os mudos nadadores.
E se por sustentarse o moço cego
   Nos trabalhos agrestes a alma inflama,
   O que he mais proprio no ocio, & no sossego.
Mais marauilhas dando a voz da fama
   No mesmo mar vndoso, & vento frio,
   Brasas roxas acende a roxa flama.
Vos (ô ramo de hum tronco alto & sombrio)

Cuja

Edogas

Cuja frondente coma ja cvbrio
De Laſo todo o gado & ſenhorio.
E cujo ſaõ madeiro ja ſaſo
A lançar a forçoſa & larga rede,
No maſis remoto mar qu'o mundo vio.
E vos cujo valor tão alto excede
Que a cantalo em voz alta & diuina
A fonte de Parnaſo'nioue a ſede.
Ouui da minha humilde canſonina,
A armonia que vos aleuantais
Tanto, que de vos meſmo a fazeis dina.
E ſe agora que nffabil me eſcutais
Não ouuirdes cantar com alta tuba
O que vos deue o mundo que dourais,
Se os Reis auôs voſſos, que de Iuba
Os Reinos deuaſtarão, não ouuis,
Que nas azas do verſo excelſo ſuba,
Se não ſabem as frautas paſtoris
Pintar de Toro os campos, ſemeados
De armas, corpos fortes, & gentis,
Por hum moço animoſo ſuſtentados.
Contra o indomito pay de toda Eſpanha,
Contra a fortuna vãa, & injuſtos fados.
Hum moço cujo esforço, animo, & manha
Fez decer do Olympo o duro Marte,

E dar-

De Luis de Camões. 130

E darlhe a quinta Esphera qu'acompanha.
Se não sabem cantar a menos parte
   Do sapiente peito, & gran conselho
   Que pòde (ò Reino illustre) descansarte,
Peito qu'o douto Apollo fez vermelho,
   Deixar o sacro monte & as noue irmãs,
   Diz qu'a elle se affeitem como a espelho:
Saberão so cantar as suas vãs
   Contendas, de Alicuto vil & Agrario,
   Hum d'escamas cuberto, outro de lãs.
Vereis (Duque sereno) o estillo vario,
   A nòs nouo, mas noutro mar cantado,
   D'hum que sô foi das Musas secretario.
O pescador sincero, que amansado
   Tem o pego de Pocrita co canto,
   Pollas sonoras oudas compassado.
Deste seguindo o som que pòde tanto,
   E misturando o antigo Mantuano,
   Façamos nouo estillo, & nouo espanto.
Partirase do monte Agrario insano,
   Para onde a força sô do pensamento,
   Lhe encaminhaua o lasso peso humano;
Embebido num longo esquecimento
   De si, & do seu gado, & pobre fato,
   Apos hum doce sonho, & fingimento.

Rom-

Eclogas

Rompendo as ſiluas horridas do moto,
   Vai por cima de outeiros & penedos,
   Fugindo em fim de todo humano trato.
Ante os ſeus olhos leua os olhos ledos,
   Da branca Dia nene, que enuerdece
   Sô co meneo os valles & rochedos.
Ora ſe ri conſigo quando tece
   Na fantaſia algum prazer fingido,
   Hora falla, hora mudo s'entriſtece.
Qual a tenra nouilba, que corrido
   Tem montanhas fragoſas, & eſpeſſuras,
   Por buſcar o cornigero marido,
E canſada nas humidas verduras,
   Cair ſe deixa ao longo do ribeiro,
   Ia quando as ſombras vem decendo eſcuras.
E nem coa noite, ao valle ſeu primeiro,
   Se lembra de tornar como ſoia,
   Perdida pello bruto companheiro.
Tal Agrario chegado em fim ſe via,
   Onde o gran pego horriſono ſuſpira,
   Nũa praya arenoſa, humida & fria.
Tanto qu'ao mar eſtranho os olhos vira,
   Tornando em ſi de longe ouuio tocarſe
   De douta mão, não viſta, & noua lyra.
Fello o ſom deſuſado deſuiarſe,

Para

De Luis de Camões.   137

Para onde mais soaua desejando
  De ouuir & conuersar, & de prouarse,
Não tinha muto espaço andado, quando
  Nũa concauidade de hum penedo
  Que pouco & pouco fora o mar cauando,
Topou c'hum pescador que pronto & quedo
  Nũa pedra assentado brandamente
  Tangendo, fazia o mar sereno & ledo.
Mancebo era de idade florecente,
  Pescador grande do alto, conhecido
  Pello nome de toda a humida gente
Alicuto se chama, que perdido
  Era pella fermosa Lemnoria,
  Nympha que tem o mar ennobrecido.
Por ella as redes lança noite & dia,
  Por ella as ondas tumidas despreza,
  Por ella soffre o sol & a chuua fria.
Co seu nome mil vezes a braueza
  Dos ventos feros amansou co verso,
  Que remoue das rochas a dureza.
E agora em som de voz suaue & terso
  Está seu nome aos eccos ensinando
  Por estillo do agreste som diuerso:
Do qual Agrario atonito afloxando
  Da fantasia hum pouco seu cudado,

S   Sus-

Eclogas

Suspenso esteue, os numeros notando:
Mas Alicuto vendose estrouado
Pello pastor da musica diuina
Aleuantardo o rosto sossegado,
Lhe diz assi: Vaqueiro da campina
Que vês buscar âs arenosas prayas,
Ond'a bella Amphitrite sô domina?
Que razão ha pastor porque te fayas
Para o nosso escamoso, & vil terreno,
Dos mui floridos myrthos, & altas fayas?
Que se agora o mar ves brando & sereno,
E estenderemse as ondas pella area
Amansadas das agoas com que peno,
Logo veras o como desenfrea
Eolo o vento pello mar vndoso,
De sorte que Neptuno o arrecea.
Responde Agrario: ò musico & amoroso
Pescador, eu não venho a ver o lago
Brauo e quieto, ou o vento brãdo, & iroso.
Mas o meu pensamento, com que apago
As flamas ao desejo, me trazia
Sem ouuir & sem ver suspenso & vago.
Até qu'a tua Angelica armonia
Me acordou, vendo o som com qu'aqui cantas
A tua perigosa Lemnoria.

Mas

De Luis de Camões. 138

Mas se de verme ca no mar t'espantas,
    Eu m'espanto tambem do estillo nouo
    Com que as ondas horrisonas quebrantas:
O qual posto que certo louuo & aprouo
    Desejo de prouar contra o siluestre
    Antigo pastoril, qu'eu mal renouo.
E tu que no tocar pareces mestre,
    Podes julgar se he clara a differença
    Entre o canto maritimo & o campestre.
Não ha (disse Alicuto)em mim detença,
    Mas antes aluoroço, inda que veja
    Que essa tua confiança sò me vença.
Mas porque saibas que nenhũa inueja
    Os pescadores temos aos pastores,
    No som que pello mundo se deseja,
Toma a lira na mão que os moradores
    Do vitreo fundo vejo ja juntarse,
    Para ouuir nossos rusticos amores.
E bem ves pella praya apresentarse
    Nas conchas varia cor à vista humana,
    E o mar vir por antr'ellas,& tornarse.
Sossegado do vento a furia insana,
    Encrespa brandamente o ameno rio
    Que seu licor aqui mestura & dana.
Este penedo concauo & sombrio,

S 2   Que

Eclogas

Que de cangrejos ves estar cuberto,
Nos dâ abrigo do sol quieto & frio.
Tudo nos mostra em fim repouso certo,
E nos conuida ao canto com que os mudos
Peixes saem ouuindo ao ar aberto.
Assi se desafião estes rudos
Poetas, nos officios discrepantes,
Nos engenhos porem sotis & agudos.
E ja mil companheiros circunstantes
Estauão para ouuir & aparelhauão
Ao vencedor os premios semelhantes.
Quando ja as lyras subito tocauão
Agrario começaua & da armonia
Os pescadores todos se admirauão,
E desta arte Alicuto respondia.

Agrario.

Vos semicapros Deoses do alto monte,
Faunos longeuos, Satyros, Syluanos,
E vos Deosas do bosque & clara fonte,
Ou dos troncos que viuem largos anos;
Se tendes pronta hum pouco a sacra fronte,
A nossos versos rusticos & humanos,
Ou me dai ja a coroa de loureiro,
Ou penda a minha lyra dum pinheiro.

Ali-

De Luis de Camões.   139

Alic.*Vos humidas Deidades deste pego,*
Tritões ceruleos, Proteo, com Palemo,
E vos Nereidas do sal em que uauego,
Por quem do vento as furias pouco temo.
Se âs vossas ricas aras nunca nego,
O congro nadador na pâ do remo,
Não consintais qu'a musica marinha
Vencida seja aqui na lyra minha.

Agra.*Pastor se fez hum tempo o moço louro,*
Que do sol as carretas moue & guia,
Ouuio o rio Amphriso a lyra douro,
Qu'o seu sacro inuentor alli tangia·
Io foy vacca, Iupiter foy touro,
Mansas ouelhas junto da agoa fria
Guardou o fermoso Adonis, & tornado
Em bezerro Neptuno foy ja achado.

Alic.*Pescador ja foy Glauco, o qual agorá*
Deos he do mar,& Protheo Phocas guarda
Naceo no pego a Deosa que he senhora
Do amoroso prazer, que sempre tarda:
Se foi bezerro o Deos qu'o mar adora
Tambem ja foy Delphin,& quem resguarda
Verá qu'os moços pescadores erão
Qu'o escuro enigma ao vate derão.

S 3   *Agra-*

Eclogas

Agra. Fermosa Dinamene, se dos ninhos
  Os implumes penhores ja furtei
  A doce philomela, & dos mortinhos
  Para ti (fera) as flores apanhei,
  E se os crespos medronhos nos raminhos
  A ti com tanto gosto apresentei,
  Porque não das a Agrario desditoso
  Hum sò reuoluer d'olhos piadoso?

Alic. Para quem trago d'agoa em vaso cauo
  Os curuos camarões viuos saltando?
  Para quem as conchinhas ruiuas cauo?
  Na praya os brancos buzios apanhando?
  Parà quem de mergulho no mar brauo
  Os ramos de coral venho arrancando?
  Senão pera a fermosa Lemnoria,
  Que c'hum sò riso a vida me daria?

Agr. Quem vio o desgrenhado & crespo inuerno
  D'altas nuues vestido, horrido, & feo,
  Ennegrecendo a vista o céo superno,
  Quando os troncos arranca o rio cheo;
  Rayos, chuuas, trouões, hum triste inferno,
  Mostra ao mundo hum pallido receo,
  Tal he o amor cioso a quem sospeita
  Que outrem de seus trabalhos se aproueita.
                                    Alic.

De Luis de Camões. 140

Alic. Se alguem vio pello alto o sibilante
Furor, deitando flamas & bramidos,
Quando as pasmosas serras traz diante
Horrido aos olhos, horrido aos ouuidos,
Abraços derrubando o ja nutante
Mundo, cos Elementos destruidos:
Assi me representa a fantasia
A desesperação de ver hum dia.

Agra. Minh'alua Dinamene, a Primauera
Qu'os campos deleitosos pinta & veste,
E rindose hũa cor aos olhos géra
Com que na terra vem o arco celeste,
O cheiro, rosas, flores, a verde era,
Com toda a fermosura amena, agreste,
Não he para meus olhos tão fermosa,
Como a tua que abate o lirio & rosa.

Alic. As conchinhas da praya que apresentão
A cor das nuuens, quando nace o dia,
O canto das Sirenas, qu adormentão
A tinta que no murice se cria,
Nauegar pellas agoas que s'assentão
Co brando baso quando a sesta he fria,
Não podem Nympha minha assi aprazerme,
Como verte hũa hora alegre verme.

S 4   *Agra.*

Eclogas

Agrario.

A Deosa que na Lybica a lagoa
Em forma virginal apareceo,
Cujo nome tomou que tanto soa,
Os olhos bellos tem da cor do ceo,
Garços os tem, mas hūa qu'a coroa
Das fermosas do campo mereceo
Da cor do campo os mostra graciosos,
Quem diz que não saõ estes os fermosos?

Alicuto.

Perdoemme as deidades, mas tu diua
Que no liquido marmol es gerada,
A luz dos olhos teus celeste & viua
Tẽs por vicio amoroso atrauessada,
Nòs petos lhe chamamos, mas quem priua
De luz o dia baixa & sossegada,
Traz a dos seus nos meus qu'o não nego,
E com tudo isso ainda assi estou cego.

Assi cantauão ambos os cultores
   Do monte & praya, quando os atalhárão
   A hum pastores, a outro pescadores,
E quaisquer a seu vate coroarão
   De capellas idoneas & fermosas,
   Qu'as Nymphas lhe tecerão & ordenârão.

       A Agra-

De Luis de Camões. 14

A Agrario de mortinhos & de rosas
 A Alicuto de hum fio de torcidos
 Buzios, & conchas ruiuas & lustrosas.
Estauão n'agoa os peixes embebidos,
 Co as cabeças fora, & quasi em terra,
 Os musicos delphins estão perdidos.
Iulgauão os pastores que na serra
 O cume & preço está do antigo canto,
 Que quem o nega contra as Musas erra.
Dizem os pescadores que outro tanto
 Tem da sonora frauta quanto teue
 O campo pastoril da antigo Manto.
Mas ja ò pastor de Admeto o carro leue
 Molhaua n'agoa amara, & compellia
 A recolher a roxa tarde & breue,
 E foy fim da contenda o fim do dia.

E C L O G A VII.
Intitulada dos Faunos.

AS doces cantilenas, que cantauão
 Os semicapros Deoses amadores,
 Das Napeas, qu'os montes habitauão:

Can-

Eclogas

Cantando escreuerei,que se os amores
   Aos siluestres Deoses maltratàràõ
   Iı ficão desculpados os pastores.
Vos(senhor dom Antonio)aonde achârão
   O claro Apollo & Marte hũ ser perfeito
   Em quem suas altas mentes assinarão,
Se meu ingenho he rudo & imperfeito,
   Bem sabe onde se salua,pois pretende
   Leuantar co a causa o baixo effeito.
Em vos minha fraqueza se defende,
   Em vos instilla a fonte de Pegaso,
   O que meu canto pello mundo estende.
Vedes que as altas Musas do Parnaso
   Cantando vos estão na doce lyra,
   Tomandome das maõs taõ alto caso?
Vedes o louro Apollo, que me tira
   De louuar vossa stirpe, & escurece
   O que em vosso louuor meu canto aspira.
Ou por me auer inueja me fallece,
   Ou por não ver soar na frauta ruda
   O que a sonora cithara merece.
Pois sei, senhor, dizer, qu'a lingoa muda
   Em quanto progne tristo o sentimento,
   Da corrompida irmã co pranto ajuda.
E em quanto Galathea ao manso vento

Sol-

De Luis de Camões. 142

Solta os cabellos louros da cabeça
E Tityro nas sombras faz assento.
E em quanto flor aos campos não falleça,
(Se não recebeis isto por affronta)
Farâ qu'o Douro & o Ganges vos conheça.
E ja qu'a lingoa nisto fica promta,
Consenti qu'a minha Ecloga se conte
Em quanto Apollo as vossas cousas conta.
No cume do Parnaso duro monte,
De siluestre aruoredo rodeado,
Nace hũa cristallina & clara fonte,
Donde hum manso Ribeiro diriuado,
Por cima d'aluas pedras, mansamente
Vay correndo suaue & sossegado.
O murmurar das ondas excellente,
Os passaros excita, que cantando,
Fazem o monte verde mais contente.
Taõ claras vaõ as agoas caminhando
Que no fundo as pedrinhas delicadas
Se podem hũa & hũa estar contando.
Não se verão ao redor pisadas
De fera ou de pastor qu'alli chegasse,
Porque do espesso monte saõ vedadas.
Herua se não vera, qu'alli criasse
O monte ameno, triste, ou venenosa,

Se-

Eclogas

Senaõ que la no centro as igualaſſe.
O roxo lirio apar da branca roſa,
 A cecem branca,& a flor q̃ dos amantes
 A cor tem magoada,& ſaudoſa.
Alli ſe vem os myrthos circunſtantes,
 Que a criſtallina Venus encubriraõ,
 Da companhia dos Faunos petulantes.
Ortelã,manjarona,alli reſpiraõ,
 Onde nem frio inuerno,ou quente eſtio.
 As murcharão jamais,ou ſeccas viraõ.
Deſt'arte vay ſeguindo o curſo o rio,
 O monte inhabitado,& o deſerto,
 Sempre com verdes aruores ſombrio.
Aqui hũa linda Nympha por acerto
 Perdida da fragueira companhia,
 A quem eſte alto monte era encuberto.
Canſada ja da caça vindo hum dia,
 Quis deſcanſar â ſombra da floreſta,
 E tirar nas mãos aluas da agoa fria,
E vendo a nouidade manifeſta
 Do ſitio,& como as aruores co vento
 As calmas defendião dà alta ſeſta,
Das aues o laſciuo mouimento,
 Que em ſeus modulos verſos occupadas
 As aſas daõ ao doce penſamento.

Tendo

De Luis de Camões. 143

Tendo notado tudo, ja passadas
   As horas da gran sésta se tornou
   A buscar as irmãs no sentro amadas.
Depois que largamerte lhes contou
   Do não visto lugar que perto staua,
   Que tanto por estremo a namorou.
Qu'ao outro dia fossem lhes rogaua
   A lauarse naquella fonte amena,
   Que tão fermosas agoas distillaua,
Ia tinha dado hum giro a luz serena
   Do gran pastor de Admeto, & ja nacia,
   Aos ditosos amantes noua pena,
Quando as fermosas Nymphas a porfia
   Para o lugar do monte caminhauão,
   Rompendo a manhã roxa, alegre & fria.
D'hũa os cabellos louros se espalhauão,
   Pello fermoso collo sem concerto,
   Com dous mil nôs suaues s'enlaçauão.
Outra leuando o collo descuberto,
   Por mais despejo em tranças os atâra,
   Auendo por pesado o desconcerto.
Dinamene, & Ephire a quem topâra,
   Nuas Phebo num rio, & encubrirão
   Seus delicados corpos n'agoa clara,
Sirene, & Nise, que das mãos fugirão

Do

Eclogas

Do Tegeo Pan, Amanta & mais Elyſa,
   Deſtras nos arcos, mais que quantas tirão.
A linda Daliana, com Beliſa,
   Ambas vindas do Tejo, que como ellas
   Nenhũa tão fermoſa as eruas piſa.
Todas eſtas Angelicas donzellas,
   Pello viçoſo monte, alegres hião,
   Quais no ceo largo as nitidas eſtrellas.
Mas dous ſilueſtres Deoſes que trazião
   O penſamento em duas occupado,
   A quem de longe mais qu'a ſi querião.
Não lhe ficaua monte, valle, ou prado,
   Nem aruore por onde quer que andauão,
   Que não ſoubeſſe delles ſeu cuidado.
Quantas vezes os rios que paſſauão
   Detiuerão ſeu curſo, ouuindo os danos,
   Qu'ate os duros montes magoauão.
Quantas vezes amor de tantos anos
   Abrandâra qualquer vontade iſenta,
   S'em Nymphas corações ouueſſe humanos?
Mas quem de ſeu cuidado ſe contenta,
   Offereça de longe a paciencia,
   Qu'amor de alegres magoas ſe ſuſtenta,
Qu'o moço Idalio quis neſta ſciencia
   Que ſe compadeceſſem dous contrarios,

Di-

De Luis de Camões. 144

Digao quem tiuer dellē experiencia.
Indo os Deoses em fim por montes varios,
　Exercitando os olhos saudosos,
　Ao cristallino rio tributarios,
Topârão dos pés aluos & mimosos
　As pisadas na terra conhecidas,
　As quais forão seguindo presurosos.
Mas encontrando as Nymphas, que despidas
　Na clara fonte estauão, não cudando
　Que d'alguem fossem vistas, ou sentidas,
Deixarãòse estar quedos, contemplando
　As feições nunca vistas, de maneira
　Que vissem sem ser vistos, espreitando.
Porem a espessa mata, mensageira
　Da futura cilada, co rugido
　Dos raminhos d'hūa aspera auelleira,
Mostrando a hum dos Deoses escondido,
　Todas tamanha grita alleuantárão,
　Como se fosse o monte destruido.
E logo assi despidas se lançárão
　Pella espessura tão ligeiramente,
　Que mais entaõ qu'os ventos auoarão.
Qual o bando das pombas, quando sente
　A fermosa Aguia cuja vista pura
　Não obedece ao sol resplandecente.

Em-

Eclogas

Emprestalhe o temor da morte dura
Nas asas noua força, & não parando
Cortão o ar, & rompem a espessura.
Dest'arte vão as Nymphas, que deixando
De seu despojo os ramos carregados
Nuas por entre as siluas vão voando.
Mas os amantes ja desesperados,
Que para as alcançar em fim se vião
Nada dos pês caprinos ajudados.
Com amorosos brados as seguião,
Hum sô, qu'o outro ainda não tomaua
Folego algum da pressa que trazião,
Mas despois descansado se queixaua.

Primeiro Satyro.

Ah Nymphas fugitiuas,
Que sò por não vsar humanidade,
Os perigos dos matos não temeis,
Para que sois esquiuas,
Qu'inda de nos não peço piedade,
Mas dessas aluas carnes qu'offendeis?
Ah Nymphas não vereis
Que Eurydice fugindo dessa sorte
Fugio do amante, & não da fera morte?

Tam

De Luis de Camões. 145

Tambem aſsi Eperie foi mordida
Da bibora eſcondida,
Olhay a ſerpe Nymphas na herua verde
Quem a condiçāo naõ perde perde a vida.

Que tigrè, ou que leão,
Que peçonhenta fera, venenoſa,
Ou que inimigo em fim vos vay ſeguindo?
D'hum brando coraçaõ,
Que preſo deſſa viſta riguroſa,
De ſi para vos foge, andais fugindo?
Olhay qu'em geſto lindo,
Não ſe conſente peito taõ disforme,
Se não quereis que tudo ſe conforme:
Poſto que bellas n'agoa vos vejais,
A fonte não creais,
Que vos traz enganada por vingança,
Deſta noſſa eſperança qu'enganais.

Mas ah que naõ conſinto
Que nem pallaura minha vos offenda,
Poſto que me deſculpa a magoa pura,
Nymphas digo que minto,
Que não pôde auer nunca quem pretenda
De desfazer em voſſa fermoſura,

T   Se

Eclogas

Se amor de tanta dura
Por tanto mal tão pouco bem merece,
Não estranheis minh'alma, qu'endoudece,
Que se falla doudices de improuiso,
Sem tento nem auiso,
Queira Deos que dureza tão crecida
Que me não tire a vida alem do siso.

Cousas grandes & estranhas
Tem pello mundo feito & faz natura,
Qu'a quē vos não vio (Nymphas) muto espantão,
Nas Lybicas montanhas
As Scitales saō feras, de pintura
Tão singular, que sò co a vista encantão,
As Hienas leuantão
A voz tão natural â voz humana,
Qu'a quem as ouue facilmente engana,
E vos (ô gentis feras) cujo aspeito
O mundo tem sogeito
Tendes de natureza juntamente
A vista, & voz de gente, & fero o peito.

Das amorosas leis
Com que liga natura os corações
Andais fugindo (Nymphas) na espessura,

Como

De Luis de Camões. 146

Como não vos correis
Que em vos aja tão duras condições,
Que possaõ mais qu'a prouida natura?
Se vossa fermosura
He sobrenatural, não he forçado
Qu'assi tenha tambem o peito irado:
Mas antes ao amor em cuja mão
Os corações estão
Por vossa gentileza tão fermosa,
Lhes deueis amorosa condição.

Amor he hum brando affeito,
Que Deos no mundo pos & a natureza,
Para aumentar as cousas que criou,
D'amor està sogeito
Tudo quanto possue a redondeza,
Nada sem este affeito se gerou;
Por elle conseruou
A causa principal o mundo amado,
Donde o pay famulento foy deitado,
As causas elle as atta & as conforma,
Com o mundo, & reforma
A materia, quem ha que não o veja?
Quanto meu mal deseja sempre forma?

T 2   En-

Eclogas

Entre as heruas dos prados
Naõ ha machos & femeas conhecidas
E junto l ũada outra permanece?
Naõ estão carregados
Os vlmeiros das vides retorcidas,
Onde o cacho enforcado amadurece?
Não vedes que padece
Tanta tristeza a rola pella morte
Da sua amada & vnica consorte?
Pois lá no Olympo a quantos cattiuou
Cupido, & maltrattou?
Milhor qu'eu o dirâ a sutil donzella,
Que lâ na sua tella o dibuxou.

Ah caso grande & graue,
Ah peitos de diamante fabricados,
E das leis absolutas naturais,
Aquelle poder alto, que forçados
Aquelle amor suaue,
Os Deoses obedecem desprezais?
Pois quèro que saibais
Que contra o fero amor nunca ouue escudo;
O seu costume he vingança em tudo,
Eu vos verei deitar em hum momento,
Sospiros mil ao vento,

La-

De Luis de Camões. 147

Lagrimas tristes prantos, noua dor,
Por quem tenha outro amor no pensamento.

Mais quisera dizer
O desditoso amante, que ajudado
Se via então da magoa & da tristeza,
Mas foilho defender
O outro companheiro como irado,
Com tão disforme & aspera dureza,
Aquillo que a rudeza
E a sciencia agreste lh'ensinâra
Imaginando como que acordára
D'algum sonho arrancando d'alma hũ grito.
O mais qu'alli foi dito,
Vos montes o direis, & vos penedos,
Qu'em vssos aruoredos anda escrito.

Satyro segundo.

Nem vos nacidas sois de gente humana,
Nem foi humano o leite que mamastes,
Mas d'algũa disforme fera Hircana,
Là na Caucaso monte vos criastes,
Daqui tomastes a aspereza insana,
Daqui o frio peito congelastes,
Sois Sphinges nos gestos naturais,
Qu'o rosto sò de humanas amostrais.

T 3   Se

Eclogas

Se vos fostes criadas na espessura,
Onde não ouue cousa que se achasse
Animal, erua verde, ou pedra dura,
Que em seu tempo passado não amasse,
Nem a quem a affeição suaue & pura
Nessa presente forma não mudasse.
Porque não deixareis tambem memoria
De vos, em namorada, & longa historia?

Olhai como na Arcadia soterrando
O namorado Alpheo sua agoa clara
La na ardente Sicilia vay buscando
Por debaixo dò mar a Nympha chara,
Assi mesmo vereis passar nadando
Acis, que Galathea tanto amara,
Poronde do Cicople a grande magoa
Conuerteo do mancebo o sangue em agoa.

Virai os olhos (Nymphas) a Erycina
Espessura vereis alli mudarse
Egeria, & em fonte clara & cristallina,
Pella morte de Numa destillarse:
Olhai qu'a triste Biblis vos ensina
Com perderse de todo & transformarse
Em lagrimas que em fim poderão tanto
Que acrecentarão sempre o verde manto.

Se

De Luis de Camões. 148

E se entre as claras agoas ouue amores,
Os penedos tambem foraõ perdidos,
Olhay os dous conformes amadores,
No monte Ida.em pedra conuertidos,
Lethea por cayr em vaõs errores,
De sua fermosura procedidos,
Oleno porque a culpa em si tomaua,
Por não ver castigar quem tanto amaua.

Tomay exemplo, & vede em Cypro aquella
Por quem Iphis no laço pos a vida,
Tambem vereis em pedra a Nympha bella,
Cuja voz foi por Iuno consumida,
E se queixar se quer de sua estrella,
A voz extrema sò lhe he concedida,
E tu tambem (ô Daphnis) que trouxeste
Primeiro ao monte o doce verso agreste.

Tamanho amor lhe tinha a branda amiga,
Que em inimiga emfim se foi tornando,
Que porque Nympha estranha outra o sogiga
Suas magicas eruas vay buscando
Olhay a crua dor a quanto obriga,
Que por vingar sua ira, transformando
Foi em pedra, o dura confusaõ,
Depois lhe pesaria, mas em vão.

T 4 Olhai

Eclogas

Olhai(Nimphas) as aruores alçadas,
A cuja sombra andais colhendo flores,
Como em seu tempo foraõ nomoradas,
Que ainda agora o tronco sente as dores,
Vereis tambem, se fordes alembradas,
Como a cor das amoras he de amores,
O sangue dos amantes na verdura
Testemunha de Tisbe a sepultura.

E lâ pella odorifera Sabea,
Naõ vedes que de lagrimas daquella
Que com seu pay se ajunta & se recrea,
Arabia se enriquece & viue della?
Vede mais a verde aruore Penea,
Que foi ja noutro tempo Nympha bella,
E Cypariſſo angelico mancebo,
Ambos verdes com lagrimas de Phebo.

Eſtâ o moço de Phrigia dilicado
No mais alto aruoredo connertido,
Que tantas vezes fere o vento irado
Galardão de seus erros merecido,
Que da alta Bericinthia sendo amado,
Por hũa Nympha baixa foi perdido,
E a Deosa a quem perdeo do pensamento,
Quis que tambem perdeſſe o entendimento.

O su-

De Luis de Camões. 149

O ſubito furor lhe aſigurana
Que o monte, as caſas, & aruores cahião,
Ia dos pudicos membros ſe priuaua,
Qu'a Deoſa & a furia grāde o conſtrangião.
Ia no indino monte ſe lançaua,
De ſua morte as feras ſe doiaō:
Deſt'arte perdeo Athis na eſpeſſura
Deſpois de tantas perdas a figura.

Lembrevos quando as gentes celebrauaō
Em Grecia as grandes feſtas de Lyeo,
Onde as fermoſas Nymphas ſe juntauaō
E os ſacros moradores do Lyceo,
Todos em doce ſono ſe occupauāo
Pello monte depois que anouteceo,
Mas o Deos do Heleſponto não durmia,
Que hum nouo amor o ſono lhe impedia.

Mas ella em fim os braços eſtendendo,
Em ramos ſe lhe farão transformando,
Em rayzes os pés ſe vão torcendo,
E o nome Lotho sô lhe vay ficando.
Vede Napeas eſte caſo horrendo,
Que vos eſtâ de longe ameaçando,
Que aſſi tambem daquella a quem ſeguia
O ſacro Pan, a forma ſe perdia.

E que

Eclogas

E que direis de Philis, que perdida
Da saudosa dor em que viuia,
A desesperaçaõ emfim trazida
Do comprido esperar de dia em dia,
Por desatar do corpo a triste vida
Ataua ao colo a cinta que trazia,
Mas o tronco sem folha pello monte
Rhodope, abraça olento Demophonte.

Nas boninas tambem vereis Iacintho,
Por quem Phebo de si se queixa em vaõ,
Vereis o monte Idalio em sangue tinto,
Do neto de seu pai, da mãy irmão,
Chora Venus a dor do moço extinto,
Maldiz o cëo & a terra com razaõ,
A terra porque logo naõ se abrio,
O céo porque tal morte permittio.

E tu constante Clycie, a quem fallece
A fé de teus amores enganosos,
No louro amante que de ti se esquece,
Se esquecem os teus olhos saudosos,
Nenhum alegre stado permanece,
Que saõ do mundo os gostos mintirosos,
E à tua clara luz por quem suspiras
Ainda agora em herua a folha viras.

Trago

De Luis de Camões. 150

Tragovos estas cousas à lembrança,
Porque se estranhe mais vossa crueza,
Com ver qu'a criação & a longa vsança
Vos não preuerte & muda a natureza,
Dou as lagrimas minhas em fiança
Qu'em tudo quanto estâ na redondeza
Cousa d'amor isenta, se atentais,
Em quanto vos não virdes não vejais.

Ia disse que d'amor sempre tiuerão
As cousas insensiueis pena & gloria,
Vede as sensiueis como se perderão,
E dirvos ey das aues larga hystoria,
Qu'as penas que em sua alma se soffrerão,
Nas asas lhe ficarão por memoria
E aquelle altiuo, & leue mouimento,
Lhe ficou do voar do pensamento.

O doce roxinol, & a andorinha,
De donde ellas se forão transformando,
Senão do puro amor qu'o Thracio tinha
Qu'em Poupa ainda a amada anda chamando?
Clama sem culpa a misera auezinha,
Que na area de Phasis habitando
Do rio toma o nome, & assi se vay,
Chamando a mãy cruel, & injusto o pay.

Vede

Eclogas

Vede a que engeitou Pallas por falar,
Que dos amores he mayor defeito,
E aquella que sucede em seu lugar
Ambas aues d'amor vsado effeito.
Hũa porque fugia ao Deos do mar,
Outra porque tentara o patrio leito,
E Scylla qu'a seu pay pos em perigo,
Sô por ser muito amiga do enemigo.

E Pico a quem ficârão ainda as cores
Da purpura Real que ter soîa
E Esaco que o seguir de seus amores
O trouxe a ver tão cedo o estremo dia:
Ou vede os dous tão firmes amadores,
Qu'amor aues torrou na praya fria,
Do Rey dos ventos era genro o triste,
Mas contra o fado em fim nada resiste.

Estaua a triste Alcyone esperando
Com longos olhos o marido ausente,
Mas os irados ventos assoprando,
Nas agoas o afogarão tristemente,
Em sonhos se lhe està representando
Que o coração presago nunca mente,
Sò do bem as sospeitas mintiraõ,
Qu'as do mal futuro certas saõ.

Ao

De Luis de Camões. 151

Ao pranto os olhos seus a triste ensaya,
Buscando o mar com elles hia & vinha,
Quando o corpo sem alma achou na praya,
Sem alma o corpo achou, que n'alma tinha,
Nereidas do Egeo consolaya,
Pois este triste officio vos conuinha,
Consolaya, sahi das vossas agoas,
Se consolação ha em grandes magoas.

Mas ò nescio de mim, qu'estou fallando
Das auezinhas mansas, & amorosas,
Se tambem teue amor poder & mando
Entre as feras monteses venenosas,
O leão & a leoa, como ou quando
Tais formas alcançârão temerosas,
Sabeo da Deosa Dindymene o templo,
E a qu'o deu a Adonis por exemplo.

Quem fosse a mansa vacca diloîa,
Mas o gran Nilo o diga qu'a adora,
Que forma teue a Vrsa saber sehia
Do Polo Boreal donde ella mora:
O caso de Acteon tambem diria
Em ceruo transformado, & milhor fora
Que dos olhos perdera a vista pura
Que escolher nos seus galgos sepultura.

Tudo

Eclogas

Tudo isto Acteon vio na fonte clara,
Onde a si de improuiso em ceruo vio,
Que quem assi desta arte alli o topâra,
Que se mudasse em ceruo permittio,
Mas como o triste amante em si notâra
A desusada forma, se partio,
Os seus qu'o não conhecem, o vão chamando,
E estando alli presente o vão buscando.

Cos olhos & co gesto lhes fallaua,
Qu'a voz humana ja mudada tinha,
Qualquer delles por elle então chamaua,
E a multidão dos cães contra elle vinha,
Que viesse ver hum ceruo lhe gritaua,
Acteon aonde estás acude asinha,
Que tardar tanto he este, (lhe dizia)
He este, he este, o ecco respondia.

Quantas cousas em vão estou fallando,
(ô esquiuas Napeas) sem que veja
O peito de diamante hum pouco brando,
De quem meu danno tanto sô deseja,
Pois por mais que de mim me andeis tirando,
E por mais longa em fim qu'a vida seja,
Nunca em mim se verâ tamanha dor,
Qu'amor a não conuerta em mais amor.

Aqui

De Luis de Camões. 152

Aqui (ò Nymphas minhas) vos pintei
Todo d'amores hum jardim suaue,
Das aues, pedras, agoas vos contei,
Sem me ficar bonina, fera, ou aue:
Se este amor que no peito aposentei
Que dos contentamentos tem a chaue,
Por dita em tempo algum determinasse
Que de tão longos dannos vos pesasse.

Quanto mais de vagar vos contaria
De minha larga historia, & não alhea,
E com quanta mais agoa regaria
De contente, qu'o rio a branca area,
Nouo contentamento me seria
Formar de meu cudado a noua idea,
E vos gostando deste stado vsano,
Zombarieis então de vosso engano.

Mas com quem fallo, ou que stou gritando,
Pois não ha nos penedos sentimento?
Ao vento estou palauras espalhando,
A quem as digo corre mais qu'o vento,
A voz, & a vida, a dor me stà tirando,
E não me tira o tempo o pensamento,
Direi em fim as duras esquiuanças,
Que so na morte tenho as esperanças.

Aqui

Eclogas

Aqui o triste Satyro acabou,
Com soluços qu'a alma lhe arrancauão,
E os montes insensiueis qu'abalou
Nas vltimas repostas o ajudauão,
Quando Phebo nas agoas s'encerrou,
Cos animais qu'o mundo alumiauão,
E co luzente gado appareceo
A celeste pastora pello céo.

ECLOGA VIII.
Piscatoria.

ARde por Galathea branca & loura,
Sereno pescador pobre, forçado
D'hũa estrella cruel, que quer à mingo a moura.
Os outros pescadores tem lançado
No Tejo as redes, elle sô fazia
Este queixume ao vento descudado.
Quando virâ (fermosa Nympha) o dia
Em que te possa dar a conta estreita,
Desta doudice triste, & vão porfia?
Não ves que me foge a alma, & q̃ m'engeita,
Buscando num sô riso da tua boca,
Nos teus olhos azues mansa colheita?
Se a esse spiritu algũa magoa toca,
Se d'amor fica nella hũa pégada,

Que

De Luis de Camões. 153

Que te vay, Galathea, nesta troca?
Dart'ei minh'alma, la ma tēs roubada,
  Naõ ta demandarei, dame por ella
  Hūa sò volta d'olhos descudada.
Se muto te parece, & minha estrella
  Naõ consentir ventura tão ditosa,
  Doute as asas do amor perdidas nella.
Que m̄ us te posso dar Nympha femosa,
  Inda que o mar dal jofar me cubrira
  Toda esta praya leda & graciosa?
Amansaõ as ondas, quebra o vento a ira,
  Minha tormenta triste não sossega,
  O peito arde em vão, em vaõ sospira.
Ao romper d'alua anda a neuoa cega
  Sobre os montes d'Arrabida viçosos,
  Em quanto a elles a luz do sol não chega.
Eu vejo aparecer outros fermosos
  Rayos, qu'a graça & cor ao cèo roubârão,
  Ficão meus olhos cegos mais saudosos.
Quantas vezes as ondas se encresbârão,
  Com meus suspiros, quantas com meu pranto
  Se parârão com magoa, & m'escutârão.
Se na força da dor a voz leuanto,
  E ao som do remo qu'a agoa vay ferindo,
  Perante a lūa meu cudado canto.

          V   Os

Ecʼogas

Os maliosos delphins me stão ouuindo,
  A noite, sossegada, o mar calado
  Sô Galathea foges, & vas rindo.
Estranhas por ventura o mar cercado
  Da fraca rede, a barca ao vento solta,
  E hum pobre pescador aqui lançado?
Antes que dè no céo o sol hũa volta, ·
  Se pode melhorar minha ventura,
  Como acontece aos outros nʼagoa enuolta,
Igoal preço não he da fermosura
  Area dʼouro, quʼo rico Tejo espraya,
  Mas hum amor que para sempre dura.
Vejão teus olhos (bella Nympha) a praya
  Verás teu nome na mimosa area,
  Nunca sobre elle o mar com furia saya.
Vento ou ar ategora a não salta,
  Tres dias ha que scritto aqui o deixou
  Amor, guardandooa toda a força albea.
Elle com suas mãos mesmo ajudou,
  Escolher estas conchas, que guardando,
  Para ti hũa, & hũa sò ajuntou.
Hum ramo te colhi de coral brando,
  Antes quʼo ar lhe desse, parecia,
  O que de tua boca stou cuidando,
  Ditoso se o soubesse inda algum dia.

Re-

De Luis de Camões.   154

REDONDILHAS
DE LVIS DE CAMÕES,
A algũs propositos onde se contem
glosas,&voltas,amotes seus,& alheos.

SObolos rios que vão
Por Babylonia m'achei,
Onde sentado chorei
As lembrauças de Syão,
E quanto nella passei.
Alli o rio corrente
De meus olhos foy manado,
E tudo bem comparado,
Babylonia ao mal presente,
Syão ao tempo passado.

Alli lembranças contentes
N'alma se representârão,
E minhas cousas ausentes,
Se fizerão tão presentes
Como se nunca passarão.
Alli depois de acordado,
Co rosto banhado em agoa,
Deste sonho imaginado,
Vi que todo o bem passado

Não he gosto,mas he magoa.

E vi que todos os danos
Se cansauão das mudanças,
E as mudanças dos anos,
Onde vi quantos enganos,
Faz o tempo âs esperanças.
Alli vi o mayor bem,
Quão pouco espaço que dura,
O mal quão depressa vem,
E quam triste stado tem
Quem se fia da ventura.

Vi aquillo que mais val,
Qu'então se entende milhor
Quando mais perdido for;
Vi o bem suceder mal,
E o mal muto pior
E vi com muto trabalho
Comprar arrependimento

V 2   Vi

Redondilhas

Vi nenhum contentamento,
E vejome a mim, qu'espalho
Tristes palauras ao vento.

Bem saõ rios estas agoas,
Com que banho este papel,
Bem parece ser cruel,
Variedade de magoas,
E confusaõ de Babel.
Como homem q̃ por exẽplo
Dos trances em q̃ se achou,
Despois qu'a guerra deixou,
Pellas paredes do templo
Suas armas pendurou.

Assi despois qu'assentei
Que tudo o tempo gástaua,
De tristeza que tomei
Nos salgueiros pendurei
Os orgaõs cõ que cantaua.
Aquelle instrumento ledo,
Deixei da vida pássada,
Dizendo, musica amada
Deixovos neste aruoredo
Á memoria consagrada.

Frauta minha que tangendo
Os montes fazeis vir
Pera onde estaueis, correndo
E as agoas que hiaõ decendo
Tornauaõ logo a subir.
Iamais vos não ouuiraõ
Os tigres que se amansauaõ,
E as ouelhas que pastauaõ,
Das heruas se fartaraõ,
Que por vos ouuir deixauaõ.

Ia não fareis docemente
Em rosas tornar abrolhos
Na ribeira florecente,
Nem poreis freo â corrente
E mais se for dos meus olhos.
Não mouereis a espessura,
Nem podereis ja trazer
Atras vos a fonte pura,
Pois não podestes mouer
Desconcertos da ventura.

Ficareis offerecida
Á fama que sempre vella,
Frauta de mim tão querida,
Por-

De Luis de Camões. 155

Porque mudandofe a vida
Se mudaõ os goſtos della.
Achı a tenra mocidade
Prazeres accommodados,
E logo a mayor idade
Ia fente por pouquidade
Aquelles goſtos paſſados.

Hũ goſto que oje fe alcãça,
A manhã ja o naõ vejo,
Aſsi nos traz a mudança,
De ſperança em eſperança,
E de defejo em defejo.
Mas em vida taõ efcaſſa
Que eſperança fera forte!
Fraqueza da humana forte,
Que quanto da vida paſſa
Eſtâ recitando a morte.

Mas deixar neſta eſpeſſura
O canto da mocidade,
Naõ cude a gente futura
Que fera obra da idade
O que he força da ventura.
Que idade, tempo, o eſpanto

De ver quam ligeiro paſſe,
Nunca em mi podéraõ tãto
Que poſto que deixe o canto,
A caufa delle deixaſſe.

Mas em triſtezas & nojos
Em goſto & contentamento
Por fol, por neue, por vẽto,
Terne prefente alos ojos
Por quiẽ muero tan contẽto.
Orgaõs & frauta deixaua,
Deſpojo meu tão querido,
No falgueiro qu'alli eſtaua
Que para tropheo ficaua
De quem me tinha vencido.

Mas lembrãças da affeiçã
Que alli cattiuo me tinha,
Me preguntaraõ então
Qu'era da mufica minha,
Qu'eu cantaua em Syão?
Que foy daquelle cantar
Das gentes tão celebrado,
Porque o deixaua de vfar,
Pois fempre ajuda a paſſar

V 3   qual-

Redondilhas

Qualquer trabalho paſſado.

Canta o caminhante ledo
No caminho trabalhoſo,
Por antr'o eſpeſſo aruoredo
E de noite o temeroſo
Cantando refrea o medo.
Canta o preſo docemente,
Os duros grilhões tocando,
Canta o ſegador contente,
É o trabalhador cantando
O trabalho menos ſente.

Eu qu'eſtas couſas ſenti
N'alma de magoas tão chea,
Como dirà, reſpondi,
Quem tão alheo eſtâ de ſi
Doce canto em terra alhea?
Como poderâ cantar
Quẽ em chôro banha o peito?
Porque ſe quem trabalhar
Canta por menos canſar
Eu ſô deſcanſos engeito.

Que não parece razão

Nem ſeria couſa idonia,
Por abrandar a paixão
Que cantaſſe em Babylonia
As cantigas de Sião.
Que quâdo a muta graueza
De ſaudade quebrante
Eſta vital fortaleza,
Antes moura de triſteza
Que por abrandala cante.

Que ſe o fino penſamento
Sô na triſteza conſiſte,
Não tenho medo ao tormẽto
Que morrer de puro triſte
Que mayor contentamento?
Nem na frauta cantarei,
O que paſſo & paſſei ja,
Nem menos o eſcreuerei,
Porque a penna canſarâ,
E eu não deſcanſarei.

Que ſe vida tão pequena
S'acrecẽta em terra eſtranha
E ſe amor aſsi o ordena,
Razão he que canſe a pena,

De

De Luis de Camões. 156

De escreuer pēna tamanha.
Porem se pera assentar
O que sente o coração
A pēna ja me cansar,
Não canse para voar,
A memoria em Sião.

Terra bemauenturada,
Se por algum mouimento
D'alma me fores mudada,
Minha pena seja dada
A perpetuo esquecimento,
A pena deste desterro
Qu'eu mais desejo esculpida,
Em pedra, ou em duro ferro,
Essa nunca seja ouuida,
Em castigo de meu erro.

E se eu cantar quiser,
Em Babylonia sogeito,
Hierusalem sem te ver,
A voz quando a mouer
Se me congele no peito.
A minha lingoa se apege
As fauces, pois te perdi,

Se em quanto viuer assi
Ouuer tempo em que te nege
Ou que me esqueça de ti.

Mas ô tu terra de gloria,
Se eu nunca vi tua essencia,
Como me lēbras na ausencia?
Não me lēbras na memoria,
Senão na reminiscencia.
Qu'a alma he taboa rasa,
Que com a escrita doutrina
Celeste, tanto imagina,
Que voa da propria casa,
E sobe â patria diuina.

Não he logo a saudade
Das terras onde naceo
A carne, mas he do céo,
Daquella santa cidade,
Donde est'alma descendeo.
E aquella humana figura,
Que câ me pode alterar,
Não he quem s'ha de buscar,
He rayo da fermosura,
Que sô se deue de amar.

V 4 que

Redondilhas

Qu'os olhos & a luz q̃ atea
O fogo que câ ſogeita,
Não do ſol,mas da candea,
He ſombra daquella idea
Qu'ē Deos eſtà mais perfeita.
E os que câ me cattiuárão
Saõ poderoſos affeitos,
Qu'os corações tem ſogeitos,
Sophiſtas que m'enſinârão
Maos caminhos por direitos.

Deſtes o mando tirano,
Me obriga com deſatino,
A cantar ao ſom do dano
Cantares d'amor profano
Por verſos d'amor diuino.
Mas eu luſtrado co ſanto
Rayo na terra de dor,
De coufuſoẽs & d'eſpanto,
Como ei de cantar o canto
Que sò ſe deue no Senhor?

Tanto pòde o beneficio,
Da graça que dá ſaude,
Qu'ordena qu'a vida mude,

E o que tomei por vicio
Me faz grao pera a virtude.
E faz qu'eſte natural
Amor,que tanto ſe preza
Suba da ſombra oa real
Da particular belleza,
Para a belleza gëral.

Fique logo pendurada
A frauta com que tangi,
ô Hieruſalem ſagrada,
E tome a lyra dourada,
Para sò cantar de ti.
Não cattiuo & ferrolhado
Na Babylonia infernal,
Mas dos vicios deſatado,
E câ deſta a ti leuado,
Patria minha natural.

E ſe eu mais der a ceruiz
A mundanos accidentes,
Duros,tirannos,& vrgentes,
Riſqueſe quanto ja fiz,
Do gran liuro dos viuentes.
E tomando ja na mão

A ly

De Luis de Camões. 157

A lyra santa & capaz,
Doutra mais alta inuenção,
Calese està confusaõ,
Cantese a visaõ de paz.

Ouçame o pastor, & o Rey,
Retumbe este accento santo,
Mouase no mundo espanto,
Que do que ja mal cantei
A palynodia ja canto.
A vos sò me quero ir,
Senhor & gran capitão,
Da alta torre de Syão,
Á qual não posso subir
Se me vos não dais a mão.

No gran dia singular
Que na lyra o douto som
Hierusalem celebrar,
Lembraiuos de castigar
Os roins filhos de Edom.
Aquelles que tintos vão
No pobre sangue innocente,
Soberbos co poder vão,
Arrasayos igualmente,

Conheçaõ que humanos saõ.

E aquelle poder tão duro
Dos affeitos com que venho,
Qu'encẽdẽ alma & engenho,
Que ja me entrârão o muro
Do liure arbitrio que tenho.
Estes que tão furiosos
Gritando vem a escallarme,
Maos spiritus dannosos,
Que querem como forçosos
Do alicerce derrubarme.

Derrubayos, fiquem sós,
De forças fracos, imbelles,
Porque não podemos nôs,
Nem com elles ir a vos,
Nem sem vos tirarnos delles.
Não basta minha fraqueza,
Para me dar defensaõ,
Se vos santo capitão
Nesta minha fortaleza
Não poserdes guarniçaõ.

E tu, ò carne, que encantas
Filha

Redondilhas

Filha de Babel tão fea,
Toda de miserias chea,
Que mil vezes te leuantas,
Contra quem te senhorea.
Beato sò pode ser
Quem coa ajuda celeste
Contra ti preualecer,
E te vier a fazer
O mal que lhe tu fizeste.

Quem com disciplina crua
Se fere mais qu'hũa vez,
Cuja alma de vicios nua,
Faz nodoas na carne sua,
Que ja a carne n'alma fez.
E beato quem tomar
Seus pensamentos resentes,
E em nacendo os afogar,
Por não virem a parar
Em vicios graues & vrgētes.

Quem com elles logo der
Na pedra do furor santo,
E batendo os desfizer,
Na pedra que veo a ser

Em fim cabeça do canto.
Quem logo quando imagina
Nos vicios da carne má,
Os pensamentos declina,
Aquella carne diuina,
Que na cruz esteue ja.
Quem do vil contentamento
Cã deste mundo visiuel
Quanto ao homē for possiuel
passar logo o entendimento
Para o mundo intelligiuel.

Alli acharà alegria
Em tudo perfeita & chea,
De tão suaue armonia,
Que nem por pouca recrea,
Nem por sobeja enfastia.
Alli verá tão profundo
Mysterio na summa alteza,
Que vencida a natureza
Os mores faustos do mundo
Iulgue por mayor baixeza.

ô tu diuino aposento,
Minha patria singular,

Se

De Luis de Camões. 158

Se sò com te imaginar
Tanto sobe o entendimento,
Que fara s'em ti se achar?
Ditoso quem se partir
Para ti, terra excellente,
Tão justo, & tão penitente,
Que despois de ati subir
La descanse eternamente.

Carta a hũa dama.

Querendo escreuer hum dia,
O mal que tanto estimei,
Cudando no que poria,
Vi amor que me dizia
Escreue, qu'eu notarei.

E como para se ler
Não era hystoria pequena'
A que de mim quis fazer,
Das asas tirou a pena,
Com que me fez escreuer.

E logo como a tirou
Me disse, auiua os espritos,
Que pois em teu fauor sou,

Esta pena que te dou
Fara voar teus escritos.
E dandome a padecer
Tudo o que quis que pusesse,
Pude em fim delle dizer
Que me deu com q̃ escreuesse
O que me deu a escreuer.

Eu qu'este engano entendi,
Disselhe, que escreuerei?
Respondeo, dizendo assi,
Altos affeitos de ti,
E daquelle a quem te dei.
E ja que te manifesto
Todas minhas estranhezas,
Escreue pois que te prezas
Milagres d'hum claro gesto,
E de quem o vio tristezas.

Ah senhora em quẽ s'apura
A fe de meu pensamento,
Escutai & estai a tento,
Que com vossa fermosura
Iguala amor meu tormento.
E posto que tão remota
Este-

Redondilhas

Estejais de me escutar,
Por me não remedear,
Ouui, que pois amor nota,
Milagres saõ de notar.

Escreuem varios autores,
Que junto da clara fonte
Do Ganges, os moradores
Viuem do cheiro das flores
Que nacem naquelle monte.
Se os sentidos podem dar
Mantimento ao viuer,
Não he logo d'espantar,
Se estes viuem de cheirar,
Que viua eu de vos ver.

Hũa aruore se conhece,
Que na geral alegria
Ella tanto s'entristece,
Que como he noite florece,
E perde as flores de dia.
Eu q̃ em veruos sinto o preço
Que em vossa vista consiste,
Em a vendo me entristeço,
Porque sei que não mereço

A gloria de verme triste.

Hum Rey de grande poder
Com veneno foy criado,
Porque sendo costumado,
Não lhe podesse empecer,
Se depois lhe fosse dado.
Eu que criei de piquena
A vida a quanto padece,
Desta sorte me acontece,
Que não me faz mal a pena,
Senão quando me fallece.

Quem da doença Real
De longe enfermo se sente
Por segredo natural,
Fica são vendo sômente
Hum volatil animal.
Do mal qu'amor em mĩ cria,
Quando aquella Fenix vejo,
São de todo ficaria,
Mas ficame hydropesia,
Que quãto mais, mais desejo.

Da bibora he verdadeiro

Se

De Luis de Camões. 159

Se a conforte vay buscar,
Que em se querendo juntar,
Deixa a peçonha primeiro,
Porque lhe impede o gérar.
Assi quando me apresento
A vossa vista inhumana,
A peçonha do tormento
Deixo a parte, porque dana
Tamanho contentamento.

Querendo amor sustentarse
Fez hūa võntade esquiua,
D'hūa státua namorarse,
Despois por manifestarse
Conuerteoa em molher viua.
De quem me irei queixando,
Ou quē direi que m'enganã,
Se vou seguindo & buscãdo
Hūa imagē que de humana
Em pedra se vay tornando?

D'hūa fonte se sabia,
Da qual certo se prouaua
Que quem sobr'ella juraua,
Se falsidade dizia,

Dos olhos logo cegaua.
Vos que minha liberdade
Senhora tyranizais,
Injustamente mandais
Quando vos fallo verdade
Que vos não possa ver mais.

Da palma se escreue & cãta
Ser tão dura, & tão forçosa,
Que peso não a quebranta,
Mas antes de presunçosa,
Com elle mais se leuanta.
Co peso do mal que dais,
A constãcia qu'em mim vejo
Não somente ma dobrais,
Mas dobrase meu desejo,
Cō que então vos quero mais.

Se alguem os olhos quiser
As andorinhhas quebrar,
Logo a mãy sem se deter
Hūa erua lhe vay buscar,
Que lhe faz outros nacer.
Eu qu'os olhos tenho a tento
Nos vossos qu'estrellas sāo,

Ce

Redondilhas

Cegaõse os do entendimento,
Mas nacemme os da razão,
De folgar cõ meu tormento.

La para onde o sol sae
Descubrimos nauegando
Hum nouo rio admirando,
Qu'o lenho que nelle cae
Em pedra se vay tornando.
Não se espantē disto as gētes
Mais razão será qu'espante,
Hum coração tão possante,
Que com lagrimas ardentes
Se conuerte em diamante.

Pode hum mudo nadador
Na linha & cana influir
Tão venenoso vigor
Que faz mais não se bulir
O braço do pescador.
Se começão de beber
Deste veneno excellente,
Meus olhos sem se deter,
Não se sabem mais mouer
A nada que se apresente.

Isto saõ claros sinais
Do muito qu'em mi podeis,
Nem podeis desejar mais,
Que se veruos desejais,
Em mi claro vos vereis.
E quereis ver a que fim
Em mi tanto bem se pos,
Porque quis amor assim
Que por vos verdes a vos,
Tambem me visseis a mim.

Dos males que me ordenais
Qu'inda tenho por pequenos,
Sabei se mos escutais,
Que ja não sei dizer mais,
Nē vos podeis saber menos.
Mas ja qu'a tanto tormento,
Não se acha quem resista,
Eu senhora me contento,
De terdes meu soffrimento,
Por aluo de vossa vista.

Quantos contrarios consente
Amor por mais padecer,
Que aquella vista excellente
Que

De Luis de Camões.　160

Quê me faz viuer contente
Me faça tão triste ser.
Mas dou este entendimento
Ao mal que tanto m'offende,
Como na vella se entende,
Que se se apaga co vento,
Co mesmo vento se accende.

Exprimentouse algum'hora
D'aue que chamão Camão,
Que se da casa onde mora
Vê adultera a senhora,
Morre de pura paixão.
A dor he tão sem medida,
Que remedio lhe não val,
Mas ô ditoso animal,
Que pôde perder a vida
Quando vê tamanho mal.

Nos gostos de vos querer
Estaua agora enleuado,
Senão fora salteado,
Das lembranças de temer
Ser por outrem desamado.
Estas sospeitas tão frias,

Com qu'o pensamento sonha,
Saõ assi como as Harpyas,
Qu'as mais doces igoarias
Vão conuerter em peçonha.

Faz m'esse mal infinito
Não poder ja mais dizer,
Por não vir a corromper
Os gostos que tenho escrito,
Cos males qu'ey de screuer.
Não quero que se apregoe
Mal tanto para encubrir,
Porq em quãto aqui se ouuir
Nenhũa outra cousa soe,
Qu'a gloria de vos seruir.

Outras.

Dama d'estranho primor,
Se vos for
Pesada minha firmeza,
Olhai não moueis tristeza,
Porqu'a conuerto em amor.
Saeculais
Deme matar quando ysais
D'esquiuança,

Irei

Redondilhas

Irei tomar por vingança
Amaruos cada vez mais.

Porem vosso pensamento
Como isento,
Seguirâ sua tençáo,
Crendo qu'em tanta affeiçáo
Náo aja acrecentamento.
Náo creais
Que dest'arte vos façais
Inuenciuel,
Qu'amor sobre o impossiuel
Amostra que pode mais.

Mas ja da tençáo que sigo
Me desdigo,
Que se ha tanto poder nelle
Tábé vos podeis mais qu'elle,
Neste mal que vsais comigo,
Mas se for
O vosso poder mayor,
Antre nos,
Quem poderâ mais que vos,
Se vos podeis mais qu'amor?

Despois que dama vos vi
Entendi.
Que perdéra amor seu preço,
Pois o fauor que lh'eu peço
Vos pede elle para si.
Nem diuuido
Que naó pôde de sentido
Resistir,
Pois em vez de vos ferir
Ficou de vos ver ferido!

Mas pois vossa vista he tal,
Em meu mal,
Que posso de vos querer?
Que mal poderei valer
Onde o mesmo amor náo val.
Se atentar,
Nenhum bem posso esperar,
& ox ilâ
Que vos alembrasse ja,
Se quer para me matar.

Mas nem com isto creais
Que façais
Meus seruiçosmais pequenos,
por-

De Luis de Camões. 155

Porq̃ eu quãdo ſpero menos,
Sabei que entaõ quero mais.
Nada eſpero,
Mas de mi crede eſte fero,
Que em ſer voſſo,
Vos quero tudo o que poſſo,
E não poſſo quanto quero.

Sò por eſta fanteſia
Mereſcia
De meus males algũ fruto,
Para o muito que queria.
Demaneira,
Que não he na derradeira
Grande eſpanto,
Que quẽ,dama,vos quer tãto
Que outro tãto devos queira.

A hũas ſoſpeitas.

Soſpeitas que me quereis,
Queeu vos quero dar lugar,
Que de certas me mateis,
Se a cauſa de que naſceis
Vos quiſeſſe confeſſar.

Que q̃ nã lhe achar deſculpa
A grande magoa paſſada
Me tem a alma tão canſada
Que ſe me confeſſa a culpa
Telaey por deſculpada.

Ora vede que perigos
Tem cercado o coraçaõ,
Que no meo da oppeſſão,
A ſeus proprios enemigos
Vay pedir a defenſaõ.
Que ſoſpeitas eu bem ſei
Como ſe claro vos viſſe,
Que he certo o que ja cudei,
Que nunca mal ſoſpeitei,
Que certo me não ſaiſſe.

Mas queria eſta certeza
Daquella que me atormẽta,
Porq̃ emtamanha eſtreiteza
Ver que diſſo ſe contenta,
He deſcanſo da triſteza.
Porque ſe eſta sò verdade
Me confeſſa limpa & nua
De cautella & falſidade,

X   n.10

Redoadilhas

Não pode a minha vontade
Desconforme da sua

Por segredo namorado,
He certo estar conhescido,
Que o mal de ser engeitado
Mais atormenta sabido
Mil vezes, que sospeitado.
Mas eu sò em quẽ se ordena
Nouo modo de querella,
De medo da dor pequena
Venho achar na mayor pena
O refrigerio para ella.

Ia nas iras me inflamei
Nas vinganças nos furores,
Que ja doudo imaginei,
E ja mais doudo jurei
D'arrãcar dalma os amores.
Ia determinei mudarme
Para outra parte com ira,
Despois vim a concertarme,
Que era bom certificarme
No q̃ mostraua a mintira.

Mas despois ja de cansadas
As furias do imaginar,
Vinha em fim arrebentar
Em lagrimas magoadas,
E bem pera magoar.
E deixandose vencer
Os meus fingidos enganos,
De tão claros desenganos,
Não posso menos fazer,
Que contentarme cos danos.

E pedir que me tirassem
Este mal de sospeitar,
Que me vejo atormentar,
Inda que me confessassem
Quanto me pode mattar.
Olhai bem se me trazeis,
Senhora posto no fim,
Pois neste estado, a quẽ vim
Para que vòs confesseis,
Se dão os tratos amim.

Mas para que tudo possa
Amor, que tudo encaminha,
Tal justiça lhe conuinha,
Porque

De Luis de Camões. 162

Porque da culpa q̃ he vossa
Venha ser a morte minha.
Iustiça tão mal olhada,
Olhay com que cor se doura,
Que quer no fim da jornada,
Que vos sejais confessada
Para qu'eu seja o q̃ moura.

Pois confessaiuos jagora,
Inda que tenho temor,
Que nem nesta vltima hora
Me ha de perdoar amor
Vossos peccados. senhora.
E assi vou desesperado,
Porque estes são os costumes
D'amor, q̃he mal empregado
Do qual vou ja condenado
Ao inferno de ciumes.

Labatinto do autor quei
xandose do mundo.

Corre sem vela, & sem leme
O tempo desordenado
D'hum grande vento leuado,
O que perigo nam teme,

He de pouco esprementado.

As redeas trazem na mão
Os que redeas nam tiuerão,
Vendo quanto mal fizeram
A cubiça & ambiçam
Di fraçados se acolherão.
A não que se vay perder
Distrue mil esperanças,
Vejo o mao que vem a ter.
Vejo perigos correr
Quẽ nã cuda q̃ ha mudãças?

Os q̃ nũca em sella andarão
Na sella postos se vem,
De fazer mal não deixaram,
De demonios habito tem
As que o justo profanarão.
Que poderã vir a ser
O mal nunqua resfreado?
Anda por serto enganado
Aquelle que quer valer,
Leuando o caminho errado

He pera os bõs confiança,

X 2 Ver.

Redondilhas

Ver que osmaos p̃erualecerã,
Poſto que ſe detieueram
Com eſta ſimulação,
Sempre caſtigos tiueram
Nam porque gouerne o leme
Em mar emuolto, & turbado
Que tem ſeu remo mudado
Se merece grita, & geme
Em tempo deſordenado.

Terem juſto galardão,
E dor dos que merecerão
Sempre caſtigos tiueram
Sem nenhũa redempção
Poſta que ſe detieueram.
Na tormenta ſe vier
Deſeſpere na bonança,
Quem manhas uram ſabe ter.
Sem que lhe valha gemer,
Vera falçar a balança.

Os que nunca trabalharam,
Tendo o que lhe nam conuẽ,
Se ao innocente enganaram
Perderão o eterno bem,

Se do mal nam ſe apartarão.

Cõuite que Luis de Ca-
móes fez na India, a cer
tos fidalgos, cujos no
mes aqui vão.

¶ A primeira iguaria foi
poſta a Vaſco d'Attaide,
entre dous pratos,
& dizia,

Se não quereis padecer
Hũa ou duas horas triſtes,
Sabeis que aueis de fazer,
Bolueros por do veniſtes,
Que aqui não ha que comer.
E poſto que aqui leais
Trouuxa que vos enlea,
Corrido não eſtejais,
Porque por mais que corrais
Não eis d'alcançara cea.

A ſegũda foi poſta a Dõ
Fráciſco Dalmei
da, & dezia.
Helioga-

De Luis de Camões. 163

Heliogabalo zombaua
Das peſſoas conuidadas,
E de ſorte as enganaua,
Que as iguarias que daua,
Vinhão nos pratos pintadas.

Não temais tal traueſſura,
Pois ja não pode ſer noua;
Que a cea eſtâ ſegura
De vos não vir em pintura,
Mas ha de vir toda em troua

A terceira foi poſta a
Eitor da Sylueira,
& dezia.

Cea não a papareis,
Com tudo porque não minta
Para beber achareis
Não Caparica, mas tinta,
E mil couſas que papeis.
E vos torceis o focinho,
Com eſta amphibologia?
Pois ſabei que a Poeſia
Vos dá aqui tinta por vinho,
E papeis por iguaria.

Aquarta ſoi poſta aIoão
Lopez Leitão,a quem o
autor mandou hũ mote
que vai adiante , ſobre
hũa peça de cacha , que
mandou a hũa
dama.

Porque os q̃ vos conuidârão
Voſſo eſtamago não danem,
Por juſta cauſa ordenârão
Se trouas vos enganârão,
Que trouas vos deſenganem.
Vos tereis iſto por tacha,
Conuerter tudo em trouar,
Pois ſe me virdes zombar,
Nã cudeis ſeñor qu'he cacha
Que aqui não ha cachar.

Finge que reſponde Ioã
Lopez Leitao.

Peſar ora não de ſaõ,
Eu juro pello céo bento
Se de comer me não dão

X 3   Que

Redondilhas

Que eu não sou Camaleão
Que m'ei de manter do vēto.

Finge que responde o Autor.

Senhor não vos agasteis,
Porque Deos vos prouera
E se mais saber quereis,
Nas costas deste lereis
As iguarias que ha.

Vira o papel, que dizia assi.

Tendes ne migalha assada,
Cousa nenhūa de molho,
E nada feito em empada,
E vento de tigellada,
Picar no dente em repolho.
De fumo tendes tassalhos,
Aues da pena que sente
Quem de fome andà doente,
Bocejar de vinho & dalhos,
Manjar em branco excellēte.

A quinta & derradeira,
foi posta a Francisco de
Mello, & dezia.

D'hum homem ǭ teu'o cetro
Da vea marauilhosa,
Não foi cousa duuidosa,
Que se lhe tornaua em metro
O que hia a dizer em prosa.

De mimi vos quero apostar
Que faça cousas mais nouas,
De quanto podeis cudar,
Esta cea que he manjar,
Vos faça na boca em trouas.

Redondilhas mandadas ao Visorei, com o mote adiante.

Conde, cujo illustre peito
Merece nome dē Rey,
Do qual muito certo sei,
Que lhe fica sendo estreito
O cargo de Visorei.

Seruirdes

De Luis de Camões. 164

Seruirdes vos de occuparme,
Tanto contra meu planeta,
Não foi senão asas darme
Cõ as quais vou a queimarme
Como faz a borboleta.

E se eu a pena tomar,
Que tão mal cortada tenho,
Sera para celebrar
Vosso valor singular,
Dino de mais alto engenho.

Que se o meu vos celebrasse,
Necessario me seria,
Que os olhos d'Aguia tomase
Sò para que não cegasse
No sol de vossa valia.

Vossos feitos sublimados,
Nas armas dinos de gloria,
São no mundo tão soados,
Qu'em vos de vossos passados
Se resucita a memoria.

Pois aquelle animo estranho,

Pronto para todo effeito,
Espanta todo o conceito,
Como coração tamanho
Vos pôde caber no peito.

A clemencia que asserena
Coração tão singular,
S'eu nisso pusesse a pena,
Seria encerrar o mar
Em coua muito pequena.

Bem basta senhor, q̃ agora
Vos siruais de me occupar,
Que assi fareis aparar
A pena com que algũa hora
Vos vereis ao céeo voar.

Assi vos irei louuando,
Vos a mim do chão erguẽdo,
Ambos o mundo espantando
Vos co a espada cortando,
Eu co a pena escreuendo.

Mote que lhe mãdou o
Visorei na India, pera lhe
fazer hũas voltas.

X 4   Muito

Redondilhas

Mato ſou meu enemigo,
Pois que não tiro de mi
Cudados com que naſci,
Que poem a vida em perigo,
Oxalâ que fora aſsi.

Voltas do autor.

Viuer eu ſendo mortal
De cudados rodeado,
Parece meu natural,
Que a peçonha não faz mal
A quem foi nella criado.
Tanto ſou meu inimigo
Que por não tirar de mi
Cudados com que naſci,
Por i a vida em perigo,
Oxalâ que fora aſsi.

Tanto vim a acreſcentar
Cudados, q̃ nunqua amãſaõ,
Em quanto a vida durar,
Que canſo ja de cudar
Como cudados não canſaõ.
S'eſtes cudados, que digo
Deſſem fim a mim, & a ſi,

farião pazes comigo,
Que por a vida em perigo,
O bom fora para mim.

Trouas a hũa dama que lhe mãdou pedir algũas obras ſuas.

Senhora ſe eu ãlcançaſſe
No tempo, que ler quereis,
Que a dita dos meus papeis
Polla minha ſe trocaſſe,
E por ver
Tudo o que poſſo eſcreuer
Em mais breue relaçāo,
Indo eu onde elles vão,
Por mim ſò quiſeſſeis ler:

Depois de ver hum cudado
Tão contente de ſeu mal,
Vereis o natural
Do que aqui vedes pintado,
Que o perfeito
Amor, de que ſou ſogeito,
Vereis aſpero & cruel

Aqui

De Luis de Camões. 165

A qui com tinta, & papel,
Em mi co sangue no peito.

Que bem contino imaginar
Naquillo, que Amor ordena,
He pena, q emfim por pena
Se não pòde declarar,
Que s'eu leuo
Dentro n'alma quanto deuo,
De trasladar em papeis,
Vede qual melhor lereis,
Se a mì, se aquillo q escreuo.

Outras a hũa senhora, a
quem derão pera hũa fi
lha sua hum pedaço de
cetim amarello, de
quem se tinha
sospeita.

Se deriuais da verdade
Esta palaura, Sitim,
Achareis sem falsidade,
Que apos o si, tem o tim,
Que tine em toda a cidade.

Bem vejo que me entendeis,
Mas porque nã falle em vão
Sabei que a esta nação
Tanto que o, si, concedeis,
O Tim, logo está na mão.

E quem da fama se arreda,
Que tudo vay descubrir,
Deue sempre de fugir
De Sitĩs, porque da seda
Seu natural he rugir.
Mas pano fino, & delgado
Qual araxa, & outros assi,
Dura, aquenta, & he calado,
Amoroso, & da de si,
Mais que sitim, nẽ barcada.

Mas estes que sedas são,
Cõ quẽ s'enganão mil damas
Mais vos tumão do que dão,
Promettem, mas naõ daraõ,
Senaõ nodas para as famas.
E se naõ me quereis crer,
Ou tomais outro caminho,
Por exemplo o podeis ver,
Quando

Redondilhas

Quando la virdes arder
A casa d'algum vezinho.

ô seminina simpreza,
Donde estão culpas a pares,
Que por hũ dom de nobreza,
Deixão dões de natureza,
Mais altos & singulares.
Hum dõ ʒ anda enxertado
No nome, & nas abras não,
(fallo como exprimentado,)
Que sitim desta feição
Eu tenho muito cortado.

Dizemme que era amarello,
A quem assi o quis dar,
Sô para me Deos vingar,
Se vem â maõ amarelo,
O que eu não posso cudar.
Porque quem sabe viuer
Por estas artes manhosas,
(Isto bem pode não ser,)
Dà a mininas fermosas
Sòmente pollos fazer.

Quem vos isto diz senhora,
Seruio nas vossas armadas
muito, mas anda ja fora,
E pode ser, que inda agora
Traz abertas as frechadas.
E posto que disfauores
O tirão de seruidor,
Quer vos ventura melhor,
Que dos antigos amores
Inda lhe fica este amor.

A hũa senhora, que esta
ua rezando por
hũas contas

Peçouos que me digais
As orações que rezastes,
Se saõ pollos que mattastes
Se por vos que assi mattais
Se são por vos, são perdidas
Que qual sera a oração,
Que seja satisfação
Senhora de tantas vidas

Que se vedes quantos vem
A sò vida

De Luis de Camões. 160

A só vida vos pedir,
Como vos ha Deos de ouuir,
Se vos não ouuis ninguem?
Não podeis ser perdoada
Cõ maõs a mattar tã prõtas
Que se nhũa trazeis contas,
Na outra trazeis espada.

Se dizeis que encomendando
Os que mattastes andais,
Se rezais por quẽ mattais,
Para que mattais rezando?
Que se na força do orar
Leuantais as mãos aos ceos,
Não as ergueis para Deos,
Erguielas para matar.

E quando os olhos cerrais
Toda enleuada na fee,
Cerraõse os de quem vos ve,
Pera nunqua verem mais.
Pois se assi forem tratados
Os que vos vẽ, quando orais
Essas horas que rezais,
São as horas dos finados.

Pois logo se sois seruida,
Que tãtos mortos não sejão,
Não rezeis onde vos vejão,
Ou vede para dar vida.
Ou se quereis escusar
Estes males que causastes,
Resucitai quem matastes,
Não tereis por quem rezar.

Esparsa a hũa dama que lhe deu hũa pena.

Se n'alma, & no pensamento
Por vosso me manifesto,
Naõ me pesa do que sento
Que se naõ soffrer tormento,
Faço offença a vosso gesto.
E pois quanto amor ordena,
E quanto esta alma deseja
Tudo â morte me condena,
Naõ quero senaõ que seja
Tudo pena, pena, pena.

Esparsa a hũa dama que lhe chamou cara sem olhos.

Sem

Redondilhas

Sem olhos vi o mal claro
Que dos olhos se seguio:
Pois cara sem olhos vio
Olhos que lhe custão caro.
D'olhos não faço menção
Pois quereis qu'olhos nã sejã
Vendouos, olhos sobejão;
Não vos vēdo, olhos não saõ.

Villas & castillos tengo,
Todos a mi mandar sone,
Entaõ eu que estou de molho
Com a lagrima no olho,
Pollo virar do en vez
Digolhe tu ex illis.es
E por isso naõ to olho.
Pois honra & porueito naõ
    cabem num saco.

Disparates seus na India.

Este mundo es el camino,
A do ay dozientos vaos
O por onde, bons, & maos
Todos somos del merino.
Mas os maos saõ de teor,
Que des que mudão a cor
Chamãlogo ael Rey cõpadre
E em fim dexaldos mimadre
Que sempre tem hum sabor
De quem torto nace tarde se
    endireyta.

Vereis hūs que no seu seyo
Cudao que trazem Paris,
E querem com dous seitis
Fender anca pello meyo
Vereis mancebinhos darte
Com espada emtalabarte
Naõ ha mais Italiano:
A este direis meu mano
Vos sois gulante que farte.
Mas pañ & vino anda el
    camino, que no moço
    garrido.

Deixay a hum que se abone,
Diz logo de muto sengo

Outros em cada theatro
Por officio lhe ouuireis,
                Que se

## De Luis de Camões.	165

Que se matarancontres
Y lo mismo harã con quatro,
Prezãose de dar repostas
Com palauras bem cõpostas,
Mas se lhe meteis a mão,
Na paz mostrão coração
Na guerra mostrã as costas
Porque aqui troce a porca
 orabo.

Outros vejo por aqui
A que se acha mal o fundo
Que andã emendãdo omũdo,
E não se emendão a si,
Estes respondem aquem
Delles não entende bem.
El dolor que estã secreto.
Mas porem quẽ for discreto
Responderlhe ha muito bem
 Assi entrou o mundo, assi
 ha de sair.

Achareis rafeyro velho
Que se quer vẽder por galgo,
Diz q̃ o dinheiro he fidalgo,

Que o sãge todo he vermelho
S'elle mais alto o dissera
Este pellote pusera,
Que o seu echo lhe responda,
Que su padre era de Ronda,
E su madre de Antequera,
 E quer cubrir o ceo com a
 joeyra.

Fraldas largas graue aspeito
Para senador Romano
O que grandissimo engano
q̃ Momo lh'abrisse o peito,
Consciencia, que sobeja,
Siso com que o mundo reja,
Mansidão outro que si
Mas que lobo esta em ti
Metido em pelle de oueja?
 E sabem no poucos.

Guardaiuos d'ũs meus sñores
Que ainda cõprão & vendẽ,
Hũs que he certo q̃ descẽdẽ,
Da geraçam de pastores,
Mostranse vos bõs amigos,
   Mas

Redondilhas

Mas se vos vem em perigos
Escarrauos nas paredes
Que de fora dormiretes,
Irmão que he tempo de figos
Porque de raba de porco
Nunca bom virote.

               (nhas
Que dizeis d'hũs qu'asentra
Lhe estão ardēdo em cubiça
E se tem mando, ajustiça
Fazem de teas d'aranhas?
Com suas hypocresias
Que são deuossas espias;
Para os pequenos hũs Neros
Para os grandes tudo feros
Pois tu paruo não sabias
Que la vão leys,
   Onde querem cruzados?

Mas tornãdo aũs enfadonhos
Cujas cousas são notorias,
Huns q̃ contão mil historias
Mais desmãchadas q̃ sonhos
Huns mais paruos q̃ zãboas
Qu'estudão palauras boas,

Estes paguem por justiça
Que tem morto mil pessoas
Por vida de quanto quero.

A donde tienen las mentes
Huns secretos trouadores,
Que fazem cartas d'amores
De que ficão muy contentes?
Não querem sair apraça
Trazem troua por negaça,
E se lha gabais qn'heboa,
Diz qu'he de certa pessoa:
Hora que quereis que faça,
Se não me por esse mundo?

O tu como me atarracas
Escudeiro de Solia,
Com bocaes de fidalguia
Trazidos quasi com vacas!
Importuno a importunar,
Morto por desenterrar
Parentes que cheirão ja:
Voto atal que mē fara
Hum destes nunqua falar
Mais cõ viua alma.

Huns

De Luis de Camões. 168

Huns que falão muto vi
De que quisera fugir,
Huns qu'em fim semsesentir
Andão falando entresi:
Porfiosos sem rezão,
E desquetomão amão,
Falão sem necessidade
E se algūs hora he verdade,
Deue ser na confissão
Porque quem não mente,
Ia me entendeis,

O vos quemquer q̃ me ledes
Qu'aueis de ser auisado,
Quedizeis â namorado
Que caça vento com redes?
Iura por vida da-Dama,
Falla consigo na cama,
Passa de noite, & escarra,
Por falsete na guitarra
Poem sempre, viua quē ama;
Porq̃ calça a seu proposito.

Mas deixemos sequiserdes
Por hū pouco as trauessuras,

Porq̃ entre quatro maduras
Leueis tambem cinco verdes
Deitemonos mais ao mar
E se algum se arrecear,
Passe tres ouquatro trouas,
E vos tomais cores nouas?
Mas não he pera espantar,
Que que porcos ha menos,
Em cada mouta lhe rocão.

O vos que soes secretarios
Das conciencim Reais,
Qu'entre os homens estais
Por seuhores ordinarios;
Porque não pondes hum freo
Ao roubar q̃ vay sem meyo
Debaixo de bom gouerno?
Pois hum pedaço d'inferno
Por pouco diuheiro alheo
Se vende a Mouro,
      E a Iudeo?
Porque amente offeicoada
Sempre â Real dignidade
Vos faz julgar por bondade
A malicia descalpada?

         Moue

Redondilhas

Moue a presença Real
Hūa affeição natural
Que logo inclina ao Iuiz
A seu fauor; & não diz
Hum rifão muyto geral
Que o Abbade donde canta,
Da hi janta;
E vos bailhaes a esse som?
Por isso gentis pastores,
Vos chama a vos mercadores
Hum que sò foi pastor bom.

¶ Mote, a Ioão Lopez
Leitão, sobre hũa peça
de cacha q̃ elle mandou
ahũa dama na India, q̃ se
lhe fazia dõzella: o qual
Ioão Lopez Leitão, he o
que elle conuidou no
banquete atras.
Mote.

Se vossa dama vos dâ
Tudo quanto vos quisestes,
Dizei para que lhe destes
O que vos ella fazja?

Sendo os restos inuidados
E vos de cachas mil contos,
Sabeis cõ quã poucos põtos?
Que lhosachastes quebrados.
Se o que tem isso vos dâ,
Vos mui bẽ lho merescestes,
Porque se a cacha lhe destes,
Tinhauola feita ja.

A dona Francisca d'Ara-
gão, mandandolhe esta
regra que lha glo-
sasse.

MOTE.

Mas porẽ a q̃ cuidados.

Tanto mayores tormentos
Forão sempre os que soffri,
Daquillo que cabe em mim,
Que não sei que pensamẽtos
São os para que naci.
Quando vejo este meu peito
A perigos arriscados
Inclinado, bem sospeito,

Que a

De Luis de Camões. 169

Que a cudados sou sogeito,
Mas porem a que cudados.
Outra ao mesmo.
Que vindes em mim buscar,
Cudados, que sou cattiuo,
Eu não tenho que vos dar?
Se vindes a me mattar,
Ia ha muito, que não viuo.
Se vindes porque me dais
Tormentos desesperados,
Eu que sempre soffri mais,
Não digo que não venhais,

Mas porem a que cudados?
Outra ao mesmo.
Se as penas qu'amor me deu
Vem por tão suaues meos,
Não ha que temer receos,
Que val hum cudado meu
Por mil descansos alheos.
Ter nũs olhos tão fermosos
Os sentidos enleuados,
Bẽ sey qu'em baixos estados
São cudados perigosos,
Mas porem, ah que cudados.

Carta que o Autor mandou a dona Francisca de Aragão, com a glosa acima.
Senhora.

Deixeime enterrar no esquecimento de v.m. crendo me seria assi mais seguro: mas agora que he seruida de me tornar a resuscitar, por mostrar seus poderes, lembrolhe que hũa vida trabalhosa he menos de agradecer que hũa morte descansada. Mas se esta vida q̃ agora de nouo me da, for para ma tornar a tomar, seruindose della, não me fica mais que desejar, que poder acertar com este mote de v.m. ao qual dei tres entendimẽtos, segundo as palauras delle poderão soffrer: se forem bõs, he o mote de v.m. se maos, saõ as glosas minhas.

Y   Glo-

Redoodilhas

Glosas do Autor.

Mote alheo.

Campos bemauenturados
Tornaiuos agora tristes,
Qu'os dias,em que me vistes
Alegre, ja saõ passados.

Glosa.

Campos cheos de prazer,
Vos qu'estais reuerdecendo
Ia me alegrei com vos ver,
Agora venho a temer,
Qu'entristeçais em me vēdo.
E pois a vista alegrais,
Dos olhos desesperados,
Não quero que me vejais,
Para que sempre sejais
Campos bemauenturados.

Porem se por accidente
Vos pesar de meu tormento
Sabereis qu'amor consente,
Que tudo me descontente,
Senão descontentamento.

Por isso vos,aruoredos,
Que ja nos meus olhos vistes
Mas alegrias que medos,
Se mos quereis fazer ledos,
Tornaiuos agora tristes.

Ia me vistes ledo ser,
Mas despois qu'o falso amor,
Tão triste me fez viuer,
Ledos folgo de vos ver,
Porque me dobreis a dor.
E se este gosto sobejo
De minha dor me sentistes,
Iulgai quanto mais desejo
As horas que vos não vejo,
Qu'os dias em que me vistes.

O tempo qu'he desigual,
De seccos verdes vos tem,
Porque em vosso natural
Se muda o mal pera o bem,
Mas o meu pera môr mal.
Se preguntais verdes prados,
Pellos tempos differentes,
Que d'Amor me forão dados,

Tri

De Luis de Camões. 170

Tristes aqui saõ 'prefentes,
Alegres ja faõ paſſados.

Mote alheo.

Trabalhos deſcanſariaõ
Se para vos trabalhaſſe,
Tempos triſtes paſſariaõ,
S'algũa hora vos lembraſſe.

Gloſa propria.

Nunca o prazer ſe conhece
Senão depois da tormenta,
Taõpouco o bem permanece,
Que ſe o deſcanſo florece,
Logo a trabalho arrebenta.
Sempre os bẽs ſe lograriaõ,
Mas os males tudo atalhão,
Porem ja qu'aſſi porfiaõ,
Onde deſcanſos trabalhão
Trabalhos deſcanſariaõ.

Qualquer trabalho me fora
Por vos gran contentamẽto,
Nada ſentira ſenhora,
Se vira diſto algum'hora

Em vos hum conhecimento.
Por mal q̃o mal me trattaſſe
Tudo por bem tomaria,
Poſto qu'o corpo canſaſſe
A alma deſcanſaria,
Se para vos trabalhaſſe.

Quem voſſas cruezas ja
Soffreo, a tudo ſe pos,
Coſtumado ficará,
E muito melhor ſerà
Se trabalhar para vos.

Triſtezas eſqueceriaõ,
Poſto que mal me tratârão,
Annos não me lembrariaõ,
Que como eſtoutros paſſarão
Tempos triſtes paſſariaõ.

Se foſſe gãlardoado
Eſte trabalho tão duro,
Não viuera magoado,
Mas não o foi o paſſado,
Como o ſerâ o futuro?
De canſar não canſaria,
Se quiſereis que canſaſſe,

Y 2   Cauſa

Redondilhas

Cauar, morrer, falohia,
Tudo emfim esqueceria,
Se algũa hora vos lẽbrasse.

Mote alheo

Triste vida se me ordena,
Pois quer vossa condição
Que os males q̃ dais por pena
Me fiquem por galardão.

Glosa propria.

Depois de sempre soffrer
Senhora vossas cruezas,
A pesar de meu querer,
Me quereis satisfazer
Meus seruiços com tristezas.
Mas pois embalde resiste
Quẽ vossa vista condena,
Prestes estou pera a pena,
Que de galardão tão triste
Triste vida se m'ordena.

De contente do meu mal
A taõ grande estremo vim,
Que consinto em minha fim,

Assi que vos & mais eu,
Ambos samos contra mĩ.
Mas que soffra meu tormẽto
Sem querer mais galardaõ,
Naõ he fora de razão,
Que queira meu soffrimẽto,
Pois quer vossa condiçaõ.

O mal que vos dais por bem,
Esse senhora he mortal,
Que o mal q̃ dais como mal,
Em muito menos se tem,
Por costume natural.
Mas porem nesta vittoria,
Que comigo he bem pequena,
A mayor dor me condena
A pena que dais por gloria,
Qu'os males q̃ dais por pena.

Que môr bem me possa vir,
Que seruiruos, não o sei,
Pois que mais quero eu pedir,
Se quanto mais vos seruir
Tanto mais vos deuerei?
Se vossos merecimentos

De

De Luis de Camões. 171

De tão alta estima saõ,
Assaz de fauor me daõ,
Em querer q̃ meus tormétos
Me fiquem por galardaõ.

Mote alheo.

Ia nã posso ser contente,
Tenho a esperança perdida,
Ando perdido entre a gente,
Nē mouro, nem tenho vida.

Glosa propria.

Depois que meu cruel fado,
Destruio hūa sperança,
Em que me vi leuantado,
No mal fiquei sem mudança,
E do bem desesperado,
O coraçaõ que isto sente,
A sua dor não resiste,
Porque vé mui claramente,
Que pois nasci para triste,
Ia não posso ser contente.

Por isso, contentamentos,
Fugi de quem vos despreza,

Ia fiz outros fundamentos,
Ia fiz senhora a tristeza
De todos meus pensamentos,
O menos que lhe entreguei
Foi esta cansada vida?
Cuido que nisto acertei,
Porque de quanto esperei
Tenho a esperança perdida.

Acabar de me perder
Fora ja muito melhor.
Teuera fim esta dor,
Que não podendo môr ser,
Cada vez a sinto môr.
De vos desejo esconderme,
E de mi principalmente,
Onde ninguem possa verme,
q̃ pois me ganho em perderme
Ando perdido antr'a gente.

Gostos de mudanças cheos,
Não me busqueis, nauos qro,
Tenhovos por tão alheos,
Que do bem que não espero,
Inda me ficaõ reces.

Y 3   Em

Redondilhas

Em pena taõ sem medida,
Em tormento taõ esquiuo,
Que moura ninguẽ duuida,
Mas eu se mouro, ou se viuo,
Nem mouro, nem tenho vida.

Mote, & glosa do autor, a hũa dama que se cha maua Ana.

A morte pois que sou vosso,
Não na quero, mas se vem,
A de ser todo meu bem.

Glosa.

Amor que em meu pensamẽto
Com tanta fé se fundou,
Me tem dádo hum regimẽto,
Que quando vir meu tormẽto
Me salue com cujo sou,
E com esta defensaõ,
Com que tudo vencer posso,
Diz a causa ao coraçaõ,
Não tem em mim jurdiçaõ,
A morte, pois que sou vosso,

Por exprimentar hũ dia
Amor se m'achaua forte,
Nesta fee como dizia,
Me conuidou com a mortẽ,
Sô por ver se a tomaria.
E como ellẽ seja a cousa,
Onde està todo meu bem,
Respondilhe (como quem
Quer dizer mais, e não ousa)
Naõ a quero, mais se vem.

Não disse mais porque entaõ
entendeo, quanto me toca,
E se tinha ditto o não,
Muitas vezes diz a boca
O que nega o coração.
Toda a cousa defendida
Em mais estima se tem,
Por isso he cousa sabida,
Que perder por vos a vida,
Ha de ser todo meu bem.

Mote alheo.

Vejoa n'alma pintada,
Quando ma pede o desejo.

Ana

De Luis de Camões. 172

A natural que não vejo.

Glosa propria.

Se sò no ver puramente
Me transformei no que vi,
De vista taõ excellente
Mal poderei ser ausente,
Em quãto o não for de mim.
Porque a alma namorada
Atraz taõ bem debuxada,
E a memoria tanto voa,
Que se a não veja em pessoa,
Vejoa n'alma pintada.

O desejo que se estende
Ao que menos se concede
Sobre vos pede & pretende,
Como o doente que pede
O que mais se lhe defende.
Eu q̃ em ausencia não vejo,
Tenho piedade & pejo,
De me ver taõ pobre estar,
Que então naõ tenho q̃ dar,
Quando me pede o desejo,

Como aquelle que cegou
He cousa vista & notoria,
Que a natureza ordenou
Que se lhe dobre em memoria
O que em vista lhe faltou.
Assi a mim que não rejo,
Os olhos ao que desejo.
Na memoria & na firmeze
Me concede a natureza
A natural que não vejo.

Mote alheo.

Sem vos com meu cudado,
Olhay com quem, & sem que.

Glosa propria.

Vendo Amor, q̃ com vos ver
Mais leuemente soffria
Os males, que me fazia,
Não me pode isto soffrer,
Conjurouse com meu fado,
Hum nouo mal me ordenou,
Ambos me leuaõ forçado
Naõ sei onde, pois que vou
Sem vos, & cõ meu cudado.

Y 4   Não

Redondilhas

Nã ſei qual he mais eſtraño
Deſtes dous males, que ſigo,
Se não vos ver, ſe comigo
Leuar imigo tamanho,
O que fica & a que vem,
Hum me mata, outro deſejo,
Com tal mal, & ſem tal bẽ,
Em tais eſtremos me vejo,
Olhai com quem, & ſem quẽ.

Deixame cego, & ſem guia,
Que ha por melhor cõpanhia
Ficar onde vos ficais.
Aſſi me vou de meu bem,
Onde quer a forte eſtrella,
Sem a alma que em ſi vos tẽ,
Co mal de viuer ſem ella,
Olhai com quẽ, & ſem quem.

Mote alheo.

Sem ventura he por demais.

Outra ſua, ao meſmo mote.

Amor cuja prouidencia
Foi ſempre que não erraſſe,
Porque n'alma vos leuaſſe,
Reſpeitãdo omal de auſencia
Quis q̃ ẽ vos me trãsformaſſe
E vendome ir maltratado,
Eu & meu cudado ſòs,
Proueo niſſo d'attentado,
Por não me auſentar de vos,
Sem vos, & cõ meu cudado.

Mas eſt'alma qu'èu trazia
Porque vos nella morais,

Gloſa propria.

Todo o trabalhado bem
Promette goſtoſo fruito,
Mas os trabalhos que vem
Para quem dita não tem,
Valẽ pouco, & cuſtão muito,
Rompem todo a pedra dura,
Faz os homẽs immortais,
O trabalho, quando atura,
Mas querer achar ventura
Sem ventura, he por demais.

Mote alheo.

Minh'alma lẽbraiuos della.

Glo-

De Luis de Camões. 173

Glosa propria.

Pois o veruos tenho em mais
Que mil vidas que me deis,
Assi como a que me dais,
Meu bem, ja que mo negais
Meus olhos não mo negais.
E se a tal estado vim,
Guiado de minha estrella,
Qnando ouuerdes dò de mĩ
Minha vida dailhe a fim,
Minh'alma, lembraiuos della.

Outro mote alheo.
Tudo pode hũa affeição.

Glosa propria.
Tem tal jurdição Amor,
N'alma donde se aposenta,
E de que se faz senhor,
Qu'a liberta & isenta
De todo o humano temor.
E com mui justa razão
Como senhor soberano,
Qu'amor não consente dãno,

E pois me soffre tenção,
Gritarei por desengano,
Tudo pode hũa affeição.

Troua de Boscão.
Iusta fue mi perdicion,
De mis males soy contento,
Ya no espero galardon,
Pues vuestro merecimiento
Satisfizo a mi passion.

Glosa propria.
Despues qu'Amor me formò
Todo de amor, qual me veo,
En las leyes que me dio,
El mirar me consintio,
Y defendeome el desseo.
Mas ei alma como injusta,
En viendo tal perficion,
Dio al desseo occasion,
Y pues quebré ley tan justa
Iusta fue mi perdicion.

Mostrandoseme el Amor
Mas benigno que cruel,

Sobre

Redondilhas

Sobre tyranno traydor,
De celos de mim dolor
Quiſo tomar parte enel.
Lo que tan dulce tormento
No quiero dallo aunq̃ pecco,
Reſiſto, y no lo conſiento,
Mas ſi me lo toma a trueco,
De mis males foy contente.

Señora ved lo que ordena
Eſte Amor tan falſo nueſtro,
Por pagar a coſta agena,
Mãda q̃ de vn mirar vueſtro
Haga el premio de mi pena.
Mas vos para que veais
Tan engañoſa tencion,
Aunque muerto me ſintais
No mireis, que ſi mirais,
Ia no eſpero galardon.

Pues que premio (me direis)
Eſperas, que ſerâ bueno,
Sabed ſi no lo ſabeis,
Que es lo mas delo que peno
Lo menos que mereſceis.

Quien haze al mal tãuſano,
I tan libre al ſentimento?
El deſſeo? no, ques vano,
El amor? no ques tyrano,
Pues? vueſtro mereſcimiento.

No pudiẽdo amor robarme
De mis tan charos deſpojos,
Aunq̃ fue por mas horarme,
Vos ſola para mattarme,
Le preſtaſtes vueſtros ojos.
Mattaronme ambos a dos,
Mas a vos con mas razon
Deue el la ſatisfacion,
Que a mi, por el y por vos,
Satisfizo mi paſsion.

A hũa Dama com quem
bueria andar da
mores.
Mote.

Minina fermoſa, & crua,
Bem ſey eu
Quem deixâra de ſer ſeu,
Se vos quizereis ſer ſua.

Vol-

De Luis de Camões. 174

Volta.

Minina mais que na ydade,
Se para me quérer bem
Vos não vejo ter vontade,
He porque outrem vola tem,
Temuola & fazvola crua,
Porem eu
Ia tomàra não ser meu,
Se vos não foreis tão sua.

Nos olhos & na feição
Vos vi, quando vos olhaua,
Tanta graça que vos daua
De graça este coração;
Não o quisestes de crua,
Por ser meu.
Se outrem vos dera o seu
Pode ser foreis mais sua.

Menina tende maneira,
Que ainda não venha a ser
Pois não quereis, que vos quer
Que queirais que vos nã gira
Olhay não me sejais crua,
Que pois eu

Quero ser vosso, & não meu,
Sede vos minha & não sua.

Mote a hũ dama que estaua doente.

Da doença, em que ardeis,
Eu fora vossa mezinha,
Soo com vos serdes a minha.

He muito para notar
Cura tão bem acertada:
Que podereis ser curada
Somente com me curar
Se quereis dama trocar,
Ambos temos a mezinha,
Eu a vossa, & vos a minha.

Olhay que não quer amor,
(Porque fiquemos iguoais)
Pois meu ardor não curais,
Que se cure vosso ardor:
Eu ca sinto vossa dor,
E se vos sintis a minha,
Day & tomay a mezinha.

Ou-

Redondilhas

Outro a outra dama que
estaua tambem doen-
te.

Deu senhora por sentença
Amor que fosseis doente,
Para fazerdes â gente
Doce, & fermosa a doença.

Não sabendo amor curar
Foi a doença fazer
Fermosa para se ver,
Doce para se passar,
Então vendo a differença,
Que ha de vos a toda a gente,
Mandou que fosseis doente,
Para gloria da doença.

E digovos de verdade,
Que a saude anda ennejosa,
Por ver estar tão fermosa
Em vos essa infirmidade.
Naõ façais logo detença
Senhora em estar doente
Porque adoecerâ a gente
Com desejos da doença.

Qu'eu por ter, fermosa dama
A doença que em vos vejo
Vos confesso, que desejo
De cair com vosco em cama,
Se consentis que me vença
Este mal, naõ ouue gente
Da saude taõ contente,
Como eu serey da doença.

Estancias, a outra dama
doente.

Olhai que dura sentença,
Foi amor dar contra mim,
Que porque em vos me perdi,
Em vos me busca a doença.
Claro estâ
Que em vos sò me acharâ,
Que em mĩ, se me vẽ buscar,
Não poderâ mais achar,
Que a forma do que fui ja.

Que se em vos Amor se pos,
Senhora he forçado assi,
Qu'o mal que me busca a mi
Que vos faça mal a vos;

Sem

De Luis de Camões. 175

Sem mintir,
Amor me quis destruir,
Por modo nunqua cudado,
Pois ha de ser forçado,
Pesaruos de vos seruir.

Mas sois tão desconhecida,
E saõ meus males de sorte
Que vos ameaça a morte,
Porque me negais a vida:
Se por boa
Tal justiça se pregoa,
Quando desta sorte for,
Auei vos perdão d'Amor,
Qu'a parte ja vos perdoa.

Mas o que mais temo emfim,
He, que nesta differença,
Que se não torne a doença,
Se me não tornais a mim:
De verdade,
Que ja vossa humanidade
De que se queixe não tem,
Pois para as almas taũbem,
Fez Amor infirmidade.

A húa dama que estaua vestida de dò.

Mote.

D'atormentado & perdido,
Ia vos não peço, senão,
Que tenhais no coracão
O que tendes no vestido.

Voltas.

Se de dò vestida andais
Por quem ja vida não tem,
Porque não no aueis de quẽ
Vos tantas vezes mattais,
Que brado sem ser ouuido
E nunca vejo senaõ
Couezas no coração,
E grande dò do vestido.

Outro a dona Guiomar de Blasfe, queiman-dose com húa vella no rosto.

Mote.

Amor que todos offende

Tem

Redondilhas

Teue, senhora, por gosto,
Que sentisse o vosso rosto
O que nas almas acende.
Volta.
Aquelle rosto que tras
O mundo todo abrasado
Se foy da flama tocado,
Foy porque sinta o que faz.

Bẽ sey qu'Amor se lhe rende,
Porem o seu presopposto
Foy, sentir o vosso rosto,
O que nas almas acende.

A húa molher q̃ foy a-
çoutada por hum homé
que chamauaõ foáo
Coresma na India.
Naõ estejais agrauada,
Senaõ se for de vos mesma,
Porq̃ a molher qu'he errada
Com razaõ polla Coresma
Deue ser disciplinada.
Volta.
Quererdes profano amor

Em coresma, he consciencia,
Açontes, & penitencia
Vos está muito milhor.

Naõ fiqueis disto affrõtada,
Pois a culpa he vossa mesma
Que molher q̃ tão maluada
He bem, que polla coresma
Seja bem disciplinada.

Se a penitencia vos val,
Muy bem açoutada estais,
Pois por coresma pagais
Vossos vicios do carnal.
Naõ torneis a ser errada.
Nẽ condeneis a vos mesma,
Pois estais ja emendada,
E não sereis por coresma
Outra vez disciplinada.

Esparsa a hú fidalgo na
India, que lhe tardaua
com húa camisa ga
lante que lhe
prometteo.

quem

De Luis de Camões. 176

Quem no mundo quiser ser
Auido por singular,
Para mais se engrandecer,
A de trazer sempre o dar
Nas ancas do prometter.

E ja que, vossa mercé,
Largeza tem por diuisa,
Como todo mundo vé,
Ha mister que tanto dé
Que venha dar a camisa.

Mote a hũa dama q̃ lhe
chamou diabo, por no-
me foã dos Anjos.
Mote.

Senhora pois me chamais
Taõ sē razão tão mao nome,
Inda o diabo vos tome.

Volta.

Quem quer q̃ vio, ou que leo,
Terà por nouo & moderno,
Ter quem viue no inferno
O pensamento no ceo.
Mas se a vos vos pareceo

Que me estaua bē tal nome,
Esse diabo vos tome,

Perdido mais quē ninguem
Confesso, senhora ser:
Mas o diabo não quer
Aos Anjos tamanho bem,
Pois logo naõ me conuem,
Ou se me conuem tal nome,
Serà pera que vos tome.

Se vos benzeis com cautella
Como D'anjo, & não de luz,
Mal pôde fugir da Cruz
Quem vos tendes posto nella.
Mas ja q̃ foy minha estrella,
Ser diabo, & ter tal nome,
Guardaiuos q̃ vos não tome.

Ia que chegais tanto ao cabo,
Com as mãos postas aos ceos,
Vou sempre pedindo a Deos,
Que vos leue este diabo,
Eu senhora naõ me gabo,
Mas pois q̃ me dais tal nome,

Tēdo

Redondilhas

Tomo para que vos tome.

A hum seu amigo a qué
-não podia encontrar.

Mote.

Qual tera culpa de nos
Neste mal que todo he meu?
Quando vindes não vou eu,
Quando vou não vindes vos.

Reinãdo Amor ē dous peitos.
Tece tantas falsidades,
Que de conformes vontades
Faz desconformes effeitos
Igualmente vive em nos,
Mas por desconcerto seu
Vos leua se venho eu,
Me leua se vindes vos.

Mote seu.

Descalça vay polla neue,
Assi faz quem amor serue.

Voltas.

Os preuilegios qu'os Reys

Não podem dar, pode Amor
Que faz qual'quer amador
Liure das humanas leys,
Mortes, & guerras, crueis,
Ferro frio, fogo, & neue.
Tudo soffre quem o serue.

Moça fermosa despreza
Todo o frio, & toda a dor,
(Olhay quanto pode amor
Mais q̃ a propia natureza?)
Medo, nem delicadeza
Lh'empede, que passe a neue,
Assi faz quem amor serue.

Por mais trabalhos que leue
A tudo s'offreceria,
Passa pella neue fria
Mais alua qu'a propria neue,
Com todo o frio s'atreue,
Vede em que fogo serue
O triste qu'o Amor serue?

Outro alheo.

A dor qu'a minh'alma sente
Não na sabe toda a gente.

Vol-

De Luis de Camões. 177

Voltas proprias

Qu'estranho caso de amor,
Que desejado tormento,
Que venho a ser auarento
Das dores de minha dor
Por me nam tratar pior
Se se sabe, ou se se sente,
Nã na digo a toda a gente.

Minha dor, & causa della
De ninguem a ouso fiar,
Que seria auenturar
A perderme, ou a perdella,
E pois soo com padecella
A minha alma está contente,
Não quero q̃ o sayba a gente.

Ande no peito escondida,
Dentro nalma sepultada,
De mi soo seja chorada,
De ninguem seja sentida,
Ou me matte, ou me dê vida,
Ou v ua triste, ou contente,
Não ma sayba toda a gente,

Otro seu.

D'alma, & de quanto tiuer
Quero que me despojeis,
Com tanto que me deixeis
Os olhos pera vos ver.

Volta.

Cousa este corpo nam tem,
Que ja não tenhais rendida
Depois de tirarlhe a vida,
Tiraylhe a morte tambem:
Se mais tenho que perder
Mais quero que me leueis,
Com tanto que me deixeis
Os olhos pera vos ver.

Mote alheo.

Amores de hũa casada
Que eu vi pollo meu mal.

Voltas proprias.

Nũa casada fuy por
Os olhos de si senhores,
Cuidey que fossem amores,

Elles

Redondilhas

Elles fizeraõ se amor,
Fazse o desejo mayor
Donde o remedio nam val
Em perigo de meu mal.

Nam me pareceo quê Amor
Podesse tanto comigo,
Que dõde entra por amigo
Se leuante por senhor;
Leuame de dor em dor,
E de sinal em sinal,
Cada vez para mòr mal.

Outro seu.

Enforquei minha esperança,
Mas amor foy tão madraço,
Que lhe cortou o baraco.

Voltas.

Foy a esperança julgada
Por sentença da ventura,
Que pois me teue a pindura.
Que sosse depindurada;
Vem Cupido coa espada
Cortalhe cerceo o baraço,

Cupido foste madraço.

Outro seu.

Pus o coração nos olhos,
E os olhos pus no chão
Por vingar o coração,

Volta.

O coração enuejoso
Como dos olhos andaua,
Sempre remoques me daua,
Que não era o meu mimoso
Venho eu de piadoso,
Do senhor meu coração
Boto os meos olhos no chaõ.

Outro seu.

Pus meus olhos n'hũa funda,
E fiz hum tiro com ella,
As grades de hũa janella.

Voltas.

Hũa dama de maluada,
Tomou seus olhos na mão,
E tiroum e hũa pedrada

Com

De Luis de Camões. 178

Com elles ao coração,
Armei minha funda então
E pus os meus olhos nella,
Trape, quebrol'a janella.

Alheo.

De piquena tomey amor
Porque o não entendi,
Agora que o conheci
Mattame com disfauor.

Voltas proprias.

Vio moço, & pequenino,
E a mesma idade ensina,
Que se encline hũa menina,
As mostras de hum menino.
Ouuilhe chamar amor,
Pello nome me venci,
Nunqua tal engano vi,
Nem tamanho desamor.

Cresceome de dia em dia
Com a idade a affeição,
Porque amor de criaçãa
Nalma & na vida se cria,

Criose em mim este amor
E senhoreouse de mim,
Agora que o conheci
Mattame com disfauor.

As flores me torna abrolhos,
A morte me determina
Quem eu trouxe de minina
Nas mininas dos meus olhos,
Desta magoa, & desta dor
Tenho sabido em fim,
Por amor me perco a mim,
Por quẽ de mi perde o amor.

Parece ser caso estranho
O qu'amor em mim ordena,
Qu'em idade tão pequena
Aja tormento tamanho.
Sejão milagres d'Amor,
Ey os de soffrer assi
Até que aja dõ de mim
Quem entender esta dor.

Cantiga velha.

Apartaráose os meus olhos.

Z 2 De

Redondilhas

De mim tão longe,
Falsos amores
Falsos maos enganadores.

Voltas proprias.

Trattarãome com cautella
Por m'enganar mais azinha,
Deilhe posse d'alma minha
Forãome fogir com ella.
Não ha vellos, nem ha vella
De mi tão longe,
Falsos amores
Falsos maos enganadores.

Entregueilhe a liberdade,
E em fim da vida o melhor
Foraõse, & do desamor
Fizerão necéssidade,
Quem teue a sua vontade
De mim tão longe.
Falsos amores
Erão crueis matadores.

Não se pos terra, nem mar
Entre vos que forao em vão,

Poz se vossa condição,
Que tão doce he de passar
Soo ella vos quis leuar
De mim tão longe
Falsos amores,
E o xala enganadores.

Outra cantiga velha.

Falso caualeiro ingrato
Enganaisme:
Vos dizeis que eu vos mato,
E vos mataisme.

Voltas proprias.

Costumadas artes saõ
Para enganar innocencias
Piadosas apparencias
Sobre yzento coraçaõ:
Eu vos amo, & vos ingrato
Magoaisme,
Dizendo que eu vos matto
E vos mattaisme.

Vede agora qual de nos
Anda mais perto do fim:

Que

De Luis de Camões. 179

Qu'a justiça faz se em ntim
E o pregão diz que sois vos?
Quando mais verdade tratto
Leuantaisme,
Que vos desamo e vos matto,
E vos mataisme.

Proprio.

Se de meu mal me contento,
He, porque para vos vejo
Em todo o mundo desejo,
E em ningu merecimento.

Voltas proprias.

Para quem vos soube olhar
Tão impossiuel foy ser,
O poderuos merecer,
Como o não vos desejar.
Pois logo a meu pensamento
Nenhum remedio lhe vejo,
Senão se der o desejo
Azas ao merecimento.

Outro alheo.

Vos senhora tudo tendes
Senão q tedes os olhos verdes.

Voltas proprias.

Dotou em vos natureza
O summo da perfeição,
Qu'o que em vos he senão,
He em outras gentileza:
O verde não se despreza,
Qu'agora que vos o tendes,
Saõ bellos os olhos verdes.

Ouro & azul he a milhor
Cor porque a gente se perde;
Mas a graça desse verde
Tira a graça de toda cor,
Fica agora sendo a flor
A cor que nos olhos tendes,
Porque saõ vossos, & verdes.

Outro Mote alheo.

Para que me dan tormento
Aprouechando tan poco,
Perdido mas no tan loco
Que discubra lo que siento.

Voltas proprias.

Tiempo perdido es aquel

Z 3   que

Redondilhas

Que se passa en darme affan,
Pues quanto mas me lo dan,
Tanto menos siento del
Que descubra lo que siento?
No lo hare, que no es tã poco
Que no puede ser tan loco
Quien tiene tal pensamiento.

Sepan que me manda amor,
Que de tan dulce querella,
A nadie dè parte della,
Porque la sienta mayor.
Es tan dulce mi tormiento
Que aun semantoja poco
Y si es mucho quedo loco
De gusto de lo que siento.

Outro mote álhéo.

De vuestros ojos sentellas,
Qu'encienden pechos de yello,
Suben por el ayre al cielo
Y en llegando son estrellas.

Voltas proprias.

Falsos loores os dan

Qu'essas sentellas tan raras,
No son nel cielo mas claras,
Qu'en los ojos donde estan.
Porque quando miro en ellas
De como alumbran al cielo,
No se que seran nel cielo
Mas, se aca son estrellas.

Ni se puede presumir,
Que al cielo suban señora
Que la lũbre qu'en vos mora,
No tiene mas que subir,
Mas piẽso que dan querellas
A Dios nel octauo cielo,
Porque son aca en el suelo,
Dos tan hermosas estrellas.

Outro alheo.

De dentro tengo mi mal
Que de fora no ay señal.

Voltas proprias.

Mi nueua, y dulce querella,
Es inuisible a la gente,
El alma sola la siente,

que

De Luis de Camões.   180

Qu'el cuerpo no es dino della
Como la viua sentella
S'encubre en el pedernal
De dentro tengo mi mal.

Outro mote alheo.

Amor loco,amor loco,
Yo por vos, y vos por otro,

Voltas proprias.

Dióme amor tormentos dos,
Para que pene doblado,
Vno es verme desamado,
Otro es mansilla de vos,
Ved q̃ ordena Amor en nos?
Porque me vos hazeis loco,
Que seais loca por otro.

Trattais amor de manera
Que porque assi me trattais,
Quiere q̃ pues no me amais,
Qu'ameis otro,q̃ no os quiera
Mas con todo sino os viera
De todo loca por otro
Com mas razon fuera loco.

Y tan contrario viuiendo
Al fin al fin conformamos,
Pues ambos a dos buscamos
Lo que mas nos va huyendo.
Voy trasvos siempre siguiẽdo,
Y vos huyendo por otro
Andais loca,y me hazeis loco.

Mote alheo.

Todo es poco lo possible.

Glosa propria.

Ved qu'engaños señorea
Nuestro juyzio tan loco,
Que por mucho que se crea,
Todo el bien que se dessea.
Alcançado queda poco
Vn bien de qualquiera grado
Se de a verse es impossible,
Queda mucho desseado,
Mas para mucho alcansado,
Todo es poco lo possible.

Outra.

Possible es a mi cudado

Z 4   Po

Redondilhas

Poderme hazer satisfecho,
Si fuera possible al hado
Hazer no hecho lo hecho
I futuro lo passado.
Si oluido pudiera auer,
Fuera remedio suffrible:
Mas ya que no puede ser
Pura contento me hazer,
Todo es poco lo possible.

Mote alheo.

Vede bem se nos meus dias
Os desgostos vi sobejos,
Pois tenho medo a desejos,
E quero mal à alegrias:

Voltas proprias.

Se desejos fuy ja ter,
Seruiram de atormentarme,
Se algũ bem pode alegrarme
Quisme antes entristecer,
Passey annos passey dias,
Em desgostos tam sobejos,
Que soo por não ter desejos.

Perderey mil allegrias

Mote seu.

Pois he mais vosso que meu
Senhora, meu coração,
Eu vosso captiuo sam,
Meus olhos, lembreuos eu.

Volta.

Lemberuos minha tristeza,
Que ja mais nũca me deixa,
Lembreuos cõ quãta queixa
Se queixa minha firmeza:
Lembreuos que nam he meu
Este triste coraçaõ,
E pois ha tanta rezão
Meus olhos, lembreuos eu.

Outro mote seu.

Senhora, pois minha vida
Tendes em vosso poder,
Por serdes della seruida,
Não queiraes que destruida
Possa ser.

Vol.

De Luis de Camões. 181

Volta.

Isto nem por me pesar
De morrer se vos quiseres,
Que milhor me he acabar
Mil vezes que soportar
Os males que me fizerdes,
Mas soo por serdes siruida,
De mi em quanto viuer,
Vos peço que minha vida
Não queirais que distruyda
Fossa ser.

Outro seu a hũa dama.

Pois me faz danno olharuos
Naõ quero por naõ qreruos,
Que ninguẽ me veja veruos.

Volta.

De veruos a naõ vos ver
Ha dous estremos mortais,
E sam elles em si tais,
Qu'hũ por hũ me faz morrer
Mas antes quero escolher,

Que possa viuer sem veruos
Minhalma por nã perderuos.

Deste tamanho perigo,
Que remedio posso ter?
Se viuo soo com vos ver
Se vos nam vejo perigo,
Quero acabar comigo
Que ninguẽ me veja veruos,
Senhora, por nam perderuos.

Mote a tres damas que lhe diziam que o amauão.

Nã sey se m'engana Helena,
Se Maria, se Ioana,
Não sei qual dellas mẽgana?

Volta.

Hũa diz, que me quer bem,
Outra jura que mo quer,
Mas em jura de molher
Quem crerá, s'ellas não crem.
Não posso nã crer a Helena:
A Maria, nem Ioana,

Mas

Redondilhas

Mas nã fei qual mais mẽgana

Hũa fazme juramentos,
Que sò meu amor estima,
A outra diz que se fina,
Ioana que bebe os ventos,
Se cudo que mente Helena,
Tambem mintirà Ioana,
Mas quẽ mẽte não m'engana.

Outro seu a hũa dama
mal empregada.

Menina não sey dizer,
Vendouos taõ acabada,
Quão triste stou por vos ver,
Fermosa,& mal empregada.

Voltas.

Quem taõ malvos empregou,
Pouco de mi se doya,
Pois naõ vio quanto me hia
Em tirarme o que tirou,
Obriga o primor que tem
Lindeza taõ estremada,

Que digaõ quantos a vem
Fermosa,& mal empregada.

Tomastes da fermosura
Quanto della desejastes,
E com ella me guardastes
Para taõ triste ventura
Mattaueis sendo solteira
Mattais agora em casada,
Mattais de toda a maneira,
Fermosa,& mal empregada.

Outro a hũa foã Gon
çalues.

Mote.

Com vossos olhos Gonçalues
Senhora captiuo tendes
Este meu coração mendez.

Volta.

Eu sou boa testemunha,
Qu'amor tem por cousa mì,
Qu'olhos que saõ homẽs ja,
Se nomcem sem alcunha

Pois

De Luis de Camões. 182

Pois o coraçaõ apunha,
E diz olhos pois vos tendes
Chamaime coraçaõ mendes.

A hũa dama que lhe ju-
raua sempre pellos
seus olhos.

Outro seu.
De que me serue fugir
De morte,dor,& perigo
Se me eu leuo comigo?

Quando me quer enganar
A minha bella perjura,
Para mais me confirmar
O que quer certificar,
Pellos seus olhos me jura.

Voltas.
Tenhome persuadido
Por razão conueniente,
Que naõ posso ser contente
Pois que pude ser nacido,
Anda sempre tão vnido
O meu tormento comigo
q̃ eu mesmo sou meu perigo.

Como meu contentamento
Todo se rege por elles,
Imagina o pensamento
Que se faz agrauo a elles,
Não crer tão graõ juramẽto.

E se de mi me liurasse,
Nenhum gosto me seria:
Que naõ sendo eu naõ teria
Mal que esse bem me tirasse;
Força he logo que assi passe,
Ou com desgosto comigo,
Ou sem gosto,& sem perigo.

Porem como em casos tais
Ando ja visto,& corrente
Sem outros certos sinais
Quanto m'ella jura mais,
Tanta mais cudo que mente.

Então vendolhe offender
Hũs tais olhos como aqlles,
Deixome antes tudo crer

Sò

Redondilhas

Sò pella não constranger,
A jurar falso por elles.

Mote.
Vos teneis mi coraçon.

Glosa propria.
Mi coraçon me an robado
Y Amor viendo mis enojos,
Me dixo, fuete lleuado
Por los mas hermosos ojos,
Que des que viuo he mirado.
Gracias sobre naturales,
Te lo tienen en prision,
Y si amor tiene razon
Señora, por las señales
Vos teneis mi coraçon.

Mote alheo.
Ha hü bë que chega, & foge
E chamase este bem tal
Ter bem para sentir mal.

Volta propria.
Quem viueo sempre num ser

Inda que seja em pobreza
Naõ via o bem da riqueza,
Nem o mal de empobrecer
Naõ ganhou pera perder,
Mas ganhou com vida igual
Naõ ter bë nem sentir mal.

Ontras a húa dama que
lhe virou o rosto.

Olhos não vos mereci.
Que tenhais tal condiçaõ
Taõ liberais pera o chaõ
Taõ irosos pera mi.

Voltas proprias.

Baixos & honestos andais
Por vos negardes a quem
Não quer mais, q̃ aquelle bë
Que vos no chaõ espalhais.
Se pouco vos mereci
Nã m'estimais mais q̃o chão
A quem vos o galardaõ
Dais, & mo negais a mĩ.

Mote

De Luis de Camões. 183

Mote do Autor.

Venceome Amor, naõ onego
Tem mais força qu'eu assaz
Que como he cego, & rapaz,
Dame porrada de cego.

Volta.

Sò por qu'he rapaz roim,
Deilhe hũ bofete zombando:
Dizme; ò mao estaisme dãdo
Porque sois mayor que mim?
Pois se vos eu descarrego;
Hem dizendo isto, chaz
Tornam'outra: tâ rapaz
Que dâs porrada de cego.

Esparsa sua ao desconcer
to do mundo.

Os bons vi sempre passar
No mundo graues tormētos:
E para mais m'espantar,
Os meos vi sempre nadar
Em mar de contentamentos.
Cuidando alcançar assim

O bem taõ mal ordenado,
Fuy mao, mas fuy castigado:
Assi que sò para mim
Anda o mundo concertado.

A hũa dama perguntan-
dolhe quem o mataua.

Mote

Perguntaisme quẽ me mata?
Não quero responder nada,
Por vos não fazer culpada.

Voltas.

E se a pena não m'atiça
A dizer pena tão forte,
Querome entregar â morte,
Antes què vos â justiça.
Porem se tendes cubiça
De vos verdes tão culpada,
Direi que não sinto nada.

Mote.

Escõjurote Domingas
Pois me dâs tanto cuidado,

Que

Redondilhas

Que me digas se te vingas
Viuirei menos penado.

Voltas.

Iurauasme que outras cabras
Folgauas d'apascentar,
Eu por não me magoar,
Fingia qu'erão palauras.
Agora d'arte te vingas
D'algũ meu doudo peccado,
Qu'inda queiras Domingas,
Não posso ser enganado.

Qualquer cousa busca o seu
A fonte vay para o Tejo,
E tu para o teu desejo,
Por te vingares do meu,
De mi te esqueces Domingas
Com'eu faço do meu gado:
Praza a Deos q̃ se te vingas,
Que moura desesperado.

Na fantasia te pinto,
Falote, responde o monte,
Busco o rio, busco a fonte,

Endoudeço, & não o sinto
Domingas no valle brado,
Responde o ecco Domingas
E tu inda te não vingas
De me ver doudo tornado.

Alheo.

Se alma ver se não pôde
Onde pensamentos ferem,
Que farei para me crerem?

Voltas suas.

N'alma huã sò ferida
Faz na vida mil sinais,
Tanto se descobre mais,
Quanto he mais escondida.
S'esta dor taõ conhecida
Me naõ vem, porq̃ naõ querẽ,
Que farey para ma crerem?

Se se pudesse bem ver
Quanto callo, & quãta sẽto,
Despois de tanto tormento
Cuidaria alegre ser.
Mas se não me querem crer

Olhos

De Luis de Camões. 184

Olhos que tão mal me ferem,
Que farei para me crerem?

Alheo.
Vosso bem querer senhora,
Vosso mal melhor me fora.
Voltas suas.
Ia agora certo conheço
Ser melhor tod'o tormento,
Onde o arrependimento
Se compra por justo preço.
Enganoume hum bõ começo
Mas o fim me diz agora
Qu'o mal melhor me fora.

Quando hũ bẽ he tão danoso
Que sendo bem, dâ cuidado,
O danno fica obrigado
A ser menos perigoso.
Mas se a mim por desditoso,
Co bem me foi mal, senhora,
Co vosso mal bem me fora.
Alhea.
Se me desta terra for,
Eu vos leuarei amor.

Voltas suas.

Se me for, & vos deixar
(Ponho por caso que possa)
Est'alma minha qu'he vossa
Conuosco m'ha de ficar.
Assi que sô por leuar
A minh'alma, se me fôr
Vos leuarei meu amor.

Que mal pode maltratarme
Que conuosco seja mal?
Ou que bem pode ser tal
Que sẽ vos possa alegrarme?
O mal não pode enojarme,
O bem me serà mayor
Se vos leuar meu amor.

Alhea.
Pequenos contentamentos
Hi buscar quem contenteis
Qu'a mim não me conheceis.

Voltas do Autor.
Os gostos que tantas dores

Redondilhas

Fizeraõ ja valer menos,
Naõ os aceita pequenos
Quem nunca teue mayores.
Bem parecem vaõs fauores
Pois taõ tarde me quereis,
Qu'inda me naõ conheceis.

Offereceisme alegria
Tendome ja cego, & mouco,
He baixeza aceitar pouco
Quem tanto vos merecia.
Ideuos por outra via
Pois o bem que me deueis
Nunqua mo satisfareis.

Alhea.
Perdigaõ perdeo a pena
Naõ ha mal qlhe naõ venha.

Voltas suas.
Perdigaõ que o pensamento
Sobio em alto lugar,
Perde a pena do voar,
Ganha a pena do tormento.
Naõ tem no âr nẽ no vento

Asas com que se sostenha
Naõ ha mal q lhe naõ venha.

Quis voar a huã alta torre
Mas achouse desasado,
E vendose depenado,
De puro penado morre
S'a queixumes se socorre,
Lança no fogo mais lenha
Naõ ha mal qlhe naõ venha.

A huãs senhoras q auiaõ
de ser terceiras para com
huã dama sua.

Pois a tantas perdições
Senhoras quereis dar vida,
Ditosa sija a ferida
Que tem taes cerurgiões:
Pois ventura
Me sobio a tanta altura
Que me sejais valedores,
Ditosa seja a tristura
Que se cura
Por vossos rogos senhoras.

Ser

De Luis de Camões. 105

Ser minha pena mortal.
Ia qu'entendeis qu'he assim,
Naõ quero fallar por mi,
Que por mim falla meu mal.
Sois fermosas,
Aueis de ser pjadosas
Por ser tudo d'hũa cor;
Que pois amor vos fez rosas
Milagrosas,
Fazei milagres d'amor.

Pedi a quem vos sabeis,
Que saiba de meu trabalho,
Naõ pello qu'eu nisso valho,
Mas pello que vos valeis:
Qu'o valer
De vosso alto merecer
Com lho pedir de giolhos,
Fará qu'em meu padecer
Possa ver
O poder que tem seus olhos.

Vossa muita fermosura
Co a sua tanto val,
Que me ria de meu mal

Quãdo cuidu ẽ quẽ, me cura,
A meus ays
Peço os q e lhe valhais
Damas d'amor tão validas,
Que nunqua tal dor sintais
Que queirais
Onde naõ sejais queridas.

Endechas, a hũa cattiua
com quẽ andaua d'amo-
res na India, chama-
da Barbora.

Aquella cattiua,
Que me tem cattiuo,
Porque nella viuo,
Ia não quer que viua,
Eu nunqua vi rosa
Em suaues molhos,
Que para meus olhos
Fosse mais fermosa.

Nem no ceq estrellas,
Nem no campo flores,
Me parecem bellas,

a   Como

Redondilhas

Como os meus amores.
Rosto singular,
Olhos sossegados,
Pretos & cansados
Mas não de mattar.

Hūa graça viua,
Que nelles lhe môra,
Para ser senhora
De quem he cattiua,
Pretos os cabellos,
Onde o pouo vaõ
Perde opinião
Qu'os louros saõ bellos.

Pretidão d'amor,
Tão doce a figura,
Qu'a neue lhe jura
Que trocàra a cor.
Leda mansidão
Qu'o siso acompanha,
Bem parece estranha
Mas Barbora não.

Presença serena

Qu'a tromēnta amansa
Nella em fim descansa
Toda a minha pena.
Esta he cattiua
Que me tem cattiuo:
E pois nella viuo
He força que viua.

Outra.

Quem ora soubesse
Onde o amor nasce,
Qu'o se me asse.

D'amor, & seus danos
Me fiz laurador,
Semeaua amor,
E colhia enganos:
Não vi em meus annos
Homem que apanhasse
O que semeasse.

Vi terra florida
De lindos abrolhos,
Lindos para os olhos,
Duros para a vida,
Mas a rez perdida

Que

De Luis de Camões. 198

Que tal herua pasce
Em forte hora nasce.

Com quanto perdi
Trabalhaua em vaõ,
Se semeey graõ,
Grande dor colhi:
Amor nunca vi
Que muito durasse
Que não magoasse.

Alheo.

Se me leuaõ agoas,
Nos olhos as leuo.

Proprias.

Se de saudade
Morrerey,ou naõ,
Meus olhos diraõ
De mim a verdade.
Por elles m'atreuo
Alcançar as agoas,
Que mostrem as magoas
Que nesta alma leuo.

As agoas qu'em vaõ
Me fazem chorar,
Se ellas saõ do mar
Estas d'amar saõ.
Por ellas releuo
Todas minhas magoas,
Que se força d'agoas
Me leua,eu as leuo.

Todas m'entristecem,
Todas saõ salgadas;
Porem as choradas
Doces me parecem.
Correy,doces agoas,
Que se em vos m'enleuo,
Naõ doem as magoas
Que no peito leuo?

Outro alheo.

Menina dos olhos verdes
Porque me naõ vedes?

Proprias.

Elles verdes saõ,
E tem por vsança.

a 2

Redondilhas

Na cor esperança,
E nas obras não:
Vossa condição
Não he d'olhos verdes,
Porque me não vedes?

Isenções a molhos,
Que ellas dizem verdes
Não saõ d'olhos verdes
Nem de verdes olhos:
Siruo de giolhos,
E vos naõ me credes,
Porque me não vedes?

Auiaõ de ser
Po...............
Qu'hũs olhos........os
Naõ se haõ d'esconder:
Mas fa.............
Que............... verdes,
Porque me naõ vedes?

Verdes naõ o ....
No que alcanço delles,
Verdes saõ aquellas

Que esperança daõ:
Se na condição
Estâ serem verdes,
Porque me não vedes?

Outro alheo.

Trocai o cudada
Senhora comigo,
Vereis o perigo
Qu'he ser desamado.

Voltas proprias.

Se trocar desejo
O amor entre nós,
He para que em vos
Vejais o que vejo.
E sendo trocado
Este amor comigo,
Servosha castigo,
Terdes meu cudado.

Tendes o sentido
D'amor liure, & isento,
E cudais que he vento
Ser taõ mal querido.

Naõ

De Luis de Camões. 187

Não seja o cuidado
Tão vosso inimigo
Que quero o perigo
De ser desamado.

Mas nunca foi tal
Este meu querer,
Que quem tanto quer
Queira a tanto mal,
Seja eu maltrattado,
E nunca o castigo
Vos mostre o perigo,
Que he ser desamado.

Outra à tençam de Miraguarda.

Ver, & mais guardar
De ver outro dia
Quem o acabaria?

A lindeza vossa,
Dama quem a vé,
Impossiuel he
Que guardar se possa.
Se faz tanta mossa,

Veruos hum sò dia
Quem se guardaria?

Milhor deue ser
Neste auenturar,
Ver, & não guardar,
Que guardar de ver,
Ver, & defender
Muito bom seria,
Mas quem poderia?

Mote.

Irme quiero madre
Aquella galera,
Con el marinero
A ser marinera.

Voltas proprias.

Madre si me fuere
Do quiera que vò
No lo quiero yo,
Quel amor lo quiere,
Aquel niño fiero
Haze, que me muera,
Por vn marinero,

a 3   A ser

Redondilhas

A ser marinera.

El que todo puede,
Madre, no podrâ,
Pues el alma vâ
Que el cuerpo se quede,
Con el por quien muero,
Vay porque no muera;
Que si es marinero,
Sere marinera.

Es tyranna ley,
Del niño senhor,
Que por vn amor
Se deseche vn Rey:
Pues desta manera
Quiere, yo me quiere,
Por vn marinero
A ser marinera.

Disid, ondas, quando
Vistes vos donzella,
Siendo tierna y bella,
Andar nauegando!
Mas no se espera

Daquel niño fiero,
Vea yo quien quiero,
Sea marinera.

Outra cantiga velha.

Saudade minha
Quando vos veria?

Volta propria.

Este tempo vão,
Esta vida escassa
Para todos passa
Soo para mim não,
Os dias se vão,
Sem ver este dia
Quando vos veriã?

Vede esta mudança,
Se está bem perdida,
Em tam curta vida
Tam longa esperança,
Se este bem se alcança,
Tudo soffreria,
Quando vos veria.

Sau-

De Luis de Camões. 188

Saudosa dor,
Eu bem vos entendo:
Mas nam me deffendo,
Porque offendo amor.
Se fosseis mayor.
Em mayor valia:
Vos estimaria.

Minha saudade,
Caro penhor meu,
A quem direy eu
Tamanha verdade?
Na minha vontade
De noite, & de dia
Sempre vos teria.

Outra alhea.
Vida da minh'alma
Nam vos posso ver,
Isto nam he vida
Para se soffrer.

Voltas proprias.
Quando vos eu via
Esse em lograua

A vida estimaua
Mais então viuia,
Porque vos seruia,
Soo para vos ver,
La que vos nam vejo,
Para que he viuer?

Viuo sem rezão
Porque em minha dor
Nam a pos amor,
Que enimigos sam
Muy grande treyçam,
Me obriga a fazer
Que viua senhora
Sem vos poder ver.

Nam me atreuo ja
Minha tam querida,
A chamar vos vida
Porque a tenho mã,
Ninguem cuidarà
Que isto pode ser
Sendome vos vida,
Nam poder viuer.

z 4

Redondilhas

Coyſa de Beirame   Terá bem que rir
namorou Ioane,   Pois amas beirame
                      E a mim não Ioane.

Voltas proprias.

Por couſa tão pouca   Quem ama aſsi
Andas namorado?   A de ſer amada,
Amas a toucado,   Ando maltratada
E não quem o touca?   D'amores por ti
Ando cega & louca   Amame a mim
Por ty meu Ioane,   E deixa o beirame
Tu pello beirame.   Que he rezão Ioane.

Amas o veſtido   A todos encanta
Es falſo amador   Tua paruoice,
Tu não ves qu'amor   De tua doudice
Se pinta diſpido?   Gonçalo ſe eſpanta,
Cego & perdido   E zombando canta
Andas por Beirame   Coyſa de beirame
E eu por ti Ioane.   Namorou Ioane.

Se alguem te vir,   Eu não ſey que viſte
Que dira de ti?   Neſte meu toucado,
Que deixas a mim   Que tão namorado
Por couſa tão vil?   Delle te ſentiſte
                      Não te veja triste:

Ama-

De Luis de Camões. 189

Amame Ioane
E deixa o beirame.

Ioane gimia,
Maria choraua.
Aßi lamentaua
O mal que sentia.
Os olhos firia,
E não o beirame
Que mattou Ioane.

Não sey de que vem
Andares vistido
Que o mesmo Cupido
Vistido não tem
Sabes de que vem
Amares beirame,
Vem de ser Ioane.

Motes seus.

Se Helena apartar
Do campo seus olhos,
Nasceraõ a brolhos

Voltas.

A verdura amena

Gados, que pasceis,
Sabei que a deueis
Aos olhos d'Helena:
Os ventos serena,
Faz flores d'abrolhos
O âr de seus olhos.

Faz serras floridas,
Faz claras as fontes:
S'isto faz nos montes,
Que farà nas vidas?
Tralas suspendidas
Como eruas em molhos
Na luz de seus olhos.

Os corações prende
Com graça inhumana,
De cada pestana
Hum'alma lhe pende.
Amor se lhe rende,
E posto em giolhos
Pasma nos seus olhos.

Alheo.

Verdes são os campos.

De

Redondilhas

De cor de limão,
Assi saõ os olhos.
Do meu coração.

Com rosas, & flores
Moças que as regaõ
Matãome d'amores.

Voltas suas.

Campo que te estendes
Com verdura bella,
Ouelhas que nella
Vosso pasto tendes,
D'heruas vos mantendes
Que traz o verão,
E eu das lembranças
Do meu coração.

Voltas suas.

Entre estes penedos
Que daqui parecem,
Verdes heruas crecem,
Altos aruoredos.
Vay destes rochedos
Agoa com que as flores
D'outras saõ regadas
Que matão d'amores.

Gado que pasceis
Co contentamento,
Vosso mantimento
Não o entendeis:
Isso que comeis
Não saõ heruas, não,
Saõ graças dos olhos
Do meu coraçaõ.

Co a agoa que cay
Daquella espessura,
Outra se mestura
Que dos olhos say:
Toda junta vay
Regar braucas flores
Onde ha outros olhos
Que mataõ d'amores.

Alheo.

Verdés saõ as hortas

Celestes jardins,
As flores estrellas,

Hor

De Luis de Camões. 190

Hortelo.ıs dellas
Saõ hūs Seraphins:
Rosas, & jazmins
De diuersas cores,
Anjos que as regaõ
Mat.iome d'amores.

Alhea.

Menina fermosa
Dizei de que vem
Serdes rigurosa
A quem vos quer bem?

Voltas porprias.

Naõ sei quem assella,
Vossa fermosura
Que quem he taõ dura
Naõ pòde ser bella.
Vos sereis fermosa,
Mas a rezaõ tem,
Que quem he yrosa
Naõ parece bem.

A mostra he de bella,
As obras saõ cruas:
Por qual destas duas,

Ficarà na sella?
Se ficar irosa,
Naõ vos està bem
Fique antes fermosa
Que mais força tem.

O amor fermoso
Se pinta, & se chama
Se he amor, ama,
Se ama, he piadoso.
Diz agora a grosa
Que este texto tem,
Que quem he fermosa,
Ha de querer bem.

Auei dô menina
Dessa fermosura
Que s'a terra he dura,
Secasse a bonina.
Sede piadosa
Naõ veja ninguem
Que por rigurosa
Percaes tanto bem.

Alhea.

Tendeme mão nelle

qu'hum

Redondilhas

Qu'hum real me deue.

Qu'hum real me deue.

Voltas proprias.

C'hum real d'amor,
Dous de confiança,
E tres de esperança
Me foge o trêdor,
Falso desamor,
S'encerra naquelle
Qu'hum real me deue.

Pediomo empreftado
Não lhe quis penhor,
He mao pagador
Tendemo efferrado.
C'hum cordel attado
Ao tronco se leue
Qu'hum real me deue.

Por esta traueſſa
Se vay acolhendo,
Eylo vay correndo
Fugindo a graõ preſſa.
Nefta não, & neſſa
O falſo s'atreue

Comproume amor
Sem lhe fazer preço,
Eu não lhe mereço
Darme idisfauor.
Da me tanta dor,
Qu'anto apos elle
Pello que me deue.

Eu de câ bradando,
Elle vay fugindo,
Elle sempre rindo,
Eu sempre chorando,
De quando em quando
No amor s'atreue
Como que não deue.

A falar verdade,
Elle ja pagou,
Mas inda ficou
Deuendo a metade
Minha liberdade
He a que me deue
Só nella se atreue.

De Luis de Camões. 191

CARTA I MANDA
DA DA INDIA A HVM AMIGO.

DEsejei tanto hũa vossa, que cudo que pella muito desejar, a não vi. Porque este he o mais certo costume da fortuna, consentir que se deseje o que mais presto ha de negar. Mas porque outras Naos me não façaõ tamanha offensa, como he fazeremme sospeitar que vos não lembro; determinei de vos obrigar agora com esta: na qual pouco mais, ou menos vereis o q̃ quero que me escreuais dessa terra. Em pago do qual, d'ante mão vos pago com nouas desta, que não serão mâs no fundo de hũa arca para auiso de algũs auentureiros, que cudão que todo o mato he ouregãos, & não sabem que cà, & lâ màs fadas ha.

Despois que dessa terra parti, como quem o fazia para o outro mundo, mandei enforcar a quantas speranças dera de comer ate então, com pregaõ publico por falsificadoras de moeda. E desenganei esses pensamentos que por casa trazia, porque em mim não ficasse pedra sobre pedra. E assi posto em estado que me não via senão por entre lusco, & fusco, as derradeiras palauras que naNao disse, forão as de Scipião Africano: Ingrata patria non possidebis ossa mea. Porque quando cu-

do

Cartas

do que sem peccado, que me obrigasse a tres dias de Pur
gatorio, passei tres mil de mais lingoas, peores tenções, danadas vontades, nascidas de pura enueja, de verem sua amada yedra de si arrancada, & em outro muro
asida, da qual tambem amizades mais brandas que
cera se ascendião em odios que demanda sperauão, & o
lume que me deitaua mais pingos na fama que os cou-
ros de hum leitão. Então ajuntouse a isto acharemme
sempre na pelle a virtude de Achiles, que não podia ser
cortado senão pellas solas dos pés, as quaes de mas não
verem nunqua, me fez ver as de muitos, & não engei-
tar conuersações da mesma impressão, a quem fracos
punhão mao nome, vingando com a lingoa o que não po
dião com o braço. Em fim, senhor, eu não sei com que
me pague saber tambem fugir a quantos laços nessa
terra me armauão os acontecimentos, senão com me vir
para esta, onde viuo mais venerado, q̃ os touros da Mer
ciana, & mais quieto que a cela de hum frade Prega-
dor. Da terra vos sei dizer que he mãy de vilões roins,
& madrasta de homẽs honrados. Porque os que se cã
lanção a buscar dinheiro, sempre se sostentão sobre a
agoa com bexigas. Mas os que sua opinião deita, a las
armas Mouriscote, como maré corpos mortos â praya.
Porque sabei que antes que amadurecão se secão. Ia
estes que tomauão esta opinião de valẽtes âs costas cre
de que nunqua riberas del Duero arriba caualgarão

çamo

De Luis de Camões. 192

Camoranos, qué roncas de tal soberbia entre si fuessen hablando, & quando vem ao effeito da obra saluãose com dizerem, que se não podem fazer tamanhas duas cousas como he prometer, & dar. Informado disto, veo a esta terra Ioaõ Toscano, que como se achaua em algũ magusto de rosiões verdadeiramente, que alli era su comer las carnes crudas, su beber la biua sangre. Calisto de Siqueira se veo cà mais humanamente, porque assi o prometteo em hũa tormēta grande em que se vio. Mas hum Manoel Serrão, que sicut & nos manqueja de hũ olho, se tē cà prouado arrezoadamente. Porq̃ fui tomado por juiz de certas palauras de q̃ elle fez desdizer a hũ soldado, o qual polla postura de sua pessoa, era cá tido em boa conta. Se das damas da terra q̃reis nouas; as quais saõ obrigatorias a hũa carta, como marinheiros à festa de saõ F. Pero Gonçalues: sabei q̃ as Portuguesas todas caẽ de maduras, q̃ não ha cabo q̃ lhe tenha os põtos se lhe quiserem lançar pedaço. Pois as que a terra dà, alem de serem derrala, fazeime m. que lhe faleis algũs amores de Petrarca, ou de Boscão, respondem vos hũa lingoagem meada de eruilhaca, que traua na garganta do entendimento, aqual vos lãça agoa na feruura da mòr q̃entura do mũdo. Hora julgai señor o que sentirà hum estamago costumado a resistir as falsidades de hũ rostinho de tauxia de hũa dama Lisbonense, que chia como pucarinho nouo com a agoa, vendose

Cartas

agora entre esta carne de felé, que nenhum amor dâ de fi, como não chorarà las memorias de in ilio tempore? Por amor de mim, que ás molheres desta terra digais de minha parte, que fe querem abfolutamente ter alçada com baraço, & pregaõ, que não receem feis mefes de mà vida por effe mar; que eu as efpero, com procifsaõ, & paleo reueftido em pontifical, adonde eftoutras fenhoras lhe irão entregar as chaues áa cidade, & reconheceram toda a obediencia a que por fua muita ida de faõ ja obrigadas. Por agora não mais fenão que efte Soneto que aqui vay, que fiz à morte de dom Antonio de Noronha, vos mando em final de quanto della me pefou. Hũa Egloga fiz fobre a mefma materia, a qual tambem tratta algũa coufa da morte do Principe, que me parece melhor que quantas fiz. Tambem vola mandara para a moftrardes lâ a Miguel Diaz, que pella muita amizade de Dom Antonio folgaria de a ver, mas a occupação de efcréuer muitas cartas para o Reyno me não deu lugar. Tambem lâ efcreuo a Luis de Lemos, em repofta doutra que vi fua, fe lha não derão, faiba que he culpa da viagem na qual tudo fe perde. Vale.

Em flor vos arrancou de então crecida
   Ah fenhor Dom Antonio, a dura forte!
   Donde fazendo andaua o braço forte

De Luis de Camões. 193

A fama dos antigos esquecida.
Hũa só razão tenho conhecida
   Com que tamanha magoa se conforte;
   Que pois no mundo auia hórada morte,
   Que não podieis ter mais larga vida.
Se meus humildes versos podem tanto
   Que co engenho meu se iguale a arte,
   Especial materia me sereis.
E celebrado em triste,& doce canto,
   Se morrestes nas mãos do fero Marte,
   Na memoria das gentes viuireis.

CARTA II. A OVTRO AMIGO.

*Esta vay com a candea na mão morrer nas de v.m.
& se dahi passar seja em cinza, porque não quero
que do meu pouco, comão muitos. E se toda via quiser
meter mais mãos na escudela, mandelhe lauar o nome,
& valha sem cunhos.*

   La mar en medio, y tierras he dexado,
   Y quanto bien cuitado yo tenia:
   Mas quan vano imaginar, quá claro engaño
   Es darme yo a entender que con partirme,
   De mim se a de partir hum mal tamanho.
Quão mal está no caso quem cuda que a mudança do
          b   *lugar,*

Cartas

lugar, muda a dor do sentimento. E senaõ digao quien dixo que l'ausencia causa oluido. Porque em fim la tierra queda, & o mais a alma acompanha. Ao aluo destes cudados jogaõ meus pensamentos a barreira, tendome ja pello costume tão contente de triste, que triste me faria ser contente; porq̃ o longo vso dos annos se conuerte em natureza. Pois o que he para môr mal, tenho eu para môr bem. Ainda que para viuer no mũdo, me debruo doutro pano, por não parecer curuja entre pardais, fazẽdome hum para ser outro, sendo outro para ser hum: mas a dor dissimulada dara seu fruito, que a tristeza no coração, he como a traça no pano: & por tão triste me tenho, que se sentisse alegria, de triste não viuiria. Porque a tal sorte vim, que não vejo bem algũ em quanto vejo, que não naceo para mim, & por não sentir nenhum, nenhum desejo. Porque cousas impossiueis he melhor esquecelas que desejalas. E por isso.

> Sò tristeza ver queria
> Pois minha ventura quer
> Que sò ella
> Conheça por alegria;
> E que se outra quiser,
> Morra por ella.

Pouco sabe da tristeza quem (sem remedio para ella) diz ao triste que se alegre. Pois não vé que alheos conten-

De Luis de Camões. 194

tentamentos a hum coração descontente, não lhe reme-
deando o que sente, lhe dobrão o que padece. Vos, se vem
â mão esperareis de mim palaurinhas jueiradas, enfor-
calas de bõs propositos. Pois desenganaiuos que desque
professei tristeza, nunca mais soube jugar d'outro sito.
E porq não digais q não sou gēte fora do meu bairro,
vedes vai hūa volta feita a este mote, q escolhi na mana
da dos ēgeitados. E cudo q não he tão dedo queimado, q
não sej i dos q el Rey mādou chamar: o qual falla assi.

Não quero, não quero
Iubão amarelo.

Se de negro for
Tambem me parece,
Quanto m'aborrece
Toda a alegre cor:
Cor que mostra dor
Quero, & não quero
Iubao amarelo.

Pareceuos q se pode dizer mais? não me respondais
quem gabara a noiua, porque assentai que foy comēdo,
& fazendo, ou asoprando, que não he tão pequena abi
lidade. E porque vos não pareça que foy mais acertar,
que querelo fazer: vedes vay outra do mesmo jaez com
tanto que se não vá a pasmar.

b 2   Per

Cartas

Perdigão perdeo a pena,
Não ha mal que lhe não venha.

Em hum mal ontro começa,
Que nunqua vem só nenhum;
E o triste que tem hum,
A sofrer outro s'offereça:
E só pello ver conheça,
Que basta hum só que tenha,
Para que outro lhe venha.

Que graça será esperardes de mim propositos em cou
sas q̃ os não tem pera comigo, pois ainda q̃ queira, naõ
posso o que quero; que hum sentido remontado de não
pòr pé em ramo verde, tudo lhe sucede assi: & cada hũ
acòde ao que lhe mais doy. E mais eu que o que mais me
entristece he contentamento ter, pois fujo delle, que mi
nh'alma o aborrece, que lhe lembra que he virtude de
viuer sem elle. Porque ja sabeis que magoa he veloûs,
& não o paparàs. Por fugir destes inconuenientes.

Toda a cousa descontente
Contentarme só conuinha
De meu gosto,
Que o mal de que sou doente,
Sua mais certa mezinha
He desgosto.

De Luis de Camões. 195

Ia ouuirieis dizer, Morro o que não podes auer, dão pel
la tua alma. O mal sem remedio, o mais certo que tem,
he fazer da necessidade virtude : quanto mais se tudo
tão pouco dura, como o passado prazer. Porq̃ em fim,
Allegados son iguales, los que biue por sus manos, &c.
A este proposito, pouco mais, ou menos, se fizerão huas
voltas a hum mote denchemão, q̃ diz por sua arte zom
bando, mais que não de sizo (que toda a galantaria he
tirala donde senão espera) o qual crede, que tem mais
que roer do que hum praguento : Por tanto recuerde el
alma adormida, & mande escumar o entendimento, que
doutra maneira, De fuera dormiredes pastorzico. E o
meu senhor diz assi.

> Daualhe o vento no chapeiraõ
>   Quer dè, quer naõ.
> Bem o pode reuoluer
> Que o vento não tras mais fruito
> E mais vento he sentir muito,
> O que em fim, fim a de ter:
> O melhor, he melhor ser,
> Que o vento no chapeiraõ,
>   Quer lhe dè, quer naõ.

Hũa cousa sabei de mim, q̃ queria antes o bem do mal,
que o mal do bẽ, porq̃ muito mais se sente o por vir, q̃ o
passado. E a morte até matar, mata. Não sei se sereis

b 3   marca

Cartas

marca de voar tão alto, porque para tomar a palha a
esta materia, saõ necessarias asas de nebri? Mas vos
sois homem de prol, & desculpame a conta em que vos
tenho. E a que de mim vos sei dar he.

> Que esperança me despede,
> Tristeza naó me fallece,
> E tudo o mais m'aborrece.
> Ia que mais naó mereceo
> Minha estrella,
> Sò a tristeza conheço,
> Pois que para mim nasceo,
> E eu para ella.

No mundo não tẽ boa sorte, senaõ quem tem por boa a
q̃ tem. E daqui me vem cõtentarme de triste. Mas olhai
de que maneira viuo assi ao reues, tomando por certa
vida, certa morte, com que folgo em q̃ me pes, pois mi-
nha sorte he seruida, de tal sorte. Hũa cousa sabei, q̃
o mal inda que às vezes o vejais louuar, não ha quem o
louue com a boca, que o não tache com o coração.

> Ajudaime a sofrer,
> Vida taó sem sofrimento,
> E taó sem vida:
> Ver que em fim, fim a de ter
> Desgosto, & contentamento
> Hũa medida.

Asen-

De Luis de Camões. 196

Atentai que não saõ maos confeitos de enforcado para os que estão com o baraço na garganta, cudar q̃ o bem, & o mal ainda que sejaõ differentes na vida, saõ conformes na morte: porque vemos que não ha tão alta sorte, nem ventura taõ subida, ou desestrada, a quem não asopre a morte, não sopre o fogo da vida. A seu fim todas as cousas vão correndo. Nem ha cousa a que o tẽpo não consumma, nem vida que de si tanto presuma, que se naõ veja nada, em se vendo, que o mais certo que temos, he nada termos certo, cá na terra, pois para seus naõ nascemos, se o seu nos dà incerto, nada erra. Quero vos dar conta de hum Soneto sem pernas, que se fez a hum certo recontro, que se teue com este destruidor de bõs propositos, & não se acabou, porque se teue por mal empregada a obra. Cujo teor he o seguinte.

Forçoume Amor hum dia que jugasse
    Deu as cartas, & douros leuantou,
    E sem respeitar mão, logo trunfou,
    Cudando que o metal que m'enganasse.
Dizendo, pois trunfou, que triunfasse
    A hũa cota douros que jugou;
    Eu entaó por burlar quem me burlou,
    Tres paos juguei: & disse que ganhasse.

Principes de condiçaõ, ainda que o sejão de sangue,

b 4   *saõ*

Cartas

saõ mais enfadonhos que a pobreza, fazem com sua fi_
dalguia, com que lhe cauemos, fidalguias de seus auòs:
onde naõ ha trigo tão jueirado, que não tenha algũa er
uilhaca. Ia sabeis que basta hum frade roim, para dar
que fallar a hũ conuento. Tres cousas naõ se sofrẽ sem
discordia. Companhia, namorar, mandar villaõ roim
sobre cousa de seu interesse. Não se pode ter paciẽcia
com quem quer que lhe façaõ o que não faz. Desaguar
decimentos de boas obras, destruem a vontade para naõ
fazellas a amigo, que tem mais conta com o interesse,
que com a amizade, rezai delle q̃ he dos ca nomeados.

Grande trabalho he querer fazer alegre rosto, quã
do o coração está triste: pano he q̃ não toma nunca bẽ
esta tinta, q̃ a lũa recebe a claridade do sol, & o rosto
do coraçaõ. Nada dâ quem naõ dâ honra no q̃ dâ. Naõ
tem que aguardecer, quẽ no q̃ recebe a não recebe: por
que bem comprado vai, o que com ella se cõpra. Nada
se dà de graça, o que se pede muito. Está certo quẽ não
tem hũa vida, tem muitas. Onde a razão se gouerna pel
la vontade, ha muito que praguẽjar, & pouco que lou_
uar. Nenhũa cousa homezia os homẽs tanto consigo,
como males de que se não guardaraõ, podendo. Não ha
alma sem corpo, que tantos corpos faça sem almas, co_
mo este purgatorio, a que chamais honra, donde muitas
vezes os homẽs cudão que a ganhão, ahi a perdem. On_

de

De Luis de Camões. 197

de ha inueja,não ha amizade,nem a pode auer em desi
gual conuersação. Bem mereceo o engano, quem creo
mais o que lhe dizem,q̃ o que vio.Agora ou se a de viuer no mundo sem verdade,ou com verdade sem mũdo.
E para muito pontual perguntai lhe donde vem?vereis
que algo tiene en el cuerpo que le duele. Hora tempe-
raime la esta gaita,que nẽ assi, nem assi achareis meo
real de descanso nesta vida, ella nos tratta somente co
mo alheos de si,& com razão,pois somente nos he dada
pora ganharmos nella, o que sabemos: se se gasta mal
gastada,juntamẽte com perdela,nos perdemos. Em fim
esta minha senhora, sendo a cousa porq̃ mais fazemos,
he a mais fraca alfaya de que nos seruimos. E se que
remos ver quão breue he,ponderemos,& vejamos, que
ganhamos em viuer, os que nacemos: veremos que não
ganhamos,senão algum bem fazer,se o fazemos.E por
que respeitando, que o por vir tal serâ, enthesouremos,
porque não sabemos, quando a morte nos pedirâ , que
lhe paguemos. Nunca vi cousa mais para lembrar,&
menos lembrada, que a morte , sendo mais aborrecida
que a verdade, tem se em menos conta que a virtude.
Mas com tudo com seu pensamento, quando lhe vem â
vontade a carreta mil pensamentos vaõs,que tudo para com ella he hum lume de palhas. Nenhũa cousa me
enche tãto as medidas,para com estes que viuẽ, a mor
bo-

Cartas

bonança como ella. Porque quando lhe menos lembra, então lhe arranca as amarras, dando com os corpos â costa, & se vem â mão com as almas no inferno, que he bem roim guasalhado.

E pois todos ifto temos
Naó nos engane a riqueza
Porque tanto efmorecemos
E tras que vamos,
Ia que temos por certeza
Que quando mais a queremos,
A deixamos.

Gaftamos em alcançala
A vida, & quando queremos
Vfar della,
Nos tira a morte lograla
Afsi que a Deos perdemos,
E a ella.

Porque ja ouuirieis dizer ninho feito, pega morta. Que me dizeis ao contentamento do mundo, que toda a dura delle eftâ em quanto se alcança? porque acabado de paffar, acabado de efquecer. E com razão, porque acabado de alcāçar he paffado, & mayor saudade deixa, do que he o contentamento que den. Efperai por me fazer m.q̃ lhe quero dar hũas palaurinhas de propofito.

Mun

De Luis de Camões. 198

Mundo ſe te conhecemos
Porque tanto deſejamos,
Teus enganos?
E ſe aſsi te queremos,
Muy ſem cauſa nos queixamos,
De teus danos.

Tu não enganas ninguem
Pois a quem te deſejar,
Vemos que danas,
Se te querem qual te vem;
Se te querem enganar,
Ninguem enganas.

Vejãoſe os bés que tiuerão
Os que mais em alcançarte
Se eſmerarão,
Que hũs viuendo, não viueraõ
E outros ſò com deixarte,
Deſcanſarão.

Se eſta tão clara fè
Te aclara teus enganos,
Deſengana,
Sobejamente mal vè,

Quem

Cartas

Quem com tantos desenganos
Se engana.

Mas como tu sempre mores
No engano em que andamos
E que vemos,
Naó cremos o que tu podes,
Senaó o que desejamos
E queremos.

Nada te pode estimar
Quem bem quiser conhecerte,
E estimarte,
Que em te perder, ou ganhar
O mais seguro ganharte
He perderte.

E quem em ti determina
Descanso poder achar
Saiba que erra;
Que sendo a alma diuina
Naó a pode descansar
Nada da terra.

Nascemos para morrer,

Mor-

De Luis de Camões. 199

Morremos para ter vida
Em ti morrendo;
O mais certo he merecer
Nos a vida conhecida
Cá viuendo.

Em fim mundo, es estalagem
Em que pousaõ nossas vidas
De corrida;
De ti leuaõ de passajem
Ser bem, ou mal recebidas
Na outra vida.

A fueла a fuera Rodrigo, que eu se muito for por este
caminho, darei em ēnfadonho. Ainda que me parece ja
me não liurarâ preuilegio de cidadão do Porto. E pois
me vêdo a vos sofreime com meus encargos. E porque
não digais que sou hereje de Amor, & ꝗ lhe não sei ora
ções: vedes vay hūa, Di Iuan de ꝗ murio Blas? com hū
pê à Portuguesa, & outro à Castelhana, & naõ vos es-
panteis da librè, que eu em qualquer palmo desta mate-
ria perco o norte. E os supricantes dizem assi:

Di, Iuan, de que murio Blas,
Tan niño, y tan mal logrado?
Gil murio de desamado.

Dime

Cartas

Dime Iuan, quien le engaño
Que con amor se engañasse
Pensando que el bien hallasse,
Adonde el mal cierto hallò.
Despues que el engaño vio
Que hizo desengañado?
Gil morio de desamado.

Trauou eom elle pendença
Em ter razão confiado
Mas amor como he letrado,
Ouue contr'elle a sentença:
E co aquella differença
Disse entre si o coitado,
Gil morreo de desamado.

Quem tem razão tão cerrada
Que não saiba, sendo rudo
E sem respeito,
Que sem Deos he tudo nada,
E nada com elle tudo
Sem defeito?

E sendo isto tão certo,
Como todo confessamos,

E sa-

De Luis de Camões. 200

E sabemos,
Não demos pello incerto
O em que tão certo estamos
Pois o vemos.

A tudo isto podeis responder, q̃ todos morremos do mal de Phaetão, porq̃ del dicho al hecho, va gran trecho. E de saber as cousas, & passar por ellas, ha mais differença, q̃ de consolar a ser consolado: mas assi entrou o mũdo, & assi ha de sair; muitos a reprendelo, & poucos a emendalo. E com isso amaino, bejando essas poderosas maõs hũa quatrinqua de vezes, cuja vida & reuerendissima pessoa, nosso Senhor, &c.

Zombaria que fez sobre algũs homés a que
não sabia mal o vinho : fingindo, que em
Goa nas festas que se fizeraõ a socessaõ de
hum gouernador , sairão a jugar as canas
estes certos galantes com diuisas nas bandeiras, & letras conformes suas tenções,&
inclinações.

E hũ q̃ bebia excessiuamente tirou por diuisa hũ Mor cego, que em q̃ foy conuertida Alcithoe cõ as irmãs, por desprezarẽ os sacrificios de Baco. E como aquelle q̃ se em tal erro caisse, nã q̃ria ser cõuertido em tã baixo animal, & tã nojoso, dizia a sua letra assi em Castelhano

Si

Cartas

Si yo defobedeciere
A tu deidád fanĉta y pura,
En almudes mi figura.

Algũs praguentos quiferaõ dizer, que eſta letra era maliciofa, & que não queria dizer tanto, que defejar eſte galante de fer mudado em al, como defejaua almu des deſte licor. Mas he muito grande falfidade, que fen do a letra aſſi feita, a cafo acertou de fair aquella pa laura com q̃ molhaua as fuas, quẽ tiraua a diuifa. Do q̃ o inocente autor defpois ficou para fe enforcar. Mas outro galante que de fino bebado ja paſſaua os limites do bom, & coſtumado beber, tirou por hũa diuifa hũa palmeira aruore, que entre os antigos fignificaua vitto ria, & ao pê della algũs ramos de vides, & de parrei- ras pifadas, & dizia a letra aſſi.

Ficai vencidas fem gloria
Vos vides, & vos parreiras;
Porque os ramos das palmeirás,
Saó os que tem a vittoria.

Tambem aqui não faltarão praguentos, que quiferão dizer, o vinho q̃ eſte deuoto deixando ja atras de Portu gal, cometia com valerofo animo: Orracas, & Fullas, tẽ do em pouco Caparicas, & Seixais. Mas quem ha que fuja de mas lingoas? ou de mal coſtumadas gargantas?

Outro galante a quem fazia mal ao eſtamago beber

o vi-

De Luis de Camões.   201

o vinho aguado, tirou por diuisa hũa peça de chamalo
te sem aguoas, que lhe apresentaua Deos Bacco: & dizia a letra como por parte do mesmo Bacco.

Sem aguoas, senhor, leuayo
Se for bom,
Que las aguas de Moncayo
Frias son.

Aqui não.tiuerão praguentos que dizer, por ser opinião de fisica, serem melhores os mantimentos simples,
que compostos.

Outro que no beber lançaua a barra, inda mais a-
lem que os acima escritos, tirou por diuisa hũa salman-
dria, passeando por cima de hũas brazas de fogo, & a
letra dizia.

En el fuego biuo yo.

Mas o pintor errando as letras acertou de pòr. De fue
go la beuo yo. Donde os praguentos quiserão adiui-
nhar, que este galante bebia Orraca de fogo. O demo-
nio foy fazer tal erro, para delle sayr tamanho acerto.
Outro deuoto, que desque estaua quente, dizia dos companheiros quaesquer que fossem, o que de cada hum sa
bia sem respeito: tirou por diuisa hum demoninhado,
lançando os olhos em aluo, escumando , & apontando
com o dedo para hum frasco de vinho, & dizia a letra.

Se fallar demasiado

c   Não.

Cartas

Não mo tachem, porque em fim
Aquella alma falla em mim.

Sendo até qui introduzidos os religiosos de Bacco, pedirão dous doutra religião, que tambē os deixaſſem jugar as canas, & que elles tirarião tal diuiſa, cõm que ſe tiraſſe a limpo ſua abilidade: & ſendo entrados ambos juntos por certa conformidade, que auia entre ambos, trouxerão pintados nas bandeiras, cada hum ſeu par de pombas: & dizia a letra.

Se como vos hahi par,
Vos o podereis julgar.

Certo que ate qui chegou a malicia dos homēs, porque tão ſutilmente quiſerão interpetrar a innocencia deſta letra, que tomarão a derradeira ſillaba da primeira regra, & ajuntaraõ na com a primeira da derradeira, que vem a dizer paruos, & diſſeraõ que juntos ſignificauão iſſo aquelles dous inocentes. Mal peccado tão errada anda a maldade humana, que logo tem por paruos aos que ſabem pouco.

Outro homē entrou tambem por aderencia nas canas, o qual dizem que tinha partes marauilhoſas, porque era tão perfeito em ſuas couſas, que o ſeu comer auia de ſer o melhor temperado, & mais ſuaue do mundo. E os ſeus veſtidos erão ſempre dos mais finos panos, & ſetins que ſe podeſſem deſcubrir: & eſta perfeição

De Luis de Camões. 102

feição ate nos amores, & amizades se lhe estendia. Por
que com os amigos sempre tinha sutilezas de conuersa
ção, & com as amigas hum fingir, que queria o que não
queria. E em fim ate no jugar vsaua daquellas manhas,
todas as que para ganhar erão necessarias. E tinha
mais hum reues da fortuna recebido, que se lhe estendia
desde a ponta do nariz atê hũa orelha. Este senhor ti
rou por diuisa hũa camisa toda laurada de pontinhos,
lauor antigo, & a letra dizia assi.

  Pontos de honrado, & sesudo
  Sempre na vida quis ter,
  Apontado no viuer,
  Apontado mais que tudo
  Em meu vestir, & comer:
  Pontos sutis no meu gosto,
  Mais sutis no conuersar
  Tanto me vim apontar,
  Que apontado trago o rosto,
  E as cartas para jugar.

Muitos outros homẽs illustres quiserão ser admitidos
nestas festas, & canas, & que se fizera memoria delles,
conforme suas calidades, mas infinita escriptura fora,
segũdo todos os homẽs da India são assinalados, & por
isto estes bastem, para seruirem de amostra do que ha
nos mais.   F I N I S.

             T A-

TABOADA.
SONETOS.

A Alma minha gentil que te partifte.   5
Aquella trifte & leda madrugada.   7
Alegres campos, verdes aruoredos.   14
Amor coa fperança ja perdida.   13
Apollo, & as noue Mufas difcantando.   13
Apartauafe Nife de Montano.   14
Amor que o gefto humano n'alma efcreue.   3
Amor he hum fogo que arde fem fe ver.   21
Aquella fera humana que enriquece.   19
A perfeição, a graça o doce geito.   23
Aquella que de pura caftidade.   24

B Bufca amor nouas artes, nouo engenho.   4
Bem fei amor que he certo o que receo.   20

C Clara minha enemiga em cuja mão.   6
Como fizefte Porcia tal ferida.   16
Com grandes efperanças ja cantei.   1
Como quando do mar tempeftuofo.   21
Conuerfação domeftica affeiçoa.   22

D Doces lembranças da paffada gloria.   5
De vos me aparto ô Nymphas em tal mudança. 6
Depois de tantos dias mal gaftados.   14
De tão diuino accento, & voz humana.   16
Debaixo defta pedra eftâ metido.   16

Dai-

TABOADA:

	Daime hũa ley senhora de quereruos.	18
	Despois que quis amor que eu so passasse.	2
	Ditoso seja aquelle que somente.	19
	Dos illustres antigos que deixarão.	22
E	Em quanto quis fortuna que tiuesse.	1
	Eu cantarei de amor tão docemente.	ibidem.
	Em flor vos arrancou de então crecida.	4
	Espanta crecer tanto o Crocodilo.	6
	Em fermosa Lethea se confia.	7
	Estase a Primauera trasladando.	8
	Está o lasciuo, & doce passarinho.	8
	Em prisões baixas foy hum tempo atado.	2
	Esforço grande igual ao pensamento.	23
F	Fermosos olhos que na idade nossa.	10
	Fermosura do ceo a nos decida.	17
	Ferido sem ter cura perecia.	17
	Fiouse o coração de muito isento.	26
	Foi ja num tempo doce cousa amar.	22
G	Gran tempo ha que soube da ventura.	12
H	Hum mouer d'olhos brando & piadoso.	9
I	Ia a saudosa aurora destoucaua.	18
L	Lindo & sutil trancado que ficaste.	11
	Lembranças saudosas se cudais.	14
	Leda serenidade deleitosa.	20

c 3   Males

TABOADA.

M	Males que contra mim vos conjurastes.	7
	Mudãose os tempos mudaõse as vontades.	15
N	Num jardim adornado de verdura.	4
	Num bosque que das Nymphas se habitaua.	6
	Não passes caminhante, quem me chama.	10
	Nayadas vos que os rios habitaes.	15
	Na metade do ceo subido ardia.	18
	No tempo que de amor viuer soya.	2
	No mundo quis hum tempo que se achasse.	23
	No mundo poucos annos, & cansados.	26
	Os Reynos, & os Imperios poderosos.	6
	O fogo que na branda cera ardia.	18
	O cisne quando sente ser chegada.	11
	O como se me alonga de anno em anno.	13
	O culto diuinal se celebraua.	20
	Ondados fios de ouro reluzente.	22
	Os vestidos Elisa reuoluia.	25
	O quam caro me custa o entenderte.	25
	O rayo cristallino se estendia.	25
	Passo por meus trabalhos taõ isento.	3
	Pedeme o desejo dama que vos veja.	8
	Porque queneis senhora que offereça.	9
	Pellos estremos raros que mostrou.	12
	Pois meus olhos não cansaõ de chorar.	17

Per

TABOADA.

	Pensamentos que agora nouamente.	24
Q	Quem ve senhora claro, & manifesto.	5
	Quando da bella vista & doce riso.	ibidem.
	Quando o sol encuberto vay mostrando.	9
	Quantas vezes do fuso se esquecia.	11
	Quando vejo que meu destino ordena.	14
	Quem jaz no graõ sepulchro que descreue.	15
	Quem pode liure ser gentil senhora.	16
	Que vençais no Oriente tantos Reys.	17
	Quando de minhas magoas a comprida.	19
	Quem fosse acompanhado juntamente.	20
	Que leuas cruel morte? hum claro dia,	21
	Que poderei do mundo ja querer.	24
	Que me quereis perpetuas saudades.	26
	Quem quizer ver de amor hũa excellencia.	27
R	Rezaõ he ja que minha confiança.	2
S	Se quando vos perdi minha esperança.	7
	Sete annos de pastor Iacob seruia.	8
	Se tanta pena tenho merecida.	9
	Se algũa hora em vos a piedade.	12
	Se as penas com que amor taõ mal me trata.	15
	Sospiros inflamados que cansais.	19
	Se pena por amaruos se merece.	21
	Se tomar minha pena em penitencia.	24

TABOADA.

Se despois de esperança tão perdida.   25

T   *Tanto de meu estado me acho incerto.*   3

   Transformase o amador na cousa amada.   3

   Todo animal da calma repousaua.   4

   Tomoume vossa vista soberana.   10

   Tomara Deliana por vingança.   12

   Tempo he ja que minha confiança.   13

V   *Vossos olhos senhora que competem.*   17

   Verdade, amor, razão, merecimento.   26

   Vos que de olhos suaues, & serenos.   23

   Vos Nymphas da Gangetica espessura.   27

Canções.

A   *A instabilidade da fortuna.*   29

C   *Com força desusada.*   36

F   *Fermosa, & gentil dama quando vejo.*   27

I   *Ia a roxa menhã clara.*   31

   Iunto de hum seco fero, & esteril monte.   42

M   *Mandame amor que cante docemente.*   39

S   *Se este meu pensamento.*   34

T   *Tomey a triste pena.*   41

V   *Vão as serenas agoas.*   33

   Vinde câ meu tão certo secretario.   45

Sextina.

F   *Fogeme pouco a pouco a curta vida.*   68

Odes

TABOADA.

Odes.

A   *A quem darão de pindo os moradores.*   61

    Aquelle vnico exemplo.   63

    Aquelle moço fero.   66

D   *Detem hum pouco Musa o largo pranto.*   50

F   *Fermosa fera humana.*   56

    Fogem as neues frias.   64

N   *Nunca manhã suaue.*   58

P   *Pode hum desejo immenso.*   59

S   *Se de meu pensamento.*   54

T   *Taõ suaue, tão fresca, & taõ fermosa.*   53

Elegias.

A   *Aquella de amor descomedido.*   74

O   *O Poeta Simonides falando.*   69

    O Sulmonense Ouuidio desterrado.   76

Terceto.

    Despois que Magalhaẽs teue tecida.   78

Capitulo.

A   *Aquelle mouer de olhos excellente.*   81

Oitaua Rima.

C   *Como nos vossos hombros tão constantes.*   87

M   *Muy alto Rey a quem os ceos em sorte.*   90

Q   *Quem pode ser no mundo tão quieto.*   82

Eclo-

TABOADA.
Eclogas.

A	Ao longo do sereno.	102
	A quem darei queixumes namorados.	128
	A rustica contenda desusada.	135
	As doces cantilenas que cantauão.	141
	Arde por galathea branca, & loura.	152
C	Cantando por hum valle docemente.	120
P	Passado ja algum tempo que os amores.	114
Q	Que grande variedade vão fazendo.	92

Taboada das Redondilhas, Motes, Sparsas, & Glosas.

A	A morte pois que sou vosso.	171
	Amor que todos offende.	175
	A dor que minha alma sente.	176
	Amores de hũa casada.	177
	Aquella cattiua.	185
	Apartaraose os meus olhos.	178
	Amor loco, amor loco.	180
	Amor cuja prouidencia.	172
C	Conde cujo illustre peito.	163
	Campos bemauenturados.	169
	Corre sem vela, & sem leme.	162
	Com vossos olhos Gonçalues.	181

Coysa

TABOADA.

	Coyfa de Beyrame.	188
D	Dama de eſtranho primor.	160
	Da doença em que ardeis.	174
	Deu ſenhora por ſentença.	174
	De atormentado & perdido.	175
	Deſcalça vay pola neue.	176
	D'alma, & de quanto tiuer.	177
	De pequena tomey amor.	178
	De vueſtros ojos centellas.	179
	De dentro tengo mi mal.	179
	De que me ſerue fogir.	182
E	Enforquey minha eſperança.	177
	Eſſes alfinetes vão.	180
	Eſte mundo es el camino.	166
	Eſconjurote Domingas.	183
F	Falſo caualeiro ingrato.	178
H	Ha hum bem que chega, & foge.	182
I	Ia não poſſo ſer contente.	171
	Iuſta fue mi perdicion.	173
	Irme quiero madre.	187
M	Mas porem a que cudados.	168
	Muito ſois meu enemigo.	164
	Minha alma lembraiuos della.	172
	Menina fermoſa, & crua.	173

Meni-

TABOADA.

	Menina dos olhos verdes.	186
	Menina não sey dizer.	181
	Menina fermosa.	190
N	Não estêjaes agrauada.	175
	Não sey se me engana Elena.	181
O	Olhay que dura sentença.	174
	Olhos não vos mereci.	182
	Os bõs vi sempre passar.	183
P	Peçouos que me digaes.	165
	Pus o coração nos olhos.	177
	Pus meus olhos nũa funda.	177
	Para que me dão tormentos.	179
	Pois he mais vosso que meu.	180
	Pois me faz dano olharuos.	181
	Possible es a mi cudado.	180
	Perguntaisme quem me mata.	183
	Pequenos contentamentos.	184
	Perdigão perdeo a pena.	184
	Pois a tantas perdições.	188
Q	Querenlo escreuer hum dia.	158
	Quem no mundo quizer ser.	176
	Qual tera culpa de nos.	176
	Quem ora soubesse.	185
	Quando me quer enganar.	182

Sobre

TABOADA.

S	Sobre os rios que vão.	154
	Soffeitas que me quereis.	161
	Se deriuais de verdade.	165
	Se não quereis padecer.	162
	Se voſſa dama vos dá.	168
	Sem vos, & com meu cudado.	172
	Sem ventura he por demais.	172
	Senhora ſe eu alcançaſſe.	164
	Senhora pois me chamais.	176
	Se me leuaõ aguas.	186
	Se de meu mal me contento.	179
	Saudade minha.	187
	Senhora pois minha vida.	180
	Se n'alma, & no penſamento.	166
	Sem ventura he por demais.	172
	Se alma verſe não pode.	183
	Se me deſta terra for.	184
	Se Helena apartar.	189
T	Tendeme mão nelle.	190
	Trabalhos deſcanſarião.	170
	Triſte vida ſe me ordena.	170
	Tudo pode hũa affeição.	173
	Trocay o cudado.	186
	Todo es poco lo poſſible.	180

Vejo

TABOADA.

Vejo n'alma pintada.	171
Ver, & mais guardar.	187
Vos senhora tudo tendes.	179
Vida da minha alma,	188
Vede bem se nos meus dias.	180
Vos teneis mi coraçon.	182
Vay o bem fugindo.	*ibidem.*
Venceome amor não no nego.	183
Vosso bem querer senhora.	184
Verdes saõ os campos.	189
Verdes saõ as hortas.	189

FINIS.

ESTE Livro das *RIMAS DE LVIS DE CAMÕES*, em reprodução fac-similada da edição de 1598 foi preparado pelo Prof. Doutor Vítor de Aguiar e Silva, para a Universidade do Minho que pretende com ele assinalar para os vindouros a celebração que fez do IV Centenário da Morte do Poeta. A composição, impressão e encadernação do volume foram feitas nas Oficinas Gráficas de Barbosa & Xavier, Limitada, Braga. Acabou de imprimir-se a 21 de Julho de MCMLXXX, com fotolitos de Simão Guimarães, Filhos, Limitada, Porto.

FINIS   LAVS   DEO